프리즌 호텔

이 도서의 국립중앙도서관 출판시도서목록(CIP)은
e-CIP 홈페이지(http://www.nl.go.kr/cip.php)에서 이용하실 수 있습니다.
(CIP제어번호: CIP2007002611)

프리즌 호텔 4

PRISON HOTEL

…봄春

아사다 지로 장편소설 — 양억관 옮김

문학동네

차례

프리즌 호텔 1 여름

프리즌 호텔 2 가을

프리즌 호텔 3 겨울

오쿠유모토 수국 호텔 안내

〈주의 사항〉

손님 각위

一. 정보수집에 만전을 기하고 있사오나, 갑작스런 강제수색이나 돌발적인 총격전이 벌어질 경우 냉정을 잃지 말고 담당자의 지시에 따라주십시오.

一. 객실 문은 철판, 창에는 방탄유리가 설치되어 있으니 편히 쉬십시오.

一. 귀중품은 프런트에 맡겨주시면 모든 책임을 지고 보관하겠습니다.

一. 파문당한 자, 절연자, 패밀리 문장이 다른 자, 그 외 수상한 인물을 발견할 시에는 즉시 프런트로 연락해주시기 바랍니다.

一. 로비나 복도에서 협객식 인사를 나누는 행위는 삼가주시기 바랍니다.

지배인 백

3층

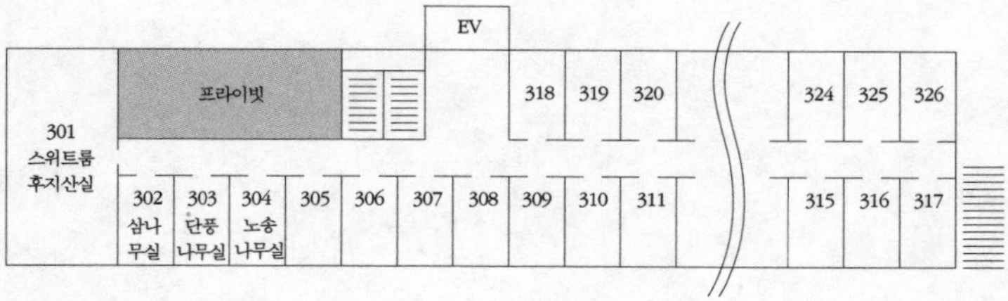

2층

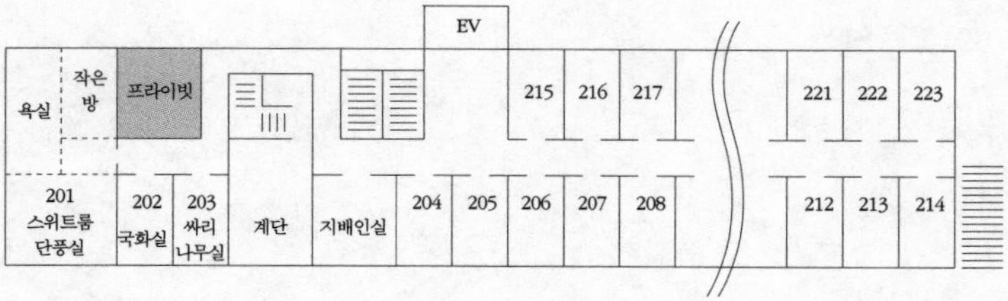

1층

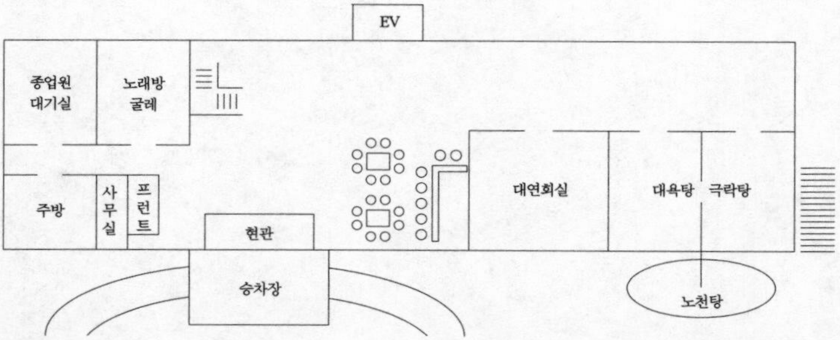

1

수면 위로 뻗어나온 꽃나무 가지 아래 나는 보트를 멈췄다.

노를 배 위로 올리고 드러눕는다. 그대로 가만히 떨어지는 꽃잎을 바라보고 있노라니 마치 행복한 요람 안에 누워 있는 듯한 기분이 든다.

언제나와 똑같은 계절이지만, 유독 올해의 봄이 처음 겪어보는 다섯번째 계절처럼 느껴지는 것은 왜일까. 아마 그 정도로 지금의 내가 예전에는 미처 몰랐던 행복과 평온에 젖어 있다는 말일 것이다.

늘 현실에서 눈을 돌리고 허망한 꿈을 좇는 고독한 소년이었던 나는, 학교에서 돌아오는 길에 자주 이 치도리가후치 연못에서 보트를 탔다. 그리고 낮이나 밤이나 달콤한 연애 이야기만 생각했다.

그러나 그 당시의 하늘은 이렇게 파랗지 않았다. 습하고 탁한 바람이 불어오고 살랑대는 파도가 찰싹찰싹 보트를 때리고 있었다. 아마도 이렇게 나를 둘러싼 풍경이 아름답고 평온한 만큼, 나는 그때보다 더 행복해진 것이리라.

미카가 오버올에 감싸인 어깨를 으쓱하며 작게 한숨을 토해냈다.

"으음……하늘은 너무 그리기 어려워. 안 돼, 다시."

나는 몸을 일으켜 선미에 앉아 있는 미카 쪽으로 손을 뻗었다.

"어디 한번 볼까."

아름다운 아내와, 피가 섞이지 않아도 이렇게 귀여운 딸을 나는 한꺼번에 손에 넣었다. 우리는 이 보트장이 내려다보이는 아파트 꼭대기 층에 살고 있다.

스케치북을 손에 들고 나는 감동했다. 모리스 위트릴로*의 그림에 나올 법한 하늘이 크레파스로 그려져 있었다.

"어떻게 하면 하늘을 더 크게 그릴 수 있을까?"

"많이 그리면 그릴수록 더 크게 그릴 수 있어. 미카는 틀림없이 위트릴로보다 더 큰 하늘을 그릴 수 있을 거야."

"위트릴로?"

"집에 가서 화집을 봐. 아주 파랗고 커다란 하늘을 그리는 화가

* 1883~1955, 프랑스의 화가.

야."

흐음, 하고 미카는 엄마를 닮은 눈동자로 눈이 부신 듯 벚꽃을 올려다보았다.

"빨리 아버지 책에 삽화를 그리고 싶은데……"

"서둘지 마. 시간은 충분해."

"그렇지만 엄마도 할머니도 나도, 항상 아버지에게 신세만 지잖아요."

"아직도 그 타령을…… 엄마가 그런 말을 했어?"

"예. 아버지 집안 사람들은 대체로 일찍 죽으니까 빨리 은혜를 갚지 않으면 기회가 없을 거라고요."

"흠……"

저 멀리 나무들 사이로 우뚝 솟은 아파트 베란다에서 체조하는 기요코의 모습이 보였다. 집에 가면 두 손에 아령을 묶어서 난간에 거꾸로 매달아버려야겠다.

"미카."

"네."

"우리 집안 사람들이 빨리 죽는 건 사실이지만 아버지는 돌연변이야. 누가 죽여도 죽지 않을 자신 있어. 아주아주 오래 살 거야. 문화훈장을 받기 전까지는 절대로 죽지 않아."

"문화훈장이 뭔데요?"

"일본에서 제일 좋은 훈장이야. 저기서," 나는 흩날리는 벚꽃 사이로 손을 뻗어 고쿄*의 울창한 숲을 가리켰다. "천황 폐하에게 받는 거야."

미카는 스케치북을 덮어 가슴에 끌어안고는 이상하다는 듯 고개를 갸우뚱했다.

"그렇지만, 지난번에 아버지는 누가 훈장을 주겠다고 하는데도 필요 없다고 하셨잖아요."

"그런 건 훈장도 아냐."

휴대폰이 울렸다. 나는 옷에 붙은 꽃잎을 흔들어 털면서 작업복 호주머니에서 전화기를 꺼냈다.

"선생님! 기도 고노스케 선생님이시죠!"

고막을 찢을 듯한 금속성 목소리의 주인공은 단세이 출판사의 오기와라 미도리였다.

그녀는 결국 내게서 『의리의 황혼 — 완결편』을 받아내는 데 성공했고, 그 공로를 인정받아 얼마 전 편집장으로 승진했다. 그와 함께 사신처럼 어두운 표정이 천사처럼 밝아지더니 미용실을 오가며 몸치장도 하고, 우유병 바닥 모양의 안경 대신 콘택트렌즈를 끼기 시작했다. 그뿐만이 아니라 스트레스성 궤양이 씻은 듯 사라진 덕에, 밤마다 회사 경비를 펑펑 써대며 부어라 마셔라 야단법석을 떨고 있다는 소문이다.

---

* 皇居, 일본 천황의 거처.

뭐, 그런 조폭소설 따위야 어찌 되건 상관없지만, 여자가 아름다워지는 것은 참으로 바람직한 일이다.

"뭐야, 자네였군. 도대체 몇 번이나 말해야 알아들어? 소설가에게 전화할 때는 그렇게 신경 거슬리는 쇳소리 내지 말라고."

"옛, 알았습니다! 그건 잘 알고 있습니다! 그런데 선생님, 큰일 났어요. 큰일!"

"흥, 그래? 드디어 내가 문화훈장을 받게 됐나보군."

"농담 그만 하세요. 사실은, 사실은…… 아, 말 못 하겠어. 도저히 내 입으로는 못 하겠어!"

전화 감이 가깝다. 나는 수화기 속에서 당장에라도 숨이 넘어갈 듯 헐떡이는 오기와라 미도리의 숨소리를 들으면서 연못가 쪽으로 눈길을 돌렸다. 아니나 다를까, 보트장 테라스에 수화기를 들고 노인네처럼 쭈그리고 앉아 있는 여자의 모습이 보였다.

그 옆에는 장신의 사내 하나가 서 있다. 멀리서 봐도 냉혹한 느낌을 풀풀 풍기는 화려한 더블슈트 차림의 그 남자는, 출판계의 기둥서방 오카바야시 가즈오였다.

"어라, 왜 오카바야시와 같이 있는 거야? 너희는 견원지간 아니었나? 엣, 설마 자네, 요새 갑자기 여자 티가 난다 싶었더니 오카바야시의 독이빨에 물린 거 아냐?"

"아닙니다. 그런 일이 아녜요! 아아, 어쩜 좋아. 도저히 말이 안 나와요!"

"바꿔줘" 하는 도쿄 대학 출신의 차가운 목소리가 들리더니 오카바야시가 전화를 받았다. 나는 미카를 가까이 불러들이고 한 손으로 노를 저어나가기 시작했다.

"오랜만입니다, 선생님. 일본웅변사의 오카바야십니다."

"말 안 해도 알고 있어. 오랜만이고 자시고, 바로 그제에도 긴자에서 만나서 토하고 난리 쳤었잖아."

"……여전히 노골적인 표현을 즐기시는군요…… 그럼 저도 단도직입적으로 말씀드리겠습니다. 사실은 이번에 선생님 작품이 제80회 일본문예대상에 노미네이트되었습니다."

"하하하, 그래? 그것 참 잘됐군. 하하하……핫! 뭐, 뭐, 뭐라고!"

나는 노를 집어던지고 자리에서 벌떡 일어났고, 그 바람에 출렁이는 배의 균형을 잡느라 버둥거렸다. 미카는 비명을 지르며 내 다리를 꽉 붙들었다.

"왜 그러세요, 아버지?"

"모, 몰라. 이번에 긴자의 일본문예대상이 오바이트에 노미네이트된 모양이야."

"정신 차려요, 아버지. 일본문예대상의 오바이트가 긴자에 노미네이트된 거겠죠."

"아냐, 그게 아냐. 내 작품이 긴자에서 오카바야시에게 오바이트를 노미네이트해서, 아아, 지금도 눈에 선해, 그건 분명 볶음국수…… 아냐, 그게 아니고. 어쨌든 노를 저어. 저어라, 미카! 뭔지 모르지만 오바이트건 노미네이트건, 이건 분명 중대한 사건이다."

연못가까지 왜 이리도 멀까. 마치 바람에 흔들리는 꽃의 사슬이 우리 보트를 연못 한가운데에 잡아두고 있는 것 같았다.

잔물결이 치는 건너편에 도착하니 오기와라 미도리가 얼이 빠진 채 주저앉아 있고, 오카바야시 가즈오는 아르마니 옷을 걸친 아폴론 상처럼 우뚝 서 있었다.

"침착해, 자네들. 우선 이 말부터 해두지. 만에 하나 농담이나 오보였을 경우에는 이 자리에서 당장 두 회사의 전 판권을 회수해서 다른 데다 팔아넘길 거야. 그래도 좋지?"

"예, 선생님."

두 사람은 이중창으로 대답했다.

"저기 말이야, 일본문예대상이라 함은 문단의 최고 권위를 지닌 빅 타이틀이라고. 게다가 인격을 갖추고 교양도 있으며 장래가 촉망되는 작가에게 주는……"

그런 말을 하면서 의식이 멀어져갔다. 미카가 등을 받쳐주었다. 데뷔 이래 앉으나 서나 자나 깨나 꿈꾸고 있던 위대한 문학상이 아닌가. 만일 이게 꿈이 아니라면, 나는 드디어 그 상의 후보에 이름을 올린 것이다!

"선생님, 정신 차리세요."

오카바야시 아폴론의 팔이 내 어깨를 감쌌다.

"그리고 또, 놀라지 마십시오. 저희 둘이서 한꺼번에 이렇게 찾아온 것은, 즉 더블 노미네이트라는 뜻입니다. 후보작 다섯 편 가운데, 두 편이 기도 고노스케 선생님의 작품입니다."

나는 키스라도 할 듯한 태세로 가까이 다가와 있는 아폴론의 얼굴을 바라보았다. 오카바야시는 자신만만하게 고개를 끄덕였다. 후보작 가운데 하나는 내가 모든 힘을 기울여 집필하고 오카바야시가 편집한 연애소설 『애수의 카르보나라』. 물론 출판사는 업계의 걸리버 일본웅변사다.

어라, 그런데 잠깐…… 나는 발아래서 벌벌 떨고 있는 오기와라 미도리를 내려다보았다.

"어이, 오기와라. 두 편이라니, 자네 설마……"

"예, 예, 선생님. 사실은 그 설마가 맞습니다. 『의리의 황혼』이……"

수면으로 바람이 스치면서, 꽃잎이 우리들을 휘감으며 떨어져내렸다.

"자…… 우선 앉게. 앉아서 이야기하지."

우리는 축축한 판자 위에 그대로 퍼질러 앉았다.

"사건이다, 사건. 엄마에게 얘기하고 올게요!"

미카는 오버올 옷자락을 질질 끌면서 달려갔다.

나는 천천히 담배를 집어들었지만, 그만 거꾸로 무는 바람에 필터에 불을 붙여버렸다. 오기와라 미도리는 내 손을 잡고 애원하듯이 말했다.

"이번에는 거부하지 않으시겠죠? 저희는 그게 걱정이 돼서 이렇게 만나 뵈러 온 거예요."

"거부라니? 내가 왜?"

"지난번에도 저희 회사가 힘들게 갖다 바친 상을 거부하셨잖아요."

"멍청이!"

나는 오기와라 미도리의 손을 뿌리쳤다.

지난번에 내가 수상을 거부한 것은 다름아닌 단세이 출판사 후원 '제4회 일본야쿠자작가협회상' 이다. 아무리 사람 좋은 나라도 그것만은 받아들일 수 없었다. 이 악명 높은 문학상의 역대 수상자 프로필을 보자면, 첫번째가 옥중의 사형수, 두번째가 현역 야쿠자, 세번째가 파면당한 조직범죄 담당 형사였다.

"말이야, 오기와라. 난 마이너리티야. 무관의 제왕이지. 수상 타이틀을 따는 게 작가의 가치를 높이는 일이라는 것 정도는 알아. 하지만 그렇다고 해도 '일본야쿠자작가협회상' 은 너무 터무니없는 소리라고."

"선생님이 딱이라고 생각했는데……"

나는 그 자리에서 오기와라 미도리를 쓰러뜨리고 목을 졸랐다. 평소의 버릇대로 펀치를 날릴 참이었는데 오카바야시가 말렸다.

"선생님, 진정하세요. 어쨌든 지금 출판사로 좀 가주셔야겠습니다. 그런 문제는 내버려두시고요."

도로에는 고래 같은 리무진 한 대가 번쩍이며 서 있었다. 오카바야시는 고개를 휙 젖혀 흘러내린 앞머리를 뒤로 넘기고, 내게 이렇게 속삭였다.

"단세이 출판사 문제라면 신경 쓰지 마세요. 약간 착오가 있었던 모양입니다."

"착오?"

"예. 실은 말이죠, 심사위원인 오가사와라 기요카제 선생님이 그걸 후보작으로 올리자고 억지로 밀었다고 합니다."

"뭐? 기요카제 선생이, 왜?"

"소문으로는 『의리의 황혼』의 숨은 애독자라고 합니다."

나는 참지 못하고 오카바야시의 귀에다 대고 푸핫, 하고 웃음을 터뜨렸다. 오가사와라 기요카제라면 확고부동한 문단의 중진이다. 긴자의 바에서 몇 번 본 적이 있지만, 그때마다 말을 걸기도 황송해서 멀리서 머리만 숙여 인사하지 않았던가. 그 기요카제 선생이 『의리의 황혼』의 팬이라니. 그건 마치 비유하자면 베토벤이 로큰롤 애호가라는 말과 같고, 르누아르가 만화를 읽고 감탄하는 것과도 같다. 그런 말도 안 되는 모순에 그만 웃음이 터져나왔다.

"즉, 해프닝이란 말이지."

"그렇죠. 기요카제 선생은 괴짜니까요. 뭐, 덕분에 단세이 출판사는 지금 거의 축제 분위기지만 말입니다."

후후훗, 하고 웃으며 오카바야시는 발아래 주저앉아 있는 오기와라 미도리에게 차가운 시선을 던졌다.

오카바야시는 일본웅변사의 베테랑 편집자로, 일 년에 한 건 이상은 반드시 메이저 타이틀을 담당한다. 그러나 영세기업인 단세이 출판사는 창업 이래 그럴듯한 상 하나 타본 적이 없고, 자사에서 만든 문학상조차 작가에게 수상 거부를 당하는 수모를 겪는 처지이다.

나는 훌쩍이며 울고 있는 오기와라 미도리가 좀 안돼 보여서 그 가냘픈 어깨를 감싸주었다.

"잘했어, 오기와라. 분명 문학의 신이 자네의 노력에 감탄하여 이런 선물을 주신 게야. 그렇지만 과한 욕심을 부려선 안 돼. 알지?"

미도리는 어깨를 늘어뜨리고 고개를 끄덕였다.

"예, 알고 있습니다. 그렇지만 선생님, 저희 회사 매상의 구십 퍼센트 이상은 만화책과 야쿠자 주간지가 차지하고 있잖아요. 문예부는 모두 언제 잘릴지 모르는 신세예요. 실제로 이전 담당자 시바타 씨도 결국 지하실의 배송과로 좌천되는 바람에 모두들 오들오들 떨고 있었는데…… 어제 노미네이트 보도를 보는 순간, 편집자들은 모두 입에 게거품을 물고 쓰러지고, 교열 담당 아저씨까지 소리 높여 엉엉 울었어요. 지금까지의 고생이 드디어 보답받게 됐다고 하면서요. 그래서 저는…… 수상이 무리라는 것도, 기요카제 선생님이 저지른 해프닝이라는 것을 잘 알면서도……"

"좋은 추억을 만든 거잖아. 그렇게 생각해."

네, 하고 미도리는 눈물을 닦으면서 고개를 끄덕였다.

"그리고 이건 개인적인 거지만, 저 말이죠, 대학 졸업하고 일본웅변사 입사 시험을 쳤다가 떨어졌었거든요. 그래서 도쿄 대학 출신인 오카바야시 씨가 만든 책과 제가 만든 책이 같은 심사 대상에 올랐다는 게 생각만 해도 너무 기뻐서…… 정말 고맙습니다, 선생님. 이제 여한이 없어요."

미도리는 치도리가후치 연못가에 활짝 핀 벚꽃을 바라보며 후우, 하고 한숨을 쉬었다.

"자, 선생님. 그런 얘기일랑 접어두시고, 일단 가시죠. 전야제 축배를 드셔야죠."

오카바야시 가즈오는 오드콜로뉴 향기를 흩뿌리며 나를 리무진 쪽으로 이끌었다.

"여한이 없다니, 설마 저대로 몸을 던질 생각은 아니겠지."

"저 여자가 어디 죽인다고 죽을 사람입니까. 저렇게 연약한 척하다가도 언제 그랬냐는 듯 다시 원고 달라고 조르러 올 겁니다."

수상 결과가 나올 때까지의 그 불안한 시간을 도대체 어떻게 보내면 좋을지, 나는 고민에 빠졌다.

2

차가운 꽃샘바람이 불어오는 이른 아침, 팔십은 족히 넘어 보이는 노인 한 명이 후주 형무소를 빠져나오고 있었다.

"그럼 잘 가쇼, 할아버지. 설마 그럴 리 없겠지만 다시 돌아오지는 말고."

전송하는 간수가 조금 쭈뼛거리며 틀에 박힌 인사를 한다.

"아, 내 걱정은 하지 말게. 다시 한 건 올릴 정도로 힘이 남아 있었더라면 벌써 옛날에 풀려나갔을 게야."

"……흠, 하긴 그랬을 테지만."

중년 간수는 안됐다는 듯 그렇게 말하고, 철문에서 얼굴만 빼꼼 내밀어 거리를 살펴보았다. 벽에 붙은 조그만 화단 옆에서 어지럽게 허공을 가르는 헤드라이트 불빛을 받으며, 또다른 팔십이 족히 넘어 보이는 노인 하나가 동그마니 앉아 있다.

"보시는 바와 같이 이렇게 마중 나오는 사람도 있지 않나. 이 늙은이가 가는 길을 그리 걱정하지 말게나."

석방되는 노인은 천천히 당초무늬 보따리를 등뒤에 둘러매고 줄무늬 바지를 탁탁 털면서 허리를 숙였다. 오랫동안 목을 쓰지 않은 만큼 마지막 인사를 나누는 목소리가 카랑카랑하다.

"그럼 간수님. 오마타 야이치, 이제 문을 나서겠소이다. 하늘 하나 땅 여섯의 가업, 하얀 옷으로 삼계의 강을 건너 이렇게 찾아온 붉은 죄수복의 감옥에서, 하나 둘 셋 헤아려보니 오십하고도 이 년의 성상을 보내게 되었소. 하룻밤 한 끼의 은혜도 가벼이 해선 안 될 이 세상에서, 어떻게 감사의 말씀을 올려야 할지 모르겠소이다.

이렇게 활짝 핀 벚꽃 아래서 간수님 일동과 헤어짐이 가슴 아프지만, 이 자리에서 그만 작별을 고할까 하오."

"……어, 그래. 잘 가쇼, 건강하고."

"예입, 그쪽도 건강하시오."

철문이 소리내어 닫힌 다음에도 노인은 한참이나 머리를 숙이고 있었다.

마중 나온 노인이 굽은 허리를 지팡이에 의지한 채 다가왔다.

"오, 야이치. 멋진 인사말이군. 목소리만 들어도 반하겠어."

오마타 야이치는 오랫동안 쓰지 않은 만큼 곧은 허리를 쭉 펴고 얼굴을 돌렸다.

"이게 누구신가, 하라다 선생. 이제 와서 나같이 별볼일 없는 인간을 마중까지 나와주시다니, 정말 고맙네그려. 그래, 무슨 바람이 불어서."

"글쎄."

하라다 노인은 길을 걸으면서 대답했다.

"벌써 옛날에 석방되었어야 할 자네가 아직 여기 있다는 말을 들어서 말이야. 그걸 안 이상 가만있을 수야 없는 노릇 아닌가."

"오호. 그렇지만 선생, 그것은 잘못 생각하신 겁니다. 아무리 옛날이라고는 하지만 헌병을 죽인 살인자가 아니오. 그게 1944년 봄……"

"응? 1943년 가을이 아니었던가."

"뭐…… 하기야 아무렴 또 어떻소. 어쨌든 그때 다케바시 헌병대로 쳐들어가 장교 두 놈을 박살냈었지요."

"잠깐, 만세이바시 경찰서에서 특수고등계 형사 세 놈을 찔러 죽인 게 아니었어?"

두 노인은 걸으면서 먼 기억을 더듬었다. 어두운 새벽길을 달리는 자동차의 헤드라이트가 늙은 협객의 깡마른 얼굴을 비췄다. 오래된 흉터가 새하얀 미간을 가르고 있다.

"그때의 상처가 아직도 욱신거립니다. 권총을 세 발이나 맞고 보시다시피 얼굴이 생선회가 되어버렸지만, 그 따위 썩어빠진 헌병놈에게 넘겨줄 정도로 싸구려 목숨이 아니라는 오기로 선생이 달려올 때까지 피투성이가 되어 칼을 휘둘렀지요."

야이치는 오래된 흉터로 일그러진 얼굴을 들어 밝아오는 아침 하늘을 올려다보더니 자리에서 일어섰다. 소매를 걷어붙인 두 팔에는 담 너머로 떨어져내리는 벚꽃보다 더 붉은 꽃이 활짝 피어 있었다.

"선생은 그때 내 앞을 턱 가로막고 서서 두 팔을 벌리고 말했었지요. 야이치, 이제 됐어, 제발 얌전하게 굴어. 그런데 선생, 그때 왜 나를 쏘아 죽이지 않았소? 그 덕분에 징역 오십이 년이란 일본 신기록이나 세우고. 전인미답, 공전절후. 아무리 악당이라지만 이건 너무 심하지 않소이까."

극형을 선고받은 야이치는 샌프란시스코 강화조약 덕분에 무기징역으로 감형되었다. 즉, 두 번씩이나 죽다가 살아난 것이다.

'죽다 만 야이치'라는 별명까지 얻은 야이치는, 원래 불의를 참지 못하는 성격이라 헌병의 폭거에 항거하다 죄를 범했다. 옥중에서도 반항에 반항을 거듭했다. 음험한 간수를 두들겨 패고, 폭동의 주역이 되었고, 탈옥을 주도했다. 거듭 죄를 짓는 바람에 가석방의 기회도 잃은 결과 고스란히 징역 오십이 년을 살았다. 자세하게 조사한 건 아니지만, 모든 것이 일본 신기록임이 분명했다.

"그런데 선생. 아직 날도 새지 않았는데 자동차가 많이도 다니는군요. 세상 참 바빠진 것 같소."

당초무늬 보따리를 안고 걸으면서 야이치는 차가 지날 때마다 몸을 움찔했다.

"오십이 년 만이니 놀랄 일이 한두 가지가 아닐 걸세. 마음 굳게 먹게나."

"예입, 잘 알고 있습니다. 텔레비전이나 영화를 봐서 좀 알긴 하지만, 실제로 보니 대단한 박력이로군요. 앗, 이런. 벌써 눈이 핑글핑글 도는구먼."

야이치는 멀쩡한 허리를 굽히고 하라다 노인의 부축을 받으면서, 어두운 새벽길을 비틀거리며 걸었다.

"이 부근에서 축하주나 한잔 하고 싶지만 아직 문을 연 곳이 없어서 말이야. 참, 담배 피워야지, 담배."

석방되자마자 담배부터 한대 피워무는 것이 전과자들의 정해진 행동이다. 호주머니에서 나온 빈 담뱃갑을 구겨버리고 하라다 노인은 주위를 둘러보았다. 마침 바로 앞의 버스 정류장에 자동판매기가 있었다.

"에, 자네는 무슨 담배를 피우지?"

"예입, '아사히' 입니다만…… 그런데 선생, 이 상자 위에 달린 간판은 뭡니까? 서양 글자만 잔뜩 써놓고 말이지. 아, 그러니까 미군 전용인 거군요."

"아, 아냐. 그렇지 않아. 이건 담배 파는 가게라네."

"담배 가게? 이른 새벽부터 이런 작은 상자 안에 들어가다니, 주인 할머니가 숨 막혀 죽지 않으려나요?"

하라다는 대답할 말을 잃고 담배 이름을 손가락으로 더듬었다.

"역시 아사히는 없구먼. 다른 놈은?"

"그럼 '시키시마' 로."

"시키시마…… 시키시마, 시키시마, 없는데."

"그럼 '야마토' 라도……"

야이치는 주름진 얼굴에 진땀을 흘리면서 열심히 담배를 찾았다.

"온통 서양놈 글자뿐이로군. 도대체 이 나라는 언제쯤 원래대로 돌아갈 수 있을까요. 역시 전쟁에 지면 비참합니다그려."

이리저리 담배를 찾으면서 두 사람은 동시에 고함을 질렀다.

"아앗, 여기 있다. '골든 배트' !"

"기적이다. 아직도 팔고 있다니!"

"에, 그러니까, 분명 십 전이었지."

보따리를 풀려는 야이치를 제지하고 하라다는 동전을 넣었다.

"단추를 눌러봐. 밑으로 나올 테니까."

"예? 이걸 누르라고요? 전기 오르지 않을까. 이거 정말 뻔뻔스런 놈이로군."

야이치는 머뭇거리며 버튼을 눌렀다. 담배가 떨어지고 기계에서 '감사합니다. 잔돈을 잊지 마세요'라는 말이 흘러나왔다.

"아니, 별말씀을. 이른 아침부터 고생이 많으십니다. 잔돈은 그냥 두십시오."

선 채로 고개를 꾸벅하는 야이치를 대신해서 하라다가 담배를 꺼냈다.

"자, 어쨌든 한 대 피우게. 석방의 맛을 봐야지."

"예입, 감사합니다."

몸을 꾸부정하니 구부리고 담배 한 개비를 꺼내 입가에 꼬나물며, 야이치는 어깨 너머로 자동판매기를 힐끗 쳐다보았다.

"선생, 할망구라고 생각했는데 꽤 젊은 아가씨로군요. 참 말세입니다, 말세. 무슨 사연으로 저렇게 젊은 아가씨가 이런 창문도 없는 상자에 갇혀 있는 거람."

"……그래, 빨리 불이나 붙여."

눈앞으로 내민 라이터에 불을 붙이고 맛있게 한 모금 빨아들이자마자, 야이치는 으아앗, 하고 그 자리에 주저앉고 말았다.

"왜 그래, 야이치! 정신 차려. 뇌일혈인가? 심장마비?"

"아, 아뇨. 아무래도 오십이 년 만에 빨았더니 머리가 핑글핑글 도는군요."

하라다는 야이치를 부축해 일으키고 버스 정류장의 벤치에 걸터앉았다. 나란히 앉아 자신도 녹색 담뱃갑에서 한 개비를 꺼냈다. 아주 오랫동안 잊고 있었던 필터 없는 담배의 강력한 맛과 함께 깊은 슬픔이 가슴을 파고들었다.

야이치는 등을 둥글게 말고 조심스럽게 담배를 피우기 시작했다. 한 모금 들이켤 때마다 주름진 얼굴이 일그러졌다.

"자네, 우리집으로 오게. 홀아비가 사는 아파트라 신경 쓸 사람도 없어. 유유자적하게 연금생활이나 즐기는 게 어떻겠나. 응? 그렇게 해."

야이치는 잠시 생각에 잠겼다.

"말씀만은 고맙지만 그건 아니 되오, 선생. 아무리 그래도 그렇지, 그렇게까지 신세를 진대서야. 경찰 간판이 울겠습니다."

"자네나 나나 가족도 없잖아. 아무리 조직이 있다고 해도, 그야 이삼 일이야 잘 대해줄지 몰라도…… 봐봐, 석방이라고 하는데도 젊은이 하나 마중 나오지 않았잖아."

"그런 건 이미 알고 있었다오."

"그럼 어떡할 거야. 본가의 사무실에 가봐야 얼굴도 모르는 애송이들뿐일 텐데, 이러쿵저러쿵 자네 내력에 대해 설명이라도 할 생각인가?"

두 개비째의 담배를 빼들고, 야이치는 잠시 망설이다 말했다.

"사실은 선생, 석방되면 가리라고 생각해둔 곳이 있다오."

"오, 친척이라도 있는 모양이구먼."

"아니오. 사가라 형님이 생전에 가끔 면회를 와서, 석방되면 꼭 그리로 가라고 몇 번이나 당부하던 곳이 있소."

"나오키치가?"

작년 가을, 애석하게도 세상을 떠난 간토 사쿠라회 팔대 총장 사가라 나오키치의 평온한 마지막 미소를 하라다는 떠올렸다.

"그런가. 나오키치는 자네를 잊지 않았던 거군."

"잊기는커녕, 오십이 년 동안 매달 면회를 와주었지요."

"그런데, 그곳이 어딘가?"

야이치는 담배를 흔들며 등나무꽃 색으로 물들어오는 하늘을 올려다보았다. 느티나무의 어린 싹이 바람에 살랑이고 있었다.

"그때 형님 집에 기거하던 꼬맹이가 이제 어엿한 사내가 되어 온천여관을 하고 있다는군요."

"오호, 누구지? 그 당시부터 기거하고 있었다면 사쿠라회에서도 고참 축에 들 텐데."

"선생도 모르오? 기도 나카조라고. 난 기억나지 않소만."

"기도? 아, 알고말고. 거물 총회꾼이지. 사쿠라회 오인방의 우두머리. 나오키치의 뒤를 잇는다는 소문이 나돌 정도야. 오호, 그렇구먼. 그애가 여관을 한단 말이지."

"뭐라더라, 으음, 그래, 프린스……가 아니라, 프리즌 호텔. 감방 안에서도 몇 번 이야기를 들었소이다. 석방되면 바로 거기로 가는 게 유행이라고. 온천에 몸을 푹 담그고 느긋하게 앞날을 구상해 본다고 하더군요."

"그래? 그것 참 좋은 곳이군."

"괜찮다면 선생도 같이 가시죠."

하라다는 지팡이에 기대어 허리를 들어올렸다.

"아냐, 그만두겠어. 이래봬도 난 전설적인 조직범죄 담당 형사였어. 그런 내가 현역 야쿠자의 여관에 가다니, 경찰 간판이 울지, 울어."

"여전하시군요, 선생. 비뚤어진 것은 죽어도 싫다는 말이로군요."

"자네도 여전해. 죽어도 짭새 신세는 지고 싶지 않단 말이지. 과연 간토 사쿠라회의 간판, '붉은 사쿠라' 야이치로구만."

"아, 그런 이름은 오십이 년 전에 반납했습니다. 지금은 '죽다 만 야이치' 라오."

"길은 헤매지 않겠어?"

"괜찮소. 에, 그러니까 후주의 버스 정류장에서 게이오테이토 선을 타고 가다가, 신주쿠에서 쇼 선으로 갈아타고, 다시 우에노 역으로."

절대로 괜찮지 않을 것 같았지만, 하라다는 야이치를 우에노 역까지 바래다줄 자신이 없었다.

“야이치, 한 가지만 가르쳐주지. 쇼 선이라는 전철은 없네. 지금은 국철, 아니 JR이라고 불러.”

“아, 그렇습니까. 그건 금시초문인데. 정말 세상만사 안 변하는 게 없소이다.”

오마타 야이치는 담배를 손가락 끝으로 비벼 끄고, 추워 보이는 겉옷을 휘날리며 새하얀 깍두기 머리를 깊이 숙였다.

“그럼 하라다 선생, 섭섭하지만 여기서 작별을 고할까 합니다. 부디 몸 건강하시오.”

“그래, 자네도.”

그렇게 말하고 하라다는 머플러를 풀어 야이치의 가느다란 목에 감아주었다. 빌딩 사이로 솟아오른 아침 해가, 한껏 늙은 두 그림자를 가로수 길 위로 길게 늘어뜨리고 있었다.

“이제 이렇게 밝은 해님을 보게 되었으니, 몸 보전 잘 해서 하루라도 더 오래 살도록 하게. 알겠나, 야이치.”

죽을 때가 다 되어도 없어지지 않는 자신의 경찰 근성에, 하라다는 지겨움을 느꼈다.

“어이, 야이치.”

“예입, 무슨 분부라도?”

“아, 아무것도 아냐. 빨리 가게. 조심해서.”

목까지 치고 올라오는 말을 하라다는 그대로 꿀꺽 삼켜버렸다.

오로지 야쿠자 한 길에 목숨을 걸고 달려온 이 야쿠자에게 도저히 진실을 알려줄 수가 없었다. 하라다는 들개를 내쫓듯이 허공을 향해 지팡이를 휘둘렀다.

경시청에서 간부로 근무하고 있는 손자가 술김에 입에 담았던 그 믿기 어려운 사실을, 하라다는 문득 떠올렸다.

'할아버지, 이건 절대로 비밀인데요. 후주에 오십이 년 동안이나 복무하고 있는 놈이 있어요. 그런데 그게 컴퓨터 입력 실수 때문이었다고 하는군요. 기가 차서 말이 안 나와요. 아무 문제 안 생기게 적당히 석방시켜야 할 텐데.'

야이치의 뒷모습이 느티나무 가로수 저끝으로 사라지자, 하라다는 차가운 보도에 무릎을 꿇고 머리를 땅에 박은 채 흐느껴 울었다.

3

'역시 이름 탓이야.'

게이오 선 첫차를 타고 후주 역에서 내려 느티나무 길을 걸어가면서, 남자는 절실하게 그런 생각을 했다.

구스보리 도도메(楠堀留)*. 정말 어감이 좋지 않다. 이 말장난 같은 이름 때문에 얼마나 손해를 보고 살았는지 모른다.

성실한 아버지였던 만큼 절대로 다른 의도는 없었다. 자식을 많이 둔 부모가 경제학상의 배려로 막둥이를 뜻하는 이름을 붙인 것뿐이다. '도메키치(留吉)'는 너무 고리타분하고 '스에오(末夫)'는 작명의 의도가 너무 노골적으로 드러나니, 조금 응용해서 '도도메(留)'로 결정한 것이다. 그러나 오로지 성실밖에 내세울 게 없는 공무원이었던 아버지가 노름판에서 쓰이는 '구스보리'라는 말의 의미를 몰랐다는 것이, 자식에게는 큰 불행이었다.

'구스보리 도도메'라는 이름을 들으면, 조금이라도 세상 물정에 밝은 사람이라면 모두 폭소를 터뜨리고 만다.

엎친 데 덮친 격으로, 베이비붐 세대에 태어난 이 막둥이는 사행심이 왕성했다. 열심히 일하는 편이었지만, 도박을 사랑했다. 마작하우스, 빠찡꼬 가게, 경마장 등, 어디에서나 '구스보리 도도메'라는 이름은 웃음의 대상이었고, 게다가 노름을 좋아하는 데 비해서 솜씨 없는 노름꾼인 탓에 의도와 다르게 이름을 그대로 현실화시키는 삶을 살고 말았다.

'역시, 이름이 나쁜 거야.'

가죽 점퍼를 입은 등을 둥그렇게 말고 아침 거리를 걸으면서, 구스보리는 새삼 자신의 이름에 대해 심각하게 생각해보았다.

중학교를 졸업하고 내장 공사 십장 밑에 들어가 일을 배워, 삼십

---

* '구스보리'는 노름판에서 이기는 것을 도와주는 바람잡이를 뜻하는 은어, '도도메'는 마지막, 또는 멈춤이란 뜻이다.

대 중반에 독립해 회사를 세웠다. 마침 사업은 불어오던 호경기의 바람에 한껏 돛을 펴고 점점 번창해서, 기능공만 스무 명이 넘는 규모로 성장했다.

그때까지만 해도 '구스보리 도도메'는 도박을 좋아하는 기능공들 사이에서 애교 있는 이름으로 통했다. 그러나 거품경제가 가라앉고 동업자 간에 전투와도 같은 경쟁이 벌어지게 된 지금에는 더 이상 웃어넘길 수 없는 기분 나쁜 이름이 되고 말았다.

회사 사정도 가파른 절벽 앞에 서 있는 상태다. 당연히 경마 따위에 신경 쓸 때가 아니지만, 오랜 기능공 생활 동안 취미라기보다 습관이 되어버린 탓에 경마장 출입을 그만둘 수가 없었다.

느티나무 길은 이윽고 오쿠니다마 신사의 입구에서 끊어졌다. 불경기가 시작되고 평소보다 더 큰 돈을 잃게 되면서부터, 경마장에 가는 길에는 반드시 이 신사에 들러 필승을 기원했다. 하지만 영험하다는 이곳에서도 별 효과는 없었다.

자갈길을 밟으며 정적이 감도는 신사 본당을 향해 걸어간다.

오늘이야말로 승부다, 하고 구스보리는 가방을 옆에 끼고 등을 쭉 뻗었다. 무슨 수를 쓰든 삼백만 엔을 이천만 엔으로 만들어야 한다. 이천만 엔만 있으면 다음달 어음을 결제하고, 직원들에게 수당도 줄 수 있다.

신사 앞에 서서 호주머니에서 동전을 꺼내려다가, 구스보리는 큰맘 먹고 만 엔짜리 지폐를 새전함에 던져넣었다. 노동으로 단련된 두꺼운 손을 탁탁 소리내어 치며, 만 엔만큼의 기도를 드린다.

'에, 신이시여, 저에게 복을 내려주시옵소서. 오늘의 승부는 메인 레이스의 가치호마레올시다. 부디 단숨에 일등으로 골인할 수 있기를……'

통통한 몸을 정중하게 굽히고 대머리를 꾸벅꾸벅하면서 구스보리는 정성을 다하여 빌었다.

"가치호마레, 가치호마레. 후지사와 마구간, 기수는 오카베. 잘 들으셨지요, 부탁합니다!"

큭큭, 하는 웃음소리가 들렸다. 뒤를 돌아보니 몸집이 자그만 노인이 짧은 머리를 쓰다듬으며 웃고 있었다. 서늘한 봄날 아침인데도 겉옷 하나만 걸치고, 맨발에 게다만 신고, 당초무늬 보따리를 안고 있다. 마치 옛날 야쿠자 영화에서 현실로 튀어나온 듯한 모습의 노인네였다.

"뭐가 이상해, 할아범? 아침 기도 드리는 신성한 장소에서 큭큭 비웃는 건 무슨 버릇이야."

"아, 미안하게 됐네. 별다른 뜻은 없었어. 단지 옛날이나 지금이나 도박 좋아하는 사람들은 변함이 없는 것 같아서 말이야. 흠, 그러고 보니 오늘은 토요일. 경마하는 날이로구먼."

노인의 눈은 유리처럼 맑다. 번잡한 세상사와는 아무 인연도 없는 듯한 표표한 자태는, 말하자면 마치 오십 년 전의 과거에서 시간을 건너뛰어 날아온 사람 같았다.

"경마라. 때를 벗겨내기에는 나쁘지 않군…… 어이, 선생. 괜찮다면 나도 좀 데리고 가주게나."

"……별 기분 나쁜 할아범 다 보겠네. 내가 왜 처음 보는 사람을 경마장까지 데리고 가야 해? 하하하, 빈대 붙을 생각이면 일찌감치 접어."

"아니, 아니, 걱정하지 말게. 노름할 돈 정도는 가지고 있어."

노인은 품안에서 낡은 보자기를 꺼냈다. 안에는 돈다발이 가득 들어 있다.

"이건 절대로 더러운 돈이 아냐. 감방 공장의 일등 공원으로 오랜 세월 일해서 번 돈이니까."

"뭣! 할아범, 징역 살았어?"

"예입. 방금 석방되어 나온 길이지. 살아서 이렇게 푸른 하늘을 보리라곤 꿈에도 생각지 못했는데 말이야. 그래서 인사차 이 지역의 신사에 온 거라네."

노인은 그렇게 말하면서 손가락에 침을 묻히더니 만 엔짜리 지폐 한 장을 새전함에 넣었다. 깡마른 등을 동그랗게 말고 엄숙하게 손을 모으는 모습이 애처롭다. 구스보리는 고생하며 살아온 만큼 심성은 나쁘지 않은 사람이었다.

"그랬군…… 무슨 사연인지는 모르겠지만 정말 수고가 많았겠어. 좋아, 할아범. 같이 가고 싶다면 내가 데리고 가주지."

노인은 얼굴을 들고 밝은 표정으로 뒤를 돌아보았다.

"이거 참 미안하이, 선생. 나도 노름이라면 일가견이 있어서 옛날에는 경마도 꽤 했더랬는데, 너무 오랫동안 감방에 있다보니 도무지 뭐가 뭔지 모르겠어서 말이야."

"오래라니, 어느 정도인데?"

"으음, 거의 오십 년이지."

"오, 오십 년!"

경악하는 구스보리를 곁눈으로 바라보며 노인은 자갈길을 걸어가기 시작했다.

"할아범, 농담하지 마. 오십 년이라면 전쟁도 끝나기 전이잖아!"

"미결수 기간까지 넣으면 통산 오십이 년. 종전도 전후도 나하고는 아무 상관이 없다네."

"그럼 경마를 해본 적이 있다는 건……"

"흠, 그러니까 마지막으로 산 마권은 1943년의 더비. 구리후지라는 말이 이겼지. 그놈은 정말 강했어. 암놈으로 11전 무패, 온갖 타이틀을 다 차지했었지. 선생도 알지 않나?"

"내, 내가 어떻게 그걸 알아."

"기수는 마에다 조키치, 시모우사의 황실 목장 출신이었어. 그리고 1941년의 센트라이트. 그놈도 강했지, 강했어."

"……그건 들어본 적이 있군. '센트라이트 기념' 이라는 레이스가 있으니까."

"그런가? 그 말도 더비에서 일등을 했었다네. 처음 본 것은 네기시 경마장에서였지. 요코하마에 있는…… 이건 알지 않나?"

"모, 모른다니까. 네기시라, 요코하마의 네기시에 경마장이 있었어?"

"헛, 지금은 없는 모양이구만."

"그런 게 있을 리가 없지."

"허허…… 그렇구먼. 사실 내가 경마를 시작할 당시 도쿄 경마장은 메구로에 있었는데 말일세."

"메구로!"

"그렇지. 쇼 선 메구로 역에서 내려 곤노스케 언덕길을 내려가면, 근사한 경마 스탠드가 나타났었더랬어."

혹시 오늘은 정말 대박을 터뜨릴지도 모르겠다고, 구스보리는 가슴이 두근거렸다.

반나절 후.

저녁 햇살이 비쳐드는 술집에서 구스보리는 울분을 삭이며 외쳤다.

"제기랄! 이건 말도 안 돼. 불공평도 정도가 있지. 어이, 할아범. 매주 한 번도 빠지지 않고 출근하는 난 빈털터리가 되고, 오십 년 만에 돈을 건 당신은 대박을 터뜨리다니 이게 말이나 되는 소리야? 어이, 말 좀 해봐!"

"제발 좀 진정하게. 운이 나빴을 뿐이야, 선생. 오오, 맛있다. 오장육부가 찌릿찌릿하군."

술을 한 잔 들이켜고 나서 구스보리는 테이블에 쿵 하고 머리를 찧었다.

"물론 난 구스보리야. 구스보리 도도메라고. 그렇다고 해서 삼백만 엔을 날려도 되느냐 이 말이야. 이제 난 어떡한담, 월말인데. 이번에는 정말로 부도다, 부도. 어이, 할아범, 도대체 얼마 딴 거야?"

"오오! 오장육부가 찌릿찌릿하다!"

"얼마나 땄냐니까!"

"아, 별것 아닐세."

노인은 가슴에서 봉투를 꺼내 테이블 위에 하나 둘 쌓아올렸다.

"하나, 둘, 셋…… 일곱이올시다."

"일곱! 대박 봉투로 일곱, 으으, 그러니까 칠백만!"

"아냐, 중간에 반쯤 터진 것도 있으니까 천 정도는 될걸. 어이, 언니. 이걸로 계산해줘. 거스름돈은 필요 없어."

백만 엔짜리 돈다발을 던지려는 노인의 손을, 구스보리가 재빨리 낚아챘다.

"괜찮아, 선생. 내가 한잔 산다고 하지 않았나."

"그게 아냐, 그게 아니라니까. 할아범, 당신은 정상이 아냐. 돈 가치를 도무지 몰라. 어쩐지 아무렇게나 마구 질러댄다 했더니…… 요컨대 요즘의 화폐 가치라는 걸 전혀 모른단 거였군. 제기랄, 이게 뭐야! 왜 세상은 이리도 불공평하냔 말이야."

"그렇지 않아, 선생. 난 정정당당하게 이 팔로,"

노인은 소매를 걷어붙이더니 멋들어진 문신이 새겨진 두 팔을 엇갈려서 탁 쳤다.

"실력으로 승부를 한 걸세. 오오, 이 맛, 오장육부가 찌릿찌릿하구먼."

"웃기지 마, 할아범. 이래봬도 난 매일 연구를 하고 있어. 갤럽 조사지도 매주 사고, 과거 오 년 치의 경마신문도 보관하고 있고, 오늘만 해도 밤새 연구하고 왔단 말이야. 당신 같은 사람한테 실력이 어쩌고 하는 말을 들을 만한 아마추어가 아니라고!"

큭큭, 하고 노인은 전 세계를 깔보는 듯한 웃음소리를 냈다. 노려보는 구스보리의 시선을 슬쩍 피하며 노인은 골든 배트를 빼물었다. 어딘지 모르게 아르누보적인 분위기가 떠도는 자태였다.

"보시오, 구스보리 씨. 노름의 기술이란 건 말일세, 그런 게 아냐."

"뭐라고? 보자보자 하니 나한테 설교할 생각이야?"

"어허 참, 내 말을 좀 들어봐."

노인은 술기운을 받아서 더욱 붉어진 벚꽃 문신을 드러내면서 말했다.

"자네는 구스보리야."

"그건 나도 알아. 태어날 때부터 구스보리였으니까."

"아냐, 지금 자네는 노름에 푹 절은 구스보리야. 경마장에 도착하는 순간 신호가 오더군. 자네는 전체를 바라보지 못해. 어제 저녁에 얼마나 연구했는지 모르겠지만, 오로지 배당이 얼마나 되는지만 살피고 있더구먼. 아침부터 승부는 잊어버리고 돈만 바라보고 있더란 말이야."

"뭐? ……그랬던가. 정말?"

"흠, 그래서야 아무리 발버둥을 친들 노름에서 이길 수 없어. 도박장의 신은 늘 제정신 똑바로 박힌 사람에게만 붙어다니니까."

"그것하고 할아범 솜씨하고 무슨 상관이 있어?"

"있고말고. 난 자네가 사는 걸 보고, 그 반대로 샀던 거야."

구스보리는 오늘 하루를 뒤돌아보았다. 그러고 보니까 이 할아범은 레이스가 바뀔 때마다 '선생, 뭘 샀나? 가르쳐주게' 하고 물었었다.

"치사해! 그래서 메인 레이스 때 내가 그렇게 가치호마레를 사라고 했는데도 사지 않았단 말이지."

"그야 당연하지. 선생이 절대로 이긴다고 한 말은 절대로 진다는 뜻이니까. 경마의 정석으로 볼 때, 앞서가는 말이 꽝이면 그 뒤를 따르는 말이 이기는 건 당연한 것 아닌가."

"……그렇지만 할아범, 이 세상은 경마장처럼 그렇게 단순하지 않아. 결과론적인 소리 하지 마."

"그럼 이거나 가지게나."

노인은 채 환금받지 않은 메인 레이스의 마권을 구스보리의 손에 쥐여주었다. 백만 엔짜리 일 점 승부를 보고 구스보리는 입을 딱 벌렸다.

"천이 더 붙었으니 천만이로군. 귀찮아서 바꾸지 않았는데, 이건 자네에게 주지. 받아주게."

"……"

"좀 적은가? 그렇다면."

구스보리는 현금 봉투를 뒤적이는 노인의 손을 잡았다.

"할아범…… 당신, 정말 오십이 년이나 징역을 살았어?"

"물론이지. 어라, 구스보리 선생, 술이 과했나? 왜 울고 그러나."

천만 엔이라는 돈이 있으면 당분간은 버틸 수 있다. 그러나 아무리 급박한 사정이라 해도 이 돈만은 절대로 받을 수 없다고 구스보리는 생각했다. 노인은 자신이 태어나기 전부터 차가운 벽 안에 갇혀 생활해온 것이다.

"할아범, 거품경제라고 모르지?"

"뭐? 그건 또 뭔가."

"록히드 사건도, 비틀스도, 도쿄 올림픽도 모르지?"

"흐음. 면목 없구먼. 난 사바세계 사정은 전혀 몰라. 올림픽은 고사하고 맥아더도 본 적 없다네."

노인의 유리처럼 맑은 눈을 바라보며, 구스보리는 다시 한번 불공평하다고 생각했다. 이 할아범의 고생에 비한다면 자신이 고등학교에 못 간 것, 낮은 월급을 받으며 죽어라 일한 것, 교통사고를 당한 것, 부도난 어음을 받은 것 따위는 불행 축에도 들지 못한다. 구스보리는 하얗고 메마른 노인의 손을 두 손으로 부여잡았다.

"할아범. 조금만 더 나랑 같이 있어줘. 노림수가 있어서 그런 건 아냐. 천만이 얼마만한 가치가 있는 돈인지, 내가 설명해줄 시간을 달라고."

"오, 그렇다면 선생, 우리 온천이나 가지 않겠나? 내 조카놈이 산골짜기에서 여관을 하고 있다네."

노인은 좋은 일은 서둘러야 한다는 듯 자리에서 벌떡 일어서더니, 걱정스런 눈길로 돈다발을 내려다보았다.

"그런데 잠깐, 요즘 세상에 온천여관에서 이런 잔돈으로 잠이나 잘 수 있을까 몰라……"

4

엷은 남색 하늘을 활짝 핀 벚꽃이 뒤덮고 있다.

뿌연 차창을 바라보면서, 나는 왠지 모르게 도미에 생각으로 머리가 가득 차 있었다. 도미에는 아버지의 후처로, 젊은 남자와 도망친 어머니를 대신해서 일곱살 때부터 나를 키워주었다. 호박에다 느림보에다 멍청이라, 여행지에서 팩스를 보내라고 하면 팩스 기계를 통째로 소포로 보내버리는 그런 여자다.

도미에는 집단취직으로 아버지가 경영하던 빤스 공장에 와서 손이 불어터지게 일을 하다가 부모자식만큼이나 나이 차가 나는 아버지의 아내가 되었다. 우리 어머니는 미인이었기에, 갑자기 그 대용품으로 등장한 도미에를 나는 마음 깊이 저주했다.

아버지가 죽고 공장 문을 닫은 후, 나와 도미에는 신주쿠 공원이 내려다보이는 아파트에서 함께 생활하게 되었다. 이윽고 소설 현상 공모에 당선되어 소설가의 길을 걷기 시작한 이후로 나는 철저히 도미에를 무시했다. 얻어맞고서 아프다고 말할 때까지 삼 초나 걸리는 도미에는 오랜 세월 나의 노예이자 샌드백이었다.

요즘 들어 나도 도미에의 슬픔을 이해하기 시작했다. 나이가 들었기 때문이 아니다. 나 자신이 혹 달린 여자와 결혼한 관계로 어렴풋하게나마 도미에의 고생을 이해하게 된 것이다. 물론 미카는 어린 시절의 나처럼 속을 썩이는 아이는 아니지만, 남의 아이라 생각하면서 사랑해주기는 쉽지 않다.

귀엽기는 하다. 그러나 그것을 사랑이라 할 수 있을지 고민하는 사이, 도미에의 존재가 내 마음속에 서서히 그 정체를 드러내기 시작했다.

삼십 년 가까운 세월 동안 도미에가 대체 무슨 생각으로 무엇을 바라고 나를 키워온 건지, 아마도 곧 나 스스로 깨닫게 될 날이 올 것이다. 지금 알고 있는 건 오로지, 내가 도미에의 손에 자랐기 때문에 보통 사람처럼 아내와 자식을 가질 수 있게 되었다는 사실, 그것뿐이다.

차창에 도미에의 얼굴만이 떠오른다. 죽은 아버지의 얼굴과 나를 낳아준 어머니의 얼굴을 상상해보려 했지만, 무슨 일인지 호박에다 느림보에다 멍청한 도미에의 웃는 얼굴밖에 떠오르지 않았다.

기쁜 소식을 품고 나를 찾아온 오카바야시 가즈오는 벌써 수상이 결정되기라도 한 듯 시종일관 싱글벙글이었다. 다른 후보작에 어떤 게 있는지는 모르겠지만, 베테랑 편집자인 오카바야시는 상당한 자신에 차 있는 듯하다.

도미에의 얼굴만 떠오르는 이유, 그것은 바로 내가 누구보다도 도미에에게 많은 고생을 시킨 장본인이기 때문일 것이다.

휴대폰을 꺼내 도미에에게 걸었다. 도미에는 낡은 아파트에서 고양이와 살고 있다. 아내를 맞이하면 당연히 다같이 살 생각이었지만, 도미에는 완고하게 거절했다. 기요코와 미카와 심장병을 앓는 기요코의 어머니까지 달고 살아야 하니 도미에로서는 오히려 더 부담스러울지도 모르겠다는 생각에 나도 억지로 강요하지는 않았다.

귀에 익은 호출음이 들린다.

수화기를 향해 예예, 하고 대답하며 울퉁불퉁한 털뭉치처럼 구르듯 달려오는 도미에의 모습이 눈에 선했다.

"여보세요, 기도입니다."

아직도 도호쿠 지방의 사투리가 섞인 도미에의 목소리가 고향의 바람처럼 귀를 간질인다.

"축하해, 고짱. 정말 고생 많았지!"

기요코가 연락했을 것이다. 머리 나쁜 기요코로서는 제법 신경을 쓴 편이다.

"문화훈장이라면서. 축하해, 정말 축하해!"

여섯 살짜리 미카가 기요코에게 알리고, 돌대가리 기요코가 아날로그 도미에에게 전화를 했으니 내용이 왜곡되는 것도 어쩔 수 없는 노릇이다. 노벨상이라고 하지 않은 것만 해도 기특하다.

"도미에, 그게 아냐. 문화훈장이 아니라 일본문예대상. 그것도 아직 정해진 건 아니야. 후보가 된 것뿐이지."

"아!"

도미에는 얼빠진 목소리로 대답했다.

"그렇지만 고짱이 받을 거야. 그렇게 고생했잖니. 밤잠도 자지 않고, 밥을 먹을 때나 똥을 눌 때나 늘 소설만 썼잖니."

"제발 침착해, 도미에. 후보는 몇 명이나 더 있어. 밤잠 안 자는 건 당연하고, 누구든 밥을 먹고 똥을 누면서 소설을 쓰는 거라고."

"아냐, 고짱은 달라. 내가 알아. 우리 화장실에는 책상까지 있잖아. 우리 고짱은 똥도 밥도 소설도 단번에 해치우니까, 카레라이스하고 워드프로세서를 들고 화장실에서 끙끙거리고 그랬잖니."

평소 과묵하기 짝이 없는 도미에가 이렇게 호들갑을 떠는 건 정말 드문 일이다. 만일 내 기억이 틀림없다면, 이런 건 내가 명문 고등학교에 합격한 이래로 처음이다. 공중전화에서 그 소식을 전하자 도미에는 할말을 잃고 수화기를 놓은 채 수도 없이 만세를 외쳤었다.

아마 지금도 그때와 같은 기분일 것이다.

"이제 여한이 없어. 고짱, 이제 충분한 거지?"

무슨 뜻일까. 나는 약간 화가 치밀었다.

"농담하지 마. 이제야 겨우 세상에서 날 인정해준 거야. 이걸로 충분하다니 말도 안 돼. 이건 조폭작가라는 오명을 씻은 정도밖에 안 된단 말이야."

"그러니까 이제 됐다는 거야. 고짱, 이제 이걸로 충분해."

무슨 말인지 모르겠지만, 이제 이걸로 직성이 풀렸을 테니 보통 사람이 되라고 말하고 싶은 모양이었다. 생각하기에 따라서는 도미에다운 단순무식한 발상이다.

"어쨌든 조용히 결과를 기다려봐. 오카바야시도 이번에는 낙승이라고 장담하고 있으니까."

옆자리에서 오카바야시 가즈오가 자신 있다는 듯 손가락으로 브이 자를 그려 보였다.

문득 도미에의 목소리가 끊어졌다. 불온한 숨소리가 들려온다. 여보세요, 하고 열 번 넘게 부르자, 이윽고 잠에서 깨어난 듯 중얼거린다.

"잘된 거야…… 이제, 이걸로 충분해. 그럼, 고짱, 열심히 해야 해."

"잠깐만, 도미……"

전화가 갑자기 끊어졌다. 불길한 예감이 먹구름처럼 나의 마음을 뒤덮었다.

"어이, 유턴이다, 유턴해!"

구단사카 언덕길 한복판에서 운전사가 황당한 표정을 지었다.

"빨리 신주쿠 쪽으로 달려. 아파트로 돌아가라고."

"왜, 왜 그러세요, 선생님. 잊으신 물건이라도?"

오카바야시는 앞뒤로 흘러가는 차의 물결을 바라보며 얼빠진 목소리로 물었다.

"시끄러! 잔말 말고 유턴하라면 하란 말이야!"

나는 그 순간 조폭작가 본연의 모습으로 돌아가, 오카바야시의 안면을 팔꿈치로 가격하고 운전수의 목을 뒤에서 졸랐다.

"으앗, 수, 숨 막혀, 캑! 아, 알았습니다. 알았으니까 폭력은 제발 참으세요."

차는 길 건너는 여고생들을 위협하면서 언덕길 한복판에서 좌회전했다. 필살의 팔꿈치 가격을 받은 오카바야시는 시트에 뻗어버렸다. 작년 여름, 신주쿠의 길모퉁이에서 앞니를 부러뜨린 이후로 오랜만의 쾌거였다.

"저기, 저기서 꺾어!"

"네? 여, 여기는 일방통행인데요."

"괜찮아. 무리도 통하면 도리가 되는 법이야. 시속 백 킬로미터로 달려!"

차는 호세이 대학의 학생들을 걷어차고 가도카와 출판사의 사원들을 기절초풍하게 하면서 일방통행로를 질주했다. 그제야 정신을 차린 오카바야시는 머리 위로 두 손을 들어올리고 괴상한 비명을 질러대고 있었다. 다시 큰길에 들어가 질주한다.

"시, 신호가 빨강!"

"그냥 달려. 브레이크만 밟았단 바로 죽을 줄 알아!"

바람처럼 스쳐가는 풍경 속에 도미에의 슬픈 미소가 떠올랐다.

'잘된 거야…… 이제, 이걸로 충분해. 그럼, 고짱, 열심히 해야 해.'

수수께끼 같은 말을 떠올리며 나는 미친 듯이 휴대폰 버튼을 눌렀다. 아무리 걸어도 신호 가는 소리만 들려올 뿐이었다.

아파트 입구에 차를 대는데 바로 뒤에 택시 한 대가 급브레이크를 밟으며 멈춰 섰다. 트레이닝복 차림의 기요코와 미카가 굴러나왔다.

"어떻게 된 거야, 기요코."

새파랗게 질려 말도 못 하는 기요코를 대신해서 미카가 대답했다.

"아, 아버지! 큰일났어요. 도미에 할머니가 전화로 이상한 말을 했어요."

"이상한 말이라니, 뭐라고 했는데?"

"이제 더이상 여한이 없다면서, 엄마에게 아버지를 잘 부탁한다고 했대요."

나는 한 손으로 입을 막고서 벌벌 떨고 있는 기요코의 멱살을 잡왔다.

"뭐야, 무슨 영문인지 어서 말해. 너, 도미에 가슴에 못을 박는 말을 한 거지? 대체 무슨 말을 했어?"

둘 사이에 미카가 끼어들었다.

"엄마는 아무 말도 하지 않았어요. 아버지가 훈장을 받는다는 말밖에 안 했어요. 그랬더니 도미에 할머니가 갑자기 이상한 말을 한 거래요."

이렇게 다투고 있을 때가 아니었다. 나는 운전사에게 대기하라고 명령하고 입구 계단을 뛰어올랐다.

"어떡해, 어떡하면 좋지."

기요코는 엘리베이터 안에서 앉았다 일어섰다 하며 어쩔 줄 몰라 했다.

"요즘 들어 도미에 씨가 좀 이상했어요. 식사 초대를 해도 거절하고, 지난번에는 집에 있으면서도 없는 척하는 거예요. 현관 렌즈로 들여다보다가 눈이 마주쳤는데도요."

나는 기요코의 머리카락을 거머쥐고 엘리베이터 벽에 처박았다.

"멍청이. 왜 말 안 했어? 그런 일이 있으면 나한테 말해야 될 것 아냐."

"아얏! 미안해요. 쓸데없는 말 하면 신경 쓸 것 같아서……"

나는 엘리베이터가 크게 흔들릴 정도로 기요코의 등을 발로 힘껏 걷어찼다.

"도미에가 뭐? 쓸데없는 일? 잘 들어, 도미에는 말이야, 일곱 살 때부터 날 키워준 사람이야. 이제 막 굴러들어온 너희가 도미에를 무시하다니, 도미에는 말이야, 도미에는……"

말을 잇지 못하는 나를 미카가 끌어안았다. 미카는 내 허리에 얼굴을 묻고 벌벌 떨고 있었다.

"죄송해요, 아버지. 엄마 때리지 마세요. 엄마하고 도미에 할머니, 사이좋아요."

'너희' 라고 한 것은 내 말실수였다.

엘리베이터 문이 열리자 우리는 일제히 복도로 뛰어나갔다. 황급히 열쇠를 꺼내 정든 집의 문을 열었다. 도미에의 냄새가 우리를 감쌌다.

"도미에, 어디 있어?"

대답이 없다. 낯익은 발소리를 알아채고 현관까지 달려왔어야 할 고양이도 없었다.

불길한 느낌이 덮쳐오는 것을 느끼면서 나는 방 하나하나를 살펴보았다. 평소처럼 잘 정돈된 방이었지만, 오늘따라 더욱 완벽하게 깔끔한 것이 오히려 불안을 증폭시켰다.

시계를 본다. 전화를 끊은 지 아직 이십 분밖에 지나지 않았다.

거실 테이블에 무선 전화기가 놓여 있었다. 찻잔에는 아직 온기가 남아 있었다. 기요코에게 좋은 소식을 들은 후 도미에는 소파에 가만히 앉아 내 전화를 기다렸을 것이다.

"생각이 지나친 건지도 몰라요. 장이라도 보러 가셨겠죠."

기요코가 희망을 담아 말했다.

"응, 맞아. 분명 그럴 거야. 아니, 혹시 마실 나간 건지도 몰라. 서로 엇갈린 거야, 분명히."

우리는 서로의 얼굴을 바라보며 억지로 웃었다. 역시 생각이 지나쳤던 것 같다. 요즘 들어 갑자기 늙어 보인 건 사실이지만, 이제야 나의 기벽에서 해방되었으니 인상이 바뀌는 것도 당연하다. 이러고 있으면 전화가 오든지, 아니면 축하음식 재료를 잔뜩 사들고 들어올지도 모를 일이다.

"어?"

기요코가 테이블 아래에서 메모지를 꺼내들었다. 웬만해선 알아볼 수 없는 도미에의 지렁이 글씨가 나타났다.

피곤해서 여행을 떠나요. 고양이는 데리고 갑니다. 열심히 해, 고짱.

"뭐야, 깜짝 놀랐잖아. 그럼 그렇다고 말이나 하고 갈 것이지."

"도미에 씨, 정말로 기뻤던 모양이에요. 전화기에다 대고 만세, 만세 하고 몇 번이나 외치던걸요."

나는 도미에의 방으로 들어가 옷장을 뒤졌다. 과연 여행가방과 고양이 바구니 등이 보이지 않았다. 저금통장이나 평상복도 그대로였다.

"여보. 혹시 도미에 씨, 나카조 삼촌네 호텔로 간 건 아닐까요? 이건 그냥 느낌이지만……"

나는 문을 빠끔 열고 안을 엿보면서 그렇게 말하는 기요코의 머리에 공수도 일격을 가했다. 변함없이 잘 익은 수박 같은 소리가 났다.

"말도 안 되는 소리 하지 마. 거기에는 어머니가 있잖아."

나카조 삼촌이 경영하는 호텔을 관리하는 사람은 어머니와 그 남자다. 아무리 그래도 그렇지 설마 거기에 갔을 리는 없다.

건너편 방에서 미카가 소리쳤다.

"큰일났어요, 큰일. 할아버지가 없어졌어요."

"멍청이. 정말 그 어머니에 그 딸이로군. 네 할아버지는 팔 년 전에 뻗었잖아."

"아니, 그게 아녜요. 이것 좀 봐요."

미카가 방문을 열었다. 선향 냄새가 확 풍겨왔다. 불단의 문이 열려 있고, 그 자리에 있어야 할 아버지의 위패가 보이지 않았다.

순간 깜짝 놀랐지만, 곧 작년에 도미에를 가부키 극장에 데리고 갔을 때 아버지의 위패를 공연이 끝날 때까지 가슴에 안고 있던 것이 떠올랐다. 필시 도미에는 아버지와 함께 여행을 떠난 것이다.

커튼을 열자 활짝 핀 공원의 벚꽃이 눈앞을 가득 채웠다. 희소식을 전해 들은 도미에의 기쁨은, 아마 내가 느끼는 그것보다 훨씬 컸을 것이다.

가부키 극장에서 아버지의 위패를 가슴에 끌어안은 채 배우들에게 성원을 보내던 도미에의 모습이 아련히 되살아났다.

꽃으로 가득한 도로에는 고래 같은 리무진이 멈춰 서 있고, 오카바야시는 초조하게 담배를 피워대고 있었다.

나는 도미에의 성원 덕분에, 겨우 무대로 이어지는 통로에 들어설 수 있게 된 것이다.

5

점심시간을 알리는 종이 울리자, 하나자와 시게루는 교실 창문에서 뛰어내려 마구 달리기 시작했다.

교정을 가로지르면서 교복 위에 호텔 한텐을 껴입는다.

열두시 십분에 완행열차로 도착하는 손님을 영접하여 호텔까지 모셔다드리고, 오후 수업이 시작하기 전에 학교로 돌아와야 한다.

"좀 빡세지만 말이야!"

달리면서 무심결에 폭주족 시절의 말버릇이 튀어나와, 시게루는 제 손으로 볼을 탁탁 때렸다.

그렇지만, 손님을 보내고 맞이하는 일은 아주 중요한 거라고 오야붕은 말했었다. 어떤 어려운 일이 있어도 싫은 내색을 해서는 안된다. 호텔 종업원은 겉모습일 뿐, 내 본분은 기도 나카조 오야붕의 훈육을 받는 신참 야쿠자다. 매일 이렇게 조금씩 사나이의 길을 닦아나가는 거다.

빳빳한 새 교복의 가슴에 손을 댄다. 구로다 대장이 입학 축하로 지어준 교복 안주머니에는 손수건으로 감싼 술잔 하나가 들어 있다. 자기보다 나이 어린 동급생들에게 화가 치밀 때나 수업중에 졸다가 복도에서 벌을 설 때, 가슴 위에 손을 얹으면 신기하게도 마음이 가라앉는다. 이 술잔에는 필시 오십 년 넘게 전사의 길을 걸어온 오야붕의 혼이 깃들어 있는 모양이다.

오야붕이 잔을 건네준 것은 입학식날 아침이었다.

부모님과 함께 인사를 하러 갔더니, 대연회실에는 술잔 의식의 준비가 갖추어져 있었다. 오야붕, 구로다 대장, 종업원 야스 형님, 바텐더 조 아저씨 모두 가문의 문장이 새겨진 정장으로 차려입고, 주방장과 셰프와 여급을 비롯한 호텔의 모든 종업원들이 나를 지켜봐주었다.

아버지는 당혹스러워하면서도 조금도 망설이지 않고 말했다.

"시게루, 감사히 받아."

유서 깊은 술잔 의식이 행해지는 동안 어머니는 눈물을 흘렸지만, 그것은 분명 아들을 야쿠자로 만들어버렸다는 후회 때문은 아니었다.

오야붕은 말했다.

'잘 들어라, 시게루. 이것으로 자네도 사쿠라회의 젊은이가 되었다. 야쿠자란 그 무엇보다도 일단 마음이 상냥해야 한다. 그리고 강해야 한다. 강하고 상냥한 사나이란 다시 말해, 고생을 참을 줄 아는 사나이라는 말이다.'

무심결에 대연회실을 둘러보았다. 오야붕, 구로다 대장, 조 아저씨, 야스 형님, 그리고 가지 주방장과 핫토리 셰프, 곤잘레스, 아니타, 모두 강하면서도 상냥한 얼굴이었다.

교정을 둘러싼 벚나무에는 꽃이 만발해 있다. 하지만 저 멀리 보이는 봉우리에는 아직 새하얀 눈이 덮여 있고, 불어오는 바람은 피부를 에는 듯이 차갑다.

시게루는 일단 주위를 둘러보고 나서 백네트 뒤로 달려갔다. 구멍난 철조망을 뚫고 나가자 산을 배경으로 신사의 숲이 펼쳐진다. 오토바이는 그 신사 뒤에 숨겨두었다.

"어, 어라……"

시게루는 그 자리에 우뚝 멈춰 섰다. 하필이면 담임 미우라가 햇살 아래 서 있는 그 오토바이 시트에 앉아 책을 읽고 있는 것이 아닌가.

미우라는 온화한 중년 교사지만, 오토바이 통학은 교칙상 금지되어 있다.

"어이."

미우라는 책을 덮더니 시게루를 향해 손을 번쩍 치켜들었다. 셔츠 위에 다 떨어진 다운재킷을 걸치고 둥글고 검은 테에 테이프를 감은 안경을 쓴 미우라는, 영락없이 영원한 문학청년이란 표현 그대로였다.

"아, 안녕하세요. 예, 저기, 그러니까……"

당황하는 시게루를 안경 너머로 바라보는 미우라의 눈에는 웃음이 가득했다.

"이거 하나자와의 오토바이지?"

"예, 아니…… 예. 사실은, 저……"

미우라는 오토바이에서 내려 살짝 미간을 찌푸리며 손목시계를 보았다.

"뭘 꾸물거려? 서두르지 않으면 손님이 먼저 도착하겠다. 헬멧은 반드시 쓰고."

"예, 예. 선생님, 알고 계셨군요?"

"학생들 사정도 모르면서 어떻게 담임을 맡냐. 어이, 빨리 가."

시게루는 신사의 마루 아래서 헬멧을 꺼냈다.

"저어, 선생님. 집에 전화하실 건가요? 아버지나 어머니가 아시면 곤란해서요. 여기에는 좀 깊은 사정이 있어서……"

"네 사정 같은 건 몰라. 아는 거라곤, 점심시간을 이용해서 부모님 일을 돕는 기특한 놈이란 것뿐이지."

"그렇지만 오토바이 통학은 교칙 위반인데……"

"누구에게 들키면 담임 허락을 받았다고 해."

"정말 괜찮을까요? 정학 같은 거 당하진 않겠죠?"

미우라는 대답 없이 비듬투성이 백발을 긁적이더니, 커다란 삼나무에 기대어 책을 펼쳤다.

"생각해봐, 하나자와. 신칸센도 고속도로도 비켜가버린 이런 온천 마을에 그나마 찾아와주는 손님을 얼마나 소중히 모셔야 할지. 네가 하는 일에 불만을 가질 선생님은 아무도 없을 거야."

듣고 보니 그도 그렇다. 시게루는 고개를 끄덕이며 오토바이에 올라탔다. 시동을 걸고 고개를 돌리자 미우라가 읽고 있는 책의 표지가 눈에 들어왔다.

"어, 그거 『의리의 황혼』이군요. 선생님도 조폭소설 좋아하세요?"

"이건 조폭소설이 아냐. 훌륭한 문학이야. 기도 고노스케라고 알지? 멋진 작가더군."

"알고말고요. 기도 선생은 우리 호텔의 손님이세요. 자주 와서 소설을 쓰고 그러는걸요."

"뭐!"

미우라는 눈을 왕방울만하게 부릅떴다.

"정말이야? 기, 기도 고노스케 선생이 프리즌, 아니, 실례, 수국호텔의 손님이라고!"

"그럼요. 우리 호텔은 문화인의 휴식처라는 콘셉트를 내세우고 있거든요. 헤헤헷. 어때요, 선생님. 대단하죠?"

시게루는 어깨에 힘을 주었다. 기도 선생은 역시 업계 사람들만 즐기는 그런 조폭작가가 아니었다. 문예부의 고문이자 마을회관 교양강좌를 담당하고 있는 미우라 선생이 상찬해 마지않는, 위대한 소설가인 것이다.

"그뿐만이 아녜요. 기도 선생은 우리 오야붕, 이 아니라, 우리 오너의 조카세요. 원하신다면 소개해드릴까요?"

부르릉, 하고 시동을 거는데 미우라가 황급히 핸들을 부여잡았다. 표정이 심각했다.

"너, 거짓말하는 건 아니겠지? 하나자와. 너 나를 시골 선생이라 깔보고 거짓말하는 거 아니지?"

"전 거짓말 같은 거 안 해요. 우리 호텔에서는 뭐든지 용납되지만, 거짓말하고 불평만은 절대금지예요. 여차하면 손가락이 날아간다고요."

"뭐? 대, 대단한 호텔이군. 뭐 그런 건 아무래도 좋아. 그런데, 기도 선생은 또 언제 오시는 거야?"

"아, 그러고 보니 예약이 들어와 있었네. 무슨 대단한 문학상의 후보가 되었다고 하면서, 출판사 사람이랑 같이 온댔어요. 원하신다면 소개해드릴 수도 있는데."

우왓! 하고 어린아이처럼 탄성을 지르며 미우라는 눈을 휘둥그레 떴다. 평소의 침착한 행동거지로 봐서는 상상도 할 수 없는 반응이었다. 대단한 팬인가보다고 시게루는 생각했다.

"부탁해, 하나자와. 기도 선생이 오시면 꼭 가르쳐주는 거다. 그럼 나도 보답하마. 지각도 조퇴도 오케이. 아니, 국어 시험은 무조건 만점으로 해줄게."

"그런 건 괜찮아요. 우리 호텔은 대가를 받고 사람을 도와주면 손가락이 날아가요. 그럼, 손님을 모셔다드리는 김에 기도 선생님 예약사항도 살펴보고 오겠습니다."

오토바이는 나무 사이를 빠져나가 달리기 시작했다. 백미러 속의 미우라 선생은 마치 복도에서 벌을 받는 어린아이처럼 멍하니 서 있었다.

"아, 에, 이, 우, 에, 오, 아, 오! 카, 케, 키, 쿠, 케, 코, 카, 코!"

인기척 없는 역 대합실에, 소녀의 새된 목소리가 메아리치고 있다.

도대체 무슨 일인가 싶어 역무원들은 유리창에 얼굴을 나란히 내밀고, 매점의 할머니는 돋보기안경을 고쳐 쓰고 수상한 모녀를 지켜보고 있다.

"사, 세, 시, 수, 세, 소, 사, 소! 타, 테, 치, 츠, 테, 토, 타, 토!"

개찰구의 나무 난간에 한쪽 발을 올리고 유연체조를 하던 어머니가 질책했다.

"자세가 나빠! 등을 좀더 곧추세우고 아랫배 저 안쪽에서 소리를 끌어올려!"

옙, 하고 딸은 운동부 학생 같은 기세로 대답하더니, 깍지 낀 손을 등뒤로 쭉 뻗으면서 목소리를 높였다.

"나, 네, 니, 누, 네, 노, 나, 노!"

"맞았어, 그런 식으로. 배우는 뭐니 뭐니 해도 목소리가 생명이야. 커다란 목소리와 부드러운 몸매. 얼굴은 그 다음이야."

어머니는 쭉 뻗은 무릎 위에 얼굴을 갖다붙인 채, 배우답게 탄력 있는 목소리로 말했다.

이상한 모녀다. 맞춰 입은 듯한 검은 옷. 어두운 안색. 주위의 시선은 아랑곳하지 않는 안하무인의 태도. 그러고도 미워할 수 없는 느낌을 주는 열성.

두 사람이 이른바 연극 계통에 종사하는 사람이란 것은 누가 봐도 알 수 있었다. 연예인은 아니다. 연극인인 것이다.

"알았지, 사쿠라? 이번 오디션은 배수진이야. 너도 이제 열세 살이고 초경도 했으니까, 피터팬 역할은 이번이 마지막 찬스라구!"

예, 하고 선선히 대답하는가 싶더니, 딸은 주변의 공기가 오그라들기라도 하듯 입을 다물고는 고개를 푹 떨구었다.

"왜 그러니? 빨리 계속해."

"죄송해요, 후짱. 나 우에노에서부터 계속 발성연습을 했잖아요. 이제는 더 서 있을 힘도 없어요."

"아직도 그런 어리광을 부리니? 넌 얼굴이 꽝이니까 실력으로 승부하는 수밖에 없어. 자, 일어서. 어서."

"아아…… 이, 이제 더이상 목소리가 안 나와요."

딸은 그 자리에 털썩 주저앉아 바닥에 얼굴을 묻었다. 곁에서 보기에는 도대체 어디까지가 진짜고 어디까지가 연기인지 알 수가 없는 동작이다.

젊은 어머니는 아무 말 없이 유연체조를 계속하다가 문득 시계를 바라보았다.

“왜 이리 늦는담? 역까지 마중 나온다고 했는데. 이러다간 연습 일정이 뒤틀려버리겠어.”

“…… 오늘 연습은 뭐죠, 후짱?”

긴 머리카락 사이로 얼굴을 내밀고 딸이 지극히 연극적인 표정으로 물었다. 어머니의 말처럼 뒤떨어지는 외모는 결코 아니다. 오히려 최근의 아이돌 계통 미소녀와는 다른 고전적인 미모를 갖추고 있다.

“한시부터 대본을 외우고, 두시 반부터 연습, 다섯시부터는 온천 여관에서 유연체조. 그리고 밤에는 노래와 춤.”

어머니는 폭탄이다. 그러나 심혈을 기울인 화장 덕분에 그렇게 폭탄으로는 보이지 않는다. 굳이 말하자면 ‘화장발 잘 받는 폭탄’이다.

“정신 차려, 사쿠라!”

어머니는 무대 뒤에서 등장하는 배우처럼 달려와서, 만감이 교차하는 표정으로 축 늘어진 딸의 얼굴을 치켜들었다.

“후짱, 사쿠라는 이제 더이상……”

“약한 소리 하면 안 돼. 넌 내 딸이잖니. 한때는 롯폰기의 오필리아라 불렸던 하루노 후부키의, 하나뿐인 딸이야. 이제는 왕년의 미모도 사라지고 성격파 배우라는 이름으로 술집 작부 역이나 맡고 있지만, 실력은 연극계 넘버원. 그러나 운이 나빴어. 한껏 역량을 발휘할 그 중요한 시기에 네 아버지를 만나지만 않았더라도…… 아아, 이 무슨 기구한 운명의 장난이란 말인가!"

어머니는 하늘이 저주스럽다는 듯 눈꼬리를 치켜들었다. 이윽고 눈물이 홍수처럼 철철 흘러내렸다.

"울지 마세요, 후짱. 사쿠라가 잘못했어요. 난 후짱의 딸, 아니, 롯폰기의 오필리아 하루노 후부키와 천의 얼굴을 지닌 배우 고스기 긴고의 딸. 절대로 지지 않아요, 그 누구에게도. 하, 헤, 히, 후, 헤, 호, 하, 호! 마, 메, 미, 무, 메, 모, 마, 모!"

"그래. 힘을 내는 거야, 사쿠라. 야, 에, 이, 유, 에, 요, 야, 요!"

대합실에서 무릎을 맞대고 기도하듯 목소리를 모아 소리치고 있는 모녀 앞에, 온천 호텔의 한텐을 입은 젊은이가 다가왔다.

"에에, 많이 기다리셨습니다. 오쿠유모토 수국 호텔에서 모시러 왔습니다. 도쿄에서 오신 하루노 님, 지금부터 안내해드리겠습니다."

모녀는 헬멧을 쓴 젊은이를 멍하니 올려다보았다.

"아아, 이건 또 무슨 일이람. 일박 이식에 구천팔백 엔, 아무리 불경기라지만 너무 싸다 싶긴 했는데, 세상에, 오토바이로 마중을 나오다니."

"그건 그렇다 쳐도 후짱, 도대체 오토바이 한 대에 어떻게 세 사람이 타요?"

역무원과 매점의 할머니는 막간의 손님처럼 모른 척하고 자기 일을 보기 시작했다. 멀리서 지켜보던 역 주재 순경도 못 볼 걸 보기라도 한 듯 파출소 건물 안으로 들어가버렸다.

젊은이는 아무 일 아니라는 듯 깔깔거리며 웃었다.

"걱정 마세요. 오토바이에 세 사람 네 사람 넘게 태우기는 옛날부터 제 전문이니까요. 최고 기록은 일곱 명. 제3 게이힌 고속도로를 마구 달렸던 역사를 가지고 있습니다. 물론 그때만큼 진땀을 뺀 적도 없지만서도요."

"차, 차는 없어요?"

"물론 있긴 하지만, 부끄럽게도 제가 운전면허가 없어서요. 아무리 그래도 무면허 운전은 할 수 없잖습니까."

"그런가요…… 오토바이에 세 사람 태우는 게 더 좋지 않은 거 같은데. 아, 택시가 있잖아. 괜찮아요, 우리는 택시로 갈게요."

젊은이는 역 앞에서 지루하게 손님을 기다리는 택시를 힐끗 바라보았다. 운전사들은 그 눈길을 받자마자 전원 자는 체했다.

"보시는 바와 같이 우리 호텔은 좀 사연이 있어서 택시는 가지 않습니다. 자, 어서 타시죠. 점심은 아직이시죠? 오랜만에 오신 손님을 위해 웰컴 런치를 마련해두었습니다."

모녀는 거의 사고가 정지된 상태에서 오토바이에 올라탔다.

"저, 아저씨. 우리는 연극 합숙을 하는 거거든요. 그래서 여윳돈은 없는데……"

젊은이는 잠시 생각하더니 아까처럼 깔깔대며 웃었다.

"여윳돈? 헷, 그런 건 한 푼도 필요 없습니다. 때로는 일반 손님도 받아야 하니까요. 현재 일반 손님 한정 구천팔백 엔 캠페인을 진행하는 중이랍니다. 손님, 혹시 업계 소속은 아니시죠? 만약 어느 조직의 누님이라는 것이 밝혀지면 바로 오만 엔으로 올라갑니다."

그 말이 무슨 뜻인지 생각할 틈도 없이, 오토바이는 구르릉 소리를 내며 달리기 시작했다.

6

세 사람을 태운 오토바이가 로터리를 지나쳐 사라지자, 죽은 듯이 자는 척하고 있던 택시 운전사들은 일제히 일어나 모자를 고쳐 썼다.

봄기운이 물씬 풍겨나기 시작하는 역 앞은 다시 정적으로 감싸였다.

한때는 명온천으로 위세를 떨치던 마을이었다. 이십여 년 전, 산봉우리 건너편 마을에 한 시대를 풍미했던 강권 정치가가 출현하여 수도권에서 자신의 선거구까지 일직선으로 이어지는 신칸센 철도와 고속도로를 유치했다. 이곳도 그 떡고물이라도 받아먹을 수 있겠다고 주민들이 좋아했던 것도 잠시, 신칸센도 고속도로도 모두

이 마을을 싹 비껴가버렸다. 이 마을이 선거구인 라이벌 정치인에 대한 노골적인 공격이었다. 고속도로의 인터체인지는 온천장에서 이십 킬로미터나 떨어진 밭 한가운데 들어섰고, 신칸센의 역도 저 멀리, 도저히 그 의도를 알 수 없는 산골짜기에 설치되었다.

당연히 수도권 손님들은 산 건너편의 온천 마을로 몰려갔고, 한때 도쿄의 안방이라 불렸던 이 거리는 초라하게 찌들어갔다.

교통수단이라고는 한 시간에 한 대꼴로 오가는 재래식 기차뿐, 온천 마을은 오지의 종착역으로 전락해버렸다. 긴 터널을 뚫고 건너편에서 달려오는 기차도 있지만, 타고 내리는 손님이라곤 고작 중간 역에 내려 산을 오르는 등산객뿐이었다.

역 앞에는 예전의 영화를 짐작케 하는 선물가게가 늘어서 있다. 허망하게 김을 뿜어내는 온천 만두 통 옆에는 옛 그림에나 나올 듯한 노파가 앉아 있고, 줄에 묶인 개도, 순경도, 손님을 기다리는 운전사도, 역무원도, 모두 늙은이들뿐이다.

갑자기 창을 두드리는 소리에 놀라 운전사는 얼른 문을 열었다.

"어서 오세요, 먼 길 오시느라 수고가 많으셨습니다. 자, 어느 여관으로 모실까요."

기사회생의 미소를 머금고 운전사는 백미러를 보았다. 풍채 좋은 중년 남자와 기모노 차림의 노인. 부자간의 온천 여행일 테지만, 요즘 세상에서는 참으로 보기 드문 풍경이다.

"어이, 할아범. 여관 이름이 뭐라고 했어?"

가죽 점퍼를 입은 남자가 물었다. 아마도 부자간은 아닌 모양이다.

"에, 그러니까, 뭐라고 하더라. 꼬부랑글자는 도대체가 외우기가 힘들어서 말이야. 잠깐 기다려봐, 생각 좀 해보고."

운전사는 꼬부랑글자로 된 호텔 이름을 생각해보았다.

"그랜드 호텔인가요? 아니면 알펜로제?"

"아냐, 그게 아냐. 그런 이름이 아니었어."

"……그렇다면, 아, 펜션이겠군요."

노인은 열심히 기억을 더듬는다.

"아냐, 맨션에 여관을 만들었을 리 없지. 에, 그러니까, 뭐라더라."

팔짱을 낀 노인의 기모노 옷자락 사이로 문신이 엿보였다. 순간 운전사는 이거 큰일이다, 하고 당황했다. 업무규정에 따르면 '그' 호텔이 아니라는 것을 확인한 다음에 문을 열어주게 되어 있지만, 갑자기 창을 두드리는 소리에 반사적으로 열어주고 만 것이다. 나무아미타불, 운전사는 눈을 감아버렸다.

"아, 생각났다. 프린스, 가 아니라…… 프리즌 호텔. 맞아, 틀림없어."

아아, 하고 운전사는 저 멀리 우뚝 서 있는 산을 올려다보았다. 오쿠유모토의 그 호텔로 이어지는 언덕길에는 경찰차가 대기하고 있어서 트렁크부터 대시보드 안까지 검문을 받는다. 돌아오는 길에는 손님들의 대화 내용을 보고해야 한다. 작년 가을에는 전국 지명수배 강도범을 태우는 통에 현경 본부까지 불려가 조서를 작성해야 했다.

아니, 그 정도는 오히려 가벼운 편이고, 동료 가운데는 일곱 굽이 고갯길에서 간사이 저격수의 잠복 공격을 받은 적도 있었다. 숲길에서 경찰차와 카레이스를 벌이는 곤욕을 치른 운전사도 있었다.

"저, 저기, 손님. 죄송하지만 거기는……"

백미러 속의 두 손님은 눈을 동그랗게 떴다. 파출소를 향해 눈짓을 보냈지만, 분명히 이상한 사태를 짐작했을 순경들도 상관하고 싶지 않다는 듯 눈길을 돌려버렸다. 일단 태워버린 손님을 승차 거부할 용기는 없었다. 이미 엎질러진 물이다.

노인이 어깨를 붙잡는 바람에 운전사는 움찔하면서 뻣뻣하게 굳어버렸다.

"알고 있소이다. 건방진 소리라고 생각지 마시고, 여기 술값이라도 드릴 테니까 한 방에 달려가주시오. 자, 여기 있소."

어깨 위에 돈다발이 놓였다. 띠도 그대로 둘러져 있는 백만 엔짜리 다발이었다.

"우왓! 뭐뭐뭐, 뭡니까, 이건!"

"흠, 적은가?"

"……아닙니다. 그게 아니라요……"

"그럼 기분 좋게 가는 거요. 우에노 역에서도 흔쾌히 차표를 주었단 말이오. 도시락 파는 언니도 기쁘게 받아주었고, 덤으로 맥주하고 주간지까지 주더구먼. 어디를 가나 기분 좋게 나를 받아주었는데 형씨만 이러쿵저러쿵 말이 많으면 이상하잖소이까. 내가 형씨를 어떻게 하려고 이러는 건 아니란 말이오. 자, 가요, 가."

노인은 그렇게 말하면서 돈다발을 운전사의 안주머니에 찔러넣었다. 현금의 무게가 가슴을 무겁게 눌렀다. 기왕 이렇게 된 것 아무렴 어때, 하는 기분이 들었다.

사이드브레이크를 푸는 순간, 운전사의 눈도 제자리를 찾아 빛나기 시작했다.

"알겠습니다. 검문은 돌파하겠지만 일곱 굽이 고갯길에서 총격전이 벌어지게 되면 차 밖으로 나가서 해주세요. 별볼일 없는 운전사지만, 곧 시집갈 딸도 있고 중풍 걸린 어머님도 계시니까요."

택시는 아직도 떠나기를 망설이는 듯, 서서히 바퀴를 틀어 로터리를 빠져나갔다.

온천 마을에서 산골짜기로 들어가 일곱 굽이 고갯길 너머에 홀로 서 있는 오쿠유모토 수국 호텔, 통칭 프리즌 호텔은 오랜만에 손님 맞을 준비에 여념이 없다.

대장 종업원 구로다는 솥뚜껑 깨지는 소리를 내고 있다. 마이크에는 그 기세를 이기지 못하고 저도 모르게 깨물어버린 이빨 자국이 선명하다.

"업무연락! 잘 들어. 오늘 오시는 손님은 기도 고노스케 선생과 기요코 누님, 따님. 이 세 분은 이층 스위트룸 단풍실. 삼층 삼나무실과 단풍나무실에는 출판사 여러분들. 옆방 후지산실에는 하루노 후부키 씨와 그 따님. 이분들은 낮 기차로 도착하신다. 당장 일이 없는 사람은 현관까지 나가서 인사드리도록. 한 치의 빈틈도 없게 할 것. 만에 하나 손님께서 불편을 호소하기라도 하면 파문이나 절연 정도로 끝내지 않을 테다. 꽁꽁 묶어서 일곱 굽이 고갯길 절벽에 던져버릴 테니까 각오해. 이상, 업무연락 끝!"

그와 동시에 필리핀어로 떠들어대는 소리와 웃음소리가 로비를 가득 채우면서, 남색 기모노에 빨간 띠를 두른 외국인 여급들이 모여들었다.

셔츠 위에 한텐을 껴입은 구로다는 사무실 거울 앞에 서서 손바닥으로 얼굴을 탁탁 치며 기합을 넣었다. 한텐의 등에는 간토 사쿠라회의 문장, 옷깃에는 대장임을 나타내는 빨간 줄무늬가 들어가 있다.

"지배인, 우리 호텔 손님 수는 무슨 흐름이 있나봅니다. 손님이 없을 때는 한 달 동안 고양이 새끼 한 마리 안 보이다가, 올 때는 몇 팀이 한꺼번에 밀려드니 말이죠."

구로다와 나란히 서서 나비넥타이를 매면서 하나자와 지배인은 일반 시민다운 미소를 지었다.

"그건 말이야, 구로다. 아마 기도 선생이 복을 몰고 다니기 때문일 걸세. 생각해보게, 그 선생이 오실 때면 꼭 다른 손님들도 함께 오신단 말이야."

구로다는 문득 심오한 표정을 지었다. '무조건 돌격' 을 선호하는 강경파임에도 불구하고 근면한 천성을 지닌 이 야쿠자는, 때로 주변 사람들을 깜짝 놀라게 할 만큼 지적인 표정을 짓는다. 그러나 바탕 얼굴이 있으니만큼 그럴 때의 구로다는 여느 때보다 더 무섭다. 비유해서 말하자면 사천왕상 정도 될까.

"흠, 그러고 보니 그런 것도 같구먼. 분명히 그래요."

"책도 순조롭게 잘 팔리고 있고, 결혼도 하셨고, 이번에는 일본문예대상의 후보가 되었다니, 정말 순풍에 돛을 단 격이야."

"과연 그렇군요. 노름으로 말하자면 대박이 터지고 있는 중이라고 할까요. 일단 끗발이 서기 시작하면 그날의 판은 더 볼 것도 없는 거죠."

"멋진 비유로군. 생각해봐, 작년부터 선생과 같이 왔던 손님들은 모두 선생의 복을 나눠 받고 돌아갔었잖아."

손님을 맞기 위한 정장을 하고, 지배인과 구로다는 로비로 나섰다. 현관에서는 벌써 종업원들이 허리를 굽히고 늘어서 있고, 현관 입구에는 여급들이 정좌를 하고 앉아 있다.

라운지의 소파에서는 낯익은 손님인 오소네 오야붕과 간부들이 담소를 나누고 있다. 방금 온천을 하고 나와 팔이 그대로 드러난 것을 보고 구로다가 말을 걸었다.

"숙부, 미안하지만 보통 손님이 오시니까 문신만이라도 좀 감춰 주시죠."

오소네는 인간의 경지를 넘어선 빼드렁니, 그것도 금이 번쩍이는 앞니를 드러내며 웃었다.

"아, 아키라, 미안하이. 모르고 있었구먼. 어이, 너희들 옷 똑바로 걸쳐."

오소네는 요즘 기분이 좋다. 그것도 그럴 것이 희대의 협객이라 칭송받는 사가라 나오키치 오야붕이 죽은 후 반년간 공석으로 남아 있던 간토 사쿠라회의 총장 자리가, 아무래도 자기 쪽으로 굴러들어올 것 같기 때문이다. 본인은 다 자신의 관록 덕분이라 믿어 의심치 않고 있지만, 사실은 거품경제의 붕괴와 폭력방지법에 의한 소거법의 결과이다. 아니, 그렇게 될 수밖에 없다는 것을 일본 전국의 모든 야쿠자가 알고 있다.

오소네 오야붕의 위엄 있으면서도 험악한 미소를 바라보며, 혹시 이것도 기도 선생의 행운의 신이 작용한 것일지도 모르겠다고 구로다는 생각해보았다. 그러고 보니 오소네 오야붕과 기도 선생은 마치 약속이나 한 듯 꼭 같은 날 이곳으로 오지 않는가.

"어서 옵쇼. 먼 길을 오시느라 얼마나 고생이 많으셨습니까!"

프랑켄슈타인 야스의 걸걸한 목소리가 울려퍼졌다. 구로다가 인사를 하면 손님이 겁을 먹을 거라며 스스로 나서서 맡은 역할이지만, 옆에서 지켜보니 별 차이도 없는 것 같았다. 오히려 얼굴에 흉터가 많아서 더 험악해 보인다.

과연 검은 복장으로 맞춰입은 듯한 모녀 손님은 대사를 잊어버린 배우처럼 현관에 멍하니 멈춰 서고 말았다.

하나자와 지배인이 프런트에서 달려나와 웃음으로 손님을 맞이했다.

"어서 오십시오, 손님. 좀 특이한 환영인사지만 걱정하지 마십시오. 저희 호텔의 유머, 매력적인 유혹이라고 생각하시면 됩니다. 일종의 퍼포먼스라고나 할까요. 자자, 안으로 드시지요."

다소 변명 같다는 느낌도 들지만 과연 멋진 설명이다. 일단 천의무봉의 미소로 손님의 사고를 마비시키고 객실로 안내한다. 그리고 신경쇠약에 특히 효험이 있다는 온천에 몸을 담그게 하면, 그 다음은 만사형통이다. 아무리 기절초풍할 듯 놀라던 손님도, 삼십 분만 지나면 모든 의구심을 떨쳐버리고 '프리즌 호텔'의 색깔로 물들어 버린다.

"대장, 이 아니라, 부지배인. 저는 오후 수업이 있어서 이만 실례합니다."

임무를 끝낸 시게루가 현관으로 미끄러져 들어와 머리를 숙였다.

"오, 고생 많았다. 공부 열심히 해."

"저녁 손님 마중은 어떻게 되나요?"

"하나, 둘, 셋, 음, 어른 넷에 어린애 하나. 오토바이는 무리겠지. 선전차를 써."

"오토바이에 차곡차곡 겹쳐서 태워도 되는데요."

"아냐, 야쿠자라면 괜찮지만 소설가와 편집자, 거기에다 여자, 어린아이까지 있으니 아무래도 힘들 거야."

"그럼, 이만 물러갑니다."

아직도 고치지 못한 폭주족식 어투를 남기고 시게루는 오토바이에 올라탔다. 액셀러레이터를 밟다 말고 갑자기 얼빠진 목소리로 외쳤다.

"대장, 큰일났어요! 손님이 또 오셨어요!"

사람들의 시선은 일제히 유리창 너머 정원 쪽으로 향했다. 택시는 다 시든 수국 담을 따라 맹렬한 속도로 달려오더니 돌문을 빠져나왔다.

"으앗, 문 밖에서 멈추지 않았어! 습격이다, 습격. 자식들, 여기가 어디라고 감히!"

종업원과 손님 모두 소파와 기둥 뒤에 몸을 숨기고, 가슴팍에 손을 찔러넣었다.

택시는 호텔 정원 안으로 들어서자, 갑자기 속도를 줄이고는 천천히 자갈길을 밟으며 다가왔다. 이쪽 분위기를 살피는 기색이 너무도 수상쩍다.

"시게루, 안으로 들어가! 만일의 사태에 대비해서 자동문 스위치를 내려."

구로다의 명을 받아 시게루는 현관으로 들어가 방탄유리로 된 자동문을 닫았다. 호텔 안 공기는 긴장감으로 터질 듯이 팽팽해졌다. 차는 산허리를 돌아 정원 중앙에 우뚝 솟은 거목의 벚꽃을 감상이라도 하듯 천천히 다가왔다. 길을 뒤덮을 기세로 늘어진 벚나무 가지에는 아직 딱딱한 꽃봉오리가 매달려 있다.

"대장, 뒤에 두 사람이 타고 있어요. 운전사 얼굴은 잔뜩 구겨져 있고요."

현관 곁에서 무릎을 꿇고 비스듬히 총구를 겨냥하고 있는 프랑켄슈타인 야스가 그렇게 말하면서, 애용하는 콜트 사십오 구경 거번먼트에 탄창을 밀어넣었다.

"야스, 서둘지 마. 저쪽에서 먼저 쏠 때까지 기다려. 싸움은 언제라도 네가 한 발 맞고 나서부터야."

"예입, 잘 알고 있습니다……"

야스는 공판 때마다 정당방위의 증거로 활용되는 불사신의 야쿠자다. 일은 잘 못해도 존재의 이유는 무겁다.

택시는 이윽고 승차장에 멈춰 섰다. 약 열 정의 총구가 현관을 향하고 있다. 방아쇠에 걸린 손가락들이 바르르 떨린다.

차에 탄 채 창문 너머로 총을 난사하고 그대로 달아나는 것이 이른바 '유리창 사격'의 정석이다. 그렇지만 여유만만하게 승차장까지 차로 들어오는 경우는 처음이다. 어쩌면 손님일지도 모르겠다고 구로다는 순간적으로 생각했다.

과연 차에서 내린 후, 열리지 않는 자동문 앞에 선 사람은 가죽점퍼 차림의 중년 남자와 몸집이 자그만 노인이었다.

야쿠자인지 일반인인지 구분이 가지는 않았지만, 어디를 보나 저격수로 보이지는 않았다.

지배인이 프런트에서 달려나왔다.

"사격 중지! 구로다, 손님이시다."

사람들은 권총을 품속에 갈무리하면서 억지로 미소를 지었다.

택시가 사라진 승차장에, 두 사람은 우두커니 서 있었다.

7

초대받지 않은 손님이 갑자기 현관에 나타나자 하나자와 지배인의 몸은 긴장으로 뻣뻣하게 굳었다.

이 길을 걸어온 지 이십 년, 오로지 손님에게 하룻밤의 행복을 제공하는 것 하나만 생각하며 살아온 지배인은 이른바 '안식을 제조하는 장인' 이다.

손님의 일을 도와줄 수는 없다. 고뇌를 해결해줄 수도 없다. 기쁨을 나눠 가질 수도 없다. 호텔이라는 비일상 속에서 다양한 손님들에게 하룻밤의 안식을 안겨주는 것만을, 이십여 년의 세월 동안 가슴에 새겨왔다.

이를테면 노련한 요리사가 한눈에 재료의 성질과 신선도를 알 수 있듯, 최근에는 프런트에 서서 지나가는 손님의 모습만 봐도 그 사람의 본모습을 헤아릴 수 있게 되었다.

어딘지 모르게 어두워 보이는 중년 남자와, 기모노 겉옷에 머플러 하나만 걸친 체구가 작은 노인의 모습에서 하나자와 지배인은 심상치 않은 '업'을 느꼈다. 쉬운 일은 아닐 것 같다는 생각이 들었다.

"어서 오십시오. 잘 오셨습니다. 숙박하실 건가요?"

팽팽한 긴장이 감돌던 로비의 공기가 풀어지고, 사람들은 짐짓 시치미를 떼고 제각기 움직이기 시작했다. 여급이 짐을 받아들고 라운지의 소파로 안내했다.

구로다가 기둥 뒤에서 지배인을 손짓해 불렀다.

"저격수가 아니라면 어쨌든 손님인 셈인데, 야쿠자일까요, 일반인일까요?"

아무렴 어떠냐고 할지도 모르지만, 상황은 그렇게 간단치가 않다. 지금 호텔에서는 나카조 오야붕의 제안으로 '권선징악 캠페인'을 벌이고 있었다. 즉, 야쿠자와 부자는 일박에 오만 엔으로 일반객실에, 일반인과 가난한 사람은 일박에 구천팔백 엔으로 특실에 묵게 하는 것이다.

지배인은 멀리서 두 사람의 모습을 바라보았다. 외국인 여급들은 환락가의 호객꾼을 방불케 하는 애교를 부리며 손님 주위에 몰려들어, 필리핀어로 뭐라고 떠들어대고 있다.

"으음…… 어느 쪽일까. 미묘하군. 이쪽이라고 하자면 이쪽 같고 저쪽이라고 하자면 저쪽 같고……"

"확실히 아무리 봐도 야쿠자인지 일반인인지 구별이 안 가는군요. 부자로 보이기도 하고 가난뱅이로 보이기도 하고요. 그렇다고 중간으로 처리해서 삼만 엔으로 자를 수도 없는 노릇이고."

"그건 안 되지. 손님을 대하는 건 죽이든지 살리든지 양자택일을 하자는 방침을 조례 때 정했으니까. 반쯤 죽이거나 반쯤 살리는 건 절대로 안 돼."

마침 그때 웰컴 드링크를 가져다준 바텐더가 보고를 하러 왔다. 그 옛날 히로시마에서 이름을 날려 영화의 모델이 되기도 했던 전설적인 자객, '권총 조'였다.

오래된 필름처럼 얼굴에는 빗줄기가 죽죽 그어져 있지만, 왕년의 경력을 연상시키는 히로시마 사투리의 목소리가 낮게 깔려나왔다.

"대장, 저 사람 절대로 일반인이 아니오. 할아범이 손가락이 없어. 근사한 문신도 있고."

지배인과 구로다는 서로의 얼굴을 바라보았다.

"그렇다고 무조건 야쿠자라 할 수도 없는 노릇이잖나. 옛날에 손을 씻었을지도 모르고 말이지."

바로 그때 여급들의 환성이 터져나왔다. 세 사람은 동시에 뒤를 돌아보았다.

"뭐, 뭐야, 저건!"

노인이 당초무늬 보따리를 펼치더니, 여급들에게 "제 성의입니다" 하면서 돈다발을 돌리고 있었던 것이다.

야쿠자건 일반인이건 이것으로 요금은 결정난 셈이다.

"구로다 군…… 국화실로. 그리고, 팁은 다른 종업원들에게도

공평하게 잘 분배하고."

"그런데 지배인, 백만 엔짜리 돈다발을 마구 뿌리고 있어요. 저걸 공평하게 나누면 연말 보너스보다 더 많겠는데. 으흐흐, 기분 최고다. 어이, 두 분을 국화실로 모셔."

구로다의 명이 떨어지기가 무섭게 안내 담당 여급들이 한꺼번에 몰려들었다.

"잠깐, 기다려! 내가 안내하지."

너무해, 지배인이 돈 먹으려고 해, 하는 불평의 소리도 아랑곳하지 않고 지배인은 야단법석을 떨고 있는 종업원들을 일거에 물리치고는 손님의 짐을 들었다.

물론 지배인에게 다른 뜻은 없었다.

여급들의 손에서 빼앗아든 돈다발을, 지배인은 웃으면서 노인에게 돌려주었다.

"마음만은 고맙게 받겠습니다만, 저희 호텔은 팁을 받지 않는 것을 원칙으로 하고 있습니다."

그와 동시에 종업원들의 야유가 터져나왔다. 머뭇거리면서 돈을 받아드는 노인의 눈동자는 유리알처럼 맑았다.

"아아…… 그렇습니까. 내가 쓸데없는 짓을 했구먼. 나는 단지……"

노인은 눈부신 듯 사람들의 얼굴을 둘러보았다.

"난 단지, 여기가 우리 방에 곁다리로 끼어 살던 나카조라는 꼬맹이 심부름꾼이 경영하는 여관이란 말을 듣고, 그렇다면 젊은이들에게 용돈이라도 좀 줘야겠다는 생각에서 말이오. 아아, 그렇군. 오십 년이나 지났으니 심부름꾼이 잔뜩 달린 오야붕이 되었겠구먼. 내가 쓸데없는 생각을 했어. 정말 죄송합니다."

로비의 공기가 서늘해졌다. 노인의 수수께끼 같은 말의 의미를 아무도 알 수 없었던 것이다.

한쪽 구석 소파에서 일이 돌아가는 모양을 지켜보고 있던 오소네 오야붕과 그 간부들은 그냥 있어도 으스스한 얼굴을 일그러뜨리며 입을 멍하니 벌렸다. 금을 씌운 뻐드렁니를 드러낸 채, 오소네는 사자탈 같은 입을 뻐끔거리며 구로다를 손짓으로 불렀다.

"어이, 아키라. 저 할아범, 방금 무슨 소리야? 도저히 알아들을 수가 없는데."

구로다의 표정도 묘하게 일그러져 있었다.

"예입, 숙부. 제가 잘못 듣지 않았다면 분명 나카조 오야붕을 두고 곁다리로 끼어 살던 꼬맹이 심부름꾼이라고……"

으으, 하고 오소네는 신음을 뱉어냈다.

"젠장. 어디서 굴러먹던 개뼈다귄지 모르겠지만, 이 오소네 쓰토무의 유일한 형님을 꼬맹이 심부름꾼이라고 조롱하다니 참을 수 없다!"

"숙부, 너무 성급하게 굴면 안 됩니다. 잠깐 조용히 계십쇼."

"내가 성질 안 나게 생겼어? 잘 들어, 아키라. 한번 생각해보란 말이야. 나카조 형님이 심부름꾼이라면 그 동생뻘인 나는 보초나 서는 쫄따구란 거 아냐? 넌 그냥 코딱지란 소리고. 자랑은 아니지만 형님과 나는 간토 사쿠라회 팔대 총장 사가라 나오키치 오야붕의 술잔을 받은 직계 정통이라고!"

오소네가 자리에서 벌떡 일어서서 계단의 층계참에 서 있는 사가라 나오키치의 동상을 손가락으로 가리키는 순간, 노인은 지배인의 부축을 받으면서 천천히 뒤를 돌아보았다.

도저히 가늠할 수 없는 관록에 오소네는 몸을 부르르 떨었다.

"어이, 젊은이."

"옙? ……예입. 그렇게 젊지는 않습니다만, 무슨 용건이신지?"

"자네, 팔대의 쫄따구인가?"

"에, 아, 그렇습니다만. 저, 저는 오소네라고 합니다. 차기 총장 최유력 후보 오소네 쓰토무."

평소에는 입에서 줄줄 나오던 야쿠자 식 정식 인사도 잊어버리고, 오소네는 횡설수설했다. 노인은 고개를 갸우뚱하더니 천창 밑에 달려 있는 샹들리에를 올려다보았다.

"아시지요? 오소네라고 말입니다. 왜 그, 실화 주간지에도 가끔 등장하고 최근에 아사히 예능 잡지에도 인터뷰 기사가 실린 '간토 사쿠라회 차기 신성' 오소네 쓰토무인데요."

"모르겠는데."

노인은 코딱지를 튕기듯 그렇게 말하고, 지배인의 안내를 받으면서 발걸음을 옮기기 시작했다.

도저히 가늠할 수 없는 그 관록에 기가 죽은 젊은이들은 저도 모르게 길을 비키고 허리를 반으로 뚝 꺾으며 머리를 숙였다. 오소네와 구로다도 저도 모르게 "편히 쉬십시오" 하고 소리 맞춰 외쳤다.

계단 아래까지 걸어온 노인은 문득 제자리에 멈춰 섰다. 그러고는 층계참의 동상을 올려다보고 소매로 눈두덩을 비비더니 갑자기 그 자리에 무릎을 꿇었다.

"형님, 나오키치 형님! 오래오래 신세만 진 오마타 야이치, 오십년하고도 이 년의 복무를 마치고 지금 돌아왔습니다. 형님이 살아계실 동안 바깥세상에서 만나뵈려고 열심히 복무했습니다만, 흐흑, 용서해주십시오……"

로비 여기저기에 물음표가 잔뜩 떠올랐다. 마치 새카만 무대에 자그만 노인이 털썩 주저앉아 동그란 스포트라이트를 받고 있는 것 같았다.

"나오키치 형님이라니, 도대체 어떻게 된 거야? 아키라."

오소네는 입술만 겨우 달싹이며 중얼거렸다.

구스보리 도도메는 산봉우리를 향해 열린 객실의 창 너머로 희미한 봄 풍경을 바라보았다.

꿈이라도 꾸고 있는 듯한 느낌이었다.

경마에서 돈을 잃고 노인네와 술을 마셨다. 날이 저물고 나서 사무실로 돌아가 다시 울분을 삭이며 술을 마셨다. 이층에서 아내가 내려와 잔소리를 늘어놓았다.

술로 지샌 다음날 노인을 따라 여행길에 올랐다. 노인의 처지를 생각하면 할수록 불쌍하다는 생각이 들어 어떻게든 힘이 되어주고 싶었다.

아니, 지금도 그런 생각을 하고 있다.

'도대체 난 지금 무슨 생각을 하고 있는 거야.'

바람을 타고 봉우리에서 날려오는 눈의 파편들을 바라보며, 구스보리는 자신의 마음을 들여다보았다.

그리고 깨달았다. 노인에 대한 동정심이란 하나의 포즈에 지나지 않았다는 것을. 구스보리는 참담한 심정이었다. 노인을 보살펴주고 싶다는 것은 본심이 아니었다. 당초무늬 보따리에 든 거금을 그대로 손에 넣을 수만 있다면 월말 어음결제는 아무 문제가 없다. 직원들에게 월급도 줄 수 있고, 사면초가에 놓인 회사의 사정도 풀리고, 그 외에도 모든 것이 일거에 해결될 것이다.

경마장에서 돌아오는 길에 노인이 주는 거금을 거절한 것은 사실 흑심이 있어서였다. 나머지 돈까지 몽땅 손에 넣을 수 있다면 모든 것을 한꺼번에 해결할 수 있다고 생각했기 때문이다.

선의의 가면을 쓰고 속으로는 흑심을 품고 있는 자신의 비겁함이 역겨웠다.

오마타 야이치는 넓은 방에 앉아 차를 마시고 있다. 방석에 앉아 차를 마시는 것도 아마 오십 년 만일 것이다. 노인은 찻잔을 두 손으로 받쳐들고, 가슴으로 맛을 보는 것처럼 한 모금 마셨다가는 길게 숨을 내쉬었다.

문득 생각난 듯 담배를 꺼내 문 오마타 야이치는, 연기가 따가운지 눈을 가늘게 뜬 채 이렇게 말했다.

"구스보리 씨. 한 대 피우고 온천이나 합세. 내 오래 묵은 때와 선생의 그 안 풀리는 인생도 깨끗이 씻어버리자구."

구스보리는 창가의 등나무 의자에 앉아 뜨거운 차를 들이켰다. 고급 녹차의 향이 입술을 자극했다.

호텔에 도착하는 순간 자신의 본심을 깨닫게 된 것은 또 무엇 때문일까. 야쿠자 오야붕이 경영하는 호텔이라는 설명과 너무도 잘 어울리는 흉흉하고 악취미적인 장식품이나 종업원들의 인상과는 관계없이, 호텔은 신비로울 정도로 평안했다.

차를 날라다준 여급의 슬픈 미소가 뇌리를 떠날 줄 몰랐다. 남색 기모노가 묘하게 잘 어울리는 그 외국인 여급은 차를 따르면서 말했다.

'손님, 가슴이 답답하시군요. 슬프군요. 그렇지만 고생한 만큼 보답을 받는 거랍니다. 좋은 일이 오기 전에는 반드시 나쁜 일이 생기게 마련이니까요.'

시건방진 여자라고 생각했지만, 그 말만큼은 가슴에 와 닿았다. 자신에 대해서 아무것도 모를 텐데, 마치 손님의 과거를 하나하나

조사라도 한 듯한 기분이 들었다.

나무에서 이제 막 파릇파릇한 새싹이 돋기 시작한 산허리 쪽을 바라보았다. 어린 이파리들이 산에서 불어오는 바람에 흔들리는 풍경은 메마른 겨울보다 오히려 더 황량하게 보였다.

"할아범, 그거 금고에 넣어둬. 괜히 신경 쓰이니까."

말해놓고 당황해서 "눈에 거슬려" 하고 덧붙였다.

노인은 거실에 놓인 금고 쪽으로 다가가 보따리를 집어넣었다. 자그만 짐 속에서 나온 돈다발이 아무렇게나 금고 속에 쌓여가는 것을 보며, 구스보리는 목이 타들어가는 것을 느꼈다.

그럴 즈음 사무실에서는, 구로다와 오소네가 커다란 얼굴에 구슬땀을 흘리면서 컴퓨터 모니터를 바라보고 있었다.

구로다의 서툰 손가락 움직임에 맞추어 화면도 바뀌어간다.

"에, 그러니까, 오마타 야이치. 오마타, 오마타. 없는데. 이상해. 잘못 들은 건 아니죠, 숙부?"

"응, 분명히 그렇게 말했어. 사쿠라회의 현역 명단에 없다는 것은…… 그렇지, 아키라. 파문 절연자 리스트를 띄워봐."

예입, 하고 구로다는 다시 검색을 시작했다.

"……으음, 역시 없군요. 그렇다면 패밀리가 다르다는 말인가."

"아냐. 선대 총장을 나오키치 형님이라고 불렀잖아. 그렇다면 사쿠라회 소속이라고 봐야지."

"가령, 가령 말입니다, 숙부. 그 말을 액면 그대로 받아들여서 팔대의 동생뻘이라고 칩시다. 그렇다면 이야기가 엄청 옛날로 거슬러 올라가는데, 데이터에 입력되어 있지 않을 가능성도 있다고 봐야 하지 않을까요."

"그 말도 일리는 있군. 그러나 상식적으로 생각해서 사가라 나오키치와 같은 항렬의 사람이 저런 몰골로 어슬렁거릴 리 없단 말이지. 팔대의 동생이라면 나카조 형님과 나의 숙부뻘이라고."

"그야 그렇죠. 내게는 할아버지뻘이고요. 생존 가능성은 만에 하나도 없습니다. 일단 본가의 메인 컴퓨터에 연결시켜보죠."

"그렇게 해. 폭력방지법 이전의 소프트웨어는 거의 쓸모가 없으니까. 어이, 너무 느리잖아. 나한테 줘봐."

"죄송합니다, 숙부. 손가락 수가 모자라서요."

구로다에게서 의자를 빼앗더니, 오소네는 그 얼굴을 봐서는 상상도 할 수 없는 빠른 손놀림으로 간토 사쿠라회 본부를 불러냈다.

"어때, 아키라? 본가의 컴퓨터는 대단해. 무엇보다 치프 오퍼레이터가 매사추세츠 공과대학 출신이거든. IBM에서 구조조정당한 놈인데, 마피아의 스카우트 제의를 뿌리치고 우리에게 왔단 말이지."

모니터에 나타난 상세한 역사를 보고 두 야쿠자는 눈을 커다랗게 떴다.

"에, 오마타. 오마타 기요사에몬. 1854년 6월 에도* 시내에서 조리돌림을 당하고 스즈가모리에서 목이 잘림. 설마 이건 아닐 테고…… 오마타 야소스케. 세이난 전쟁**에 종군했다가 다바루자카에서 전사. 흠, 이런 대단한 놈도 있었군. 이것도 아닌 것 같고…… 오마타, 오마타. 아, 이건가?"

화면에 떠오른 이력을 바라보는 순간 두 사람은 돌처럼 굳어버렸다. 저 먼 시대의 어둠에 묻혀 있던 협객이 신기루처럼 떠오른 것이다.

오마타 야이치. 1911년 도쿄 아사쿠사 출생. 칠대 사토 겐지로의 부하. 팔대 사가라 나오키치의 동생. 1944년 4월 5일, 다케바시 헌병대 사령부에 난입하여 헌병 두 명을 살해, 현행범으로 체포됨. 동월 기소. 사형판결 후, 은사(恩赦)로 무기징역. 후주 형무소에서 복역.

……출소 기록은 없었다.

8

"이른 봄…… 이른 봄이라네, 꽃도 피우지 못하고 꺾일 수야 없노라…… 흠, 그런대로 괜찮군."

오늘은 글이 잘 풀린다고, 오야붕은 저 혼자 좋아라 하며 붓을 휘

* 도쿄의 옛 이름.

** 1877년 사이고 다카모리를 위시한 규슈 지방의 사족(士族)이 일으킨 반정부 내란.

두르고 있다.

다실의 아담한 정원에는 빨갛고 하얀 매화가 피어 있다. 맹종죽 가지에는 봄의 술렁임이 일어나고, 이끼 낀 석등 뿌리에는 아직 잔설이 남아 있다.

간토 사쿠라회 특별고문이자 기도 조직 초대 회장이자, 저 유명한 '사쿠라 오인방' 의 선두주자 기도 나카조는 업계가 알아주는 협객 중의 협객이다.

전설적인 총회꾼으로 정재계에 모르는 사람이 없을 정도지만, 사실 그는 사쿠라회 팔대 총장 사가라 나오키치 오야붕에게 사사받은 도박계 야쿠자 출신이다. 백발 장신의 그 풍모만 보아도 노련한 조정자의 위풍과 함께, 유서 깊은 조직의 정통을 이은 사람다운 고결함이 배어나온다.

은빛을 띤 쥐색 겉옷 위에 한 폭의 허리띠를 멋들어지게 매듭짓고, 두루마기의 옷깃에 버버리 캐시미어 머플러를 두른 그 모습은, 전통과 현대를 교묘하게 배합하는 오야붕 특유의 멋진 센스를 웅변해준다.

다만, 하이쿠* 센스는 그렇게 뛰어나지 않은 것 같다.

"이른 봄이라네…… 안주인 가랑이에 정전기."

오호호홋, 하고 다실의 봉창 사이로 하얀 얼굴을 내밀며 안주인

* 해학적이고 응축된 어휘가 특징인 일본 고유의 짧은 시.

이 웃었다.

"……좀 이상한가, 안주인?"

"아, 아뇨. 아주 좋아요. 나카조 씨."

두 사람은 일견 부부처럼 보이지만 사실은 그렇지 않다. 이 관계를 정확히 서술하려면 적어도 책 세 권 분량은 필요하지만, 간단히 정리하자면 형수와 시동생의 관계다.

삼십 년 전, 히가시칸다의 메리야스 공장 주인의 젊은 아내였던 안주인은 공장 직원과 불륜관계에 빠졌다. 그것을 눈치챈 야쿠자 시동생은 두 사람의 사랑의 도피를 도와주었다. 세 사람은 깨끗하다면 깨끗하다 할 수 있고, 더럽다면 더럽다 할 수 있는 모호한 인연을 맺은 채 삼십 년이란 오랜 세월을 함께 늙어왔다. 나카조 오야붕은 독신인 채로 업계의 중진이 되었고, 형수와 그 불륜 상대는 결혼식을 올렸다. 폭력방지법의 태풍이 불어오는 가운데 기도 조직은 산골짜기 온천 호텔을 매수하여 정식으로 경영하게 되었고, 그와 함께 오야붕의 명칭은 오너, 그 불륜의 주인공 '저승사자 아키라', 즉 구로다 아키라는 부지배인으로 자리 잡았고, 오너에게 아내가 없기에 그 형수가 안주인이 된 것이다. 어쩌다보니 그렇게 된 것치고는 참으로 복잡한 관계다.

나카조 오야붕은 금테 안경에 푸른 하늘을 비추면서 하이쿠를 짓고 있다. 곧 정재계의 동호인이 모이는 하이쿠 낭독회가 열리는 관계로 꽤나 심각한 표정이다.

"이른 봄이여……"

낮은 대나무 울타리로 둘러싸인 샛길에서 다급한 발소리가 들려왔다.

"오야붕! 크, 크, 크, 큰일났습니다!"

"큰일났어요, 형님! 크, 큰일났습니다!"

나카조 오야붕은 못 들은 척 여전히 붓을 놀리고 있다.

"이른 봄이여…… 기습공격이라면 큰일이다…… 음, 이것도 나쁘지 않군. 잠깐, 기습공격이라면 좀 어조가 격하지 않을까. 은밀한 공격, 이라고 하기엔 한 자가 많은데…… 우왓! 뭐라고! 자식들, 어느 조직 놈들인지 모르겠지만 단번에 날려버렷!"

안주인의 손에서 호신용 베레타를 받아든 오야붕은 호방한 동작으로 문신이 새겨진 팔을 두루마기 밖으로 빼냈다.

외치는 소리와 발소리가 한꺼번에 들려왔다. 오야붕은 이제 곧 담을 뛰어넘어올 자객을 향해 조준 자세를 취했다.

"큰일, 큰일…… 으악, 이쪽이 더 큰일이닷!"

"잠깐만, 형님. 쏘지 마세요, 저예요, 저!"

오야붕은 아슬아슬하게 총구를 내렸다. 원근 겸용 안경은 이런 때 특히 위험하다.

"앗, 이런이런. 동생과 부하를 동시에 죽일 뻔했구먼. 그런데 무슨 일이기에 이렇게 한꺼번에 몰려오고 난리야? 기습공격이나 강제수색 같은 건 별로 큰일도 아닐 텐데. 우리가 늘 하는 일이니까.

아니, 설마 세무서에서 조사 나온 건 아니겠지?"

"아닙니다. 그런 걱정은 마세요. 재작년 세금이라면 어제 연체 이자까지 납부했으니까요. 울기도 하고 협박도 해보았지만, 자식들 정말 지독하더군요."

머리를 긁적이며 미안해하는 구로다를 밀쳐내고, 오소네는 위엄과 위협을 동시에 표현하기에 적격인 거대한 입을 벌렸다.

"그런 게 아냐, 그런 게 아니라고요! 형님, 이걸 좀 보세요. 이보다 더 큰일이 없다니까요."

오소네가 내미는 프린트를 나카조 오야붕은 천천히 받아들었다. 명주 옷깃을 가다듬으며 흠흠, 하고 고개를 끄덕인다.

"아아, 오마타 야이치. 센다기의 숙부. 흐음, 정말 그리운 이름이군. 오마타 숙부가 뭘 어쨌다고?"

"오마타 숙부라, 어감도 좋군요.. 형님, 아는 분이신가요?"

"알고말고. 사가라 오야붕이 이름을 날리기 전부터 고마가타의 나가야*에 계셨던 분이야. 정말 험악한 시대였지. 오마타 숙부는 자주 선물을 들고 놀러 오셨는데, 머리를 숙이는 나한테, 어이 꼬맹이, 맛있는 거 사 먹어, 하며 십 엔짜리 지폐를 주기도 했어. 아직도 잊혀지지 않는군. '붉은 사쿠라 야이치' '도박의 귀재 야이치' 라고들 했는데, 아주 기가 센데다가 노름판을 잘 다스리는 뛰어난 도박

* 長屋, 일본의 서민들이 사는 전통적인 연립주택.

꾼이었어."

나카조 오야붕은 옛일을 떠올리는 듯 안경 속의 눈을 들어 허공을 바라보았다.

"뿐만 아니라 우국충정의 지사이기도 했어. 헌병이 우리 구역의 가난한 시민을 괴롭히는 걸 보다 못해 다케바시 헌병대로 뛰어들지 않았겠나. 당신 별칭과도 같은 붉은 사쿠라가 오가와 제방에 활짝 핀 어느 날 밤, 오마타 숙부는 간편한 겉옷에 외투를 걸치고, 가슴에는 칼을 품고서 오야붕에게 작별인사를 하러 왔었어."

오오, 하고 두 야쿠자는 탄성을 질렀다.

"형님, 마치 그 옛날 야쿠자 영화를 보는 것 같군요."

"더 들어봐. 나가야의 다 떨어진 창호지문 너머로 인기척이 나기에 문을 열고 나가봤더니, 오마타 숙부가 달빛을 받으며 골목길에 우뚝 서서 머리를 숙이고 있는 거야. 숙부, 하고 불렀지만 뒤도 돌아보지 않고 뚜벅뚜벅 발소리를 내며 가버리더군. 오가와 제방까지 따라가서 소매를 붙잡았더니 오마타 숙부는 뒤를 돌아보며 이렇게 말했어. '오, 꼬맹이구나. 오늘밤은 꽃에 취해 너무 많이 마셔버렸어. 술만 마시면 사람이 그리워지는 나쁜 버릇이 있어서 말이야. 그런데 막상 여기까지 와서야 나오키치 형님은 술주정뱅이를 싫어한다는 게 생각이 났어. 그러니 절대로 내가 왔단 말은 하지 마, 알겠니?' 그러고는 꽃잎이 눈처럼 휘날리는 제방을 아까처럼 뚜벅뚜벅 걸어가버렸지."

오오오, 하고 두 야쿠자는 입을 모아 감탄했다. 나카조 오야붕은 태어날 때 입부터 먼저 나왔다는 소문이 있다. 물론 아무도 보지는 못했다. 하지만 다소의 각색을 곁들이는 것을 염두에 두더라도, 그의 이야기는 듣는 사람 누구나 흠뻑 빠져들게 하고 마는 것이다.

"오, 오야붕, 뜸들이지 말고 빨리 본론으로 들어가세요."

"부탁해요, 형님. 오랜만에 가슴이 두근거려요. 오줌 싸겠어요, 빨리!"

큭큭, 하고 나카조 오야붕은 묘하게 색기 어린 웃음소리를 냈다.

"계속 잘 들어봐. 어린 마음에 불길한 예감이 든 나는 바로 나가야로 달려와서, 아까의 자네들처럼 오야붕, 큰일났어요! 하고 외쳤지. 그랬더니 사가라 오야붕은 덧옷을 걸쳐 입고 이불 위에서 이렇게 팔짱을 끼고 잠자코 나를 바라보다가, 내가 말을 꺼내기도 전에 '어이, 나카조, 방금 야이치 녀석이 왔다가지 않았어?' 하는 거야. 그래서 나는 이러저러하다고 이야기를 했지. 오야붕은 별로 놀라는 기색도 없이 작게 한숨만 쉬었어. 말려야 하지 않을까요, 라고 했더니, 말린다고 그만둘 사내가 아니라고 하시더군. 오야붕은 잠시 생각하다가 자리에서 일어나더니, 대여섯 채 앞에 있는 부잣집 대문 앞으로 나아갔어. 그러고는 문득 발걸음을 멈추고 낡은 나가야 위로 떨어지는 사쿠라를 올려다보며 이렇게 혼잣말을 하는 거야. '참으로 붉은 사쿠라 야이치에게 잘 어울리는 밤이야' 하고."

오오오오옷! 두 야쿠자는 탄성을 질렀고, 작은 출입구 앞에 앉아 있는 안주인마저 소녀처럼 꺄악! 하고 소리를 질렀다.

"계속 들어봐. 그러더니 오야붕은 부잣집 현관 앞에서 늦은 시간에 찾아온 것을 사과하고, 급한 일 때문에 그러니 전화 한 통화만 하게 해달라고 부탁했지. 그 부잣집 주인 역시 대단한 괴짜 퇴역군인인데, 러일전쟁에서 살아 돌아온 무용담은 반으로 뚝 잘라서 들어야겠지만, 아직 세상에 이름을 날리기 전의 사가라 오야붕을 무척 마음에 들어했어. 한밤중에 잠을 깨웠으니 기분이 좋을 리 없었을 텐데도 '사람이 죽느냐 사느냐 하는 절체절명의 위기입니다. 세상살이에는 사연도 많은 법, 제발 자세한 사정을 묻지 말아주십시오' 라는 오야붕의 한마디에 군말 없이 전화를 빌려주더군. 오야붕이 그때 어디로 전화했는지 짐작하겠어?"

"모, 몰라요. 오야붕, 그 뜸들이는 버릇 제발 좀 고치십쇼."

"잠깐, 전 알겠어요, 형님. 당연히 본가에 비상을 걸었겠죠. 어때요, 딩동댕이죠?"

"그렇지요, 암, 그렇고말고요. 천하의 사쿠라 가문이 야이치 씨를 그냥 죽게 내버려둘 리 있겠습니까. 아, 이 감격, 미칠 것만 같아!"

뜸들이는 버릇을 맘껏 즐기는 듯, 나카조 오야붕은 잠시 입을 다물었다.

"이른 봄이여……"

"오야붕! 나 화낼 겁니다! 사람 애간장 그만 녹이세요. 자꾸 그러시면 절연할 겁니다!"

"크큭, 잘 들어. 사가라 오야붕은 그 자리에서 경찰에 신고했어."

입이 딱 벌어졌다. 예상치도 못한 충격적인 이야기에 다들 당혹스러워했다.

"놀라지 마. 오야붕은 평소 왕래가 있던 본서의 형사에게 전화했어. 내 기억으로는 하라다라는 이름의 젊은 형사였지. 오야붕은 모든 것을 알고 있었던 거야. 야이치가 헌병대를 습격할 텐데, 여보게, 절대로 그놈을 죽이진 말아줘, 평생의 소원이네, 하고 오야붕은 전화기에다 대고 머리를 조아리면서 말했어. 내 눈으로 오야붕이 머리를 숙이는 걸 본 건 그게 처음이자 마지막이었지. 오야붕은 형사가 눈앞에서 체포영장을 읽고 수갑을 채워도, 공판정의 피고석에 섰을 때도, '관' 자가 붙은 그 누구에게도 고개를 숙이지 않았어. 허리를 곧추세우고 그들을 노려보았을 뿐이었지."

거기까지 말하고 나카조 오야붕은 갑자기 떨리는 목소리로 말했다.

"호텔 층계참에 서 있는 오야붕의 동상은 항상 가난한 사람을 등에 업고 관리들을 향해 눈을 부릅뜨고 있던 사가라 나오키치의 모습 그대로야. 그래서 나는 아침마다 꽃을 바치고 번쩍번쩍 광이 나도록 닦으라고 지시하는 거란 말이다."

사가라 나오키치는 평생 동안 단 한 번, 그 사나이, 오마타 야이치를 위해 머리를 숙였다는 것이다. 구로다와 오소네는 서로의 무릎이 닿을 정도로 다리를 달달 떨었다.

"이야기가 엉뚱한 데로 흘러버렸는데, 그건 그렇고, 큰일이라니 뭐가 큰일이야? 하하하, 그렇지, 오마타 숙부가 돌아가셨나보군. 어디 엉뚱한 놈들이 갑자기 친척이라고 나서면서 장례식이라도 올려 한밑천 잡으려 하는 거겠지. 이 자식들이 웃기고 있어. 감히 어느 안전이라고 장난을 쳐? 내가 가서 박살을 내줄 테다!"

제멋대로 추측하고 거기에 흥분해 다시 한쪽 팔을 걷어붙이는 오야붕을 두 사람이 서둘러 말렸다.

"그게 아니라니까요, 오야붕. 그런 사소한 일이 아니라고요."

"형님, 냉정을 찾으세요. 그만 하고 이제 우리 이야기를 들어보시죠."

"네놈들이 그렇게 황당하게 구는데다 말하는 것도 요령부득이니, 내가 입을 여는 수밖에 없잖아."

두 야쿠자는 동시에 그건 아닌데, 하고 생각했다. 어머니 사타구니에서 머리보다 입이 먼저 쏙 빠져나와 이 세상에 태어난 경위를 떠들어대는 아이를 상상하자, 두 야쿠자는 갑자기 속이 안 좋아졌다.

더이상 쓸데없는 말로 시간 낭비를 해서는 안 된다고 생각한 오소네는, 금니를 딱딱 맞부딪치면서 단호하게 말했다.

"잘 들으세요, 형님. 정신 똑바로 차리시고."

음, 하고 오야붕은 정신 똑바로 차린 표정을 지었다.

"그랬군, 역시 나는 암이었어."

"……또 무슨 엉뚱한 소릴. 잘 들으십쇼. 놀라지 마시고요, 사실은……”

“과연. 역시 내가 뒤를 잇지 않으면 조직 통솔이 안 된다는 말이로군.”

“……아키라, 미안하지만 형님 입을 좀 막고 있어. 이래서야 이야기를 할 수가 없잖아.”

죄송합니다, 오야붕, 하고 구로다는 야구 글러브 같은 손바닥으로 나카조의 입을 틀어막았다. 옴지락거리는 입술이 나카조 오야붕의 신체 기관이 아니라 몸에 기생하는 다른 생명체처럼 징그러웠지만, 구로다는 있는 힘을 다해 참았다.

오소네는 이번에야말로 서론 없이 바로 결론으로 들어갔다.

“오마타 숙부께서 지금 막 호텔에 도착하셨습니다.”

구로다의 완력에 저항하고 있던 오야붕의 입술이 움직임을 딱 멈췄다. 혹시 숨이 막혀 죽은 건가 하고 손을 떼자, 나카조는 희한하게 아무 말도 못 하고 가만 서 있는 것이었다.

“앗, 나카조 씨, 나카조 씨가 벙어리가 됐나봐!”

안주인은 맨발로 다실에서 뛰쳐나와 오야붕의 등을 쓰다듬었다. 그래도 나카조는 정원 앞에 동상처럼 우뚝 서서 움직이지 않았다.

손가락 사이에서 베레타가 미끄러져 이끼 낀 바닥 위에 툭, 하고 떨어졌다.

“숙부, 무슨 말을 그렇게 해요. 갑자기 그런 말을 하니 오야붕이 충격받았잖습니까. 충분히 서론을 늘어놓고 조금씩 조금씩 말을 해야죠. 허헛, 이것 참 큰일났네."

"그, 그건 그래. 하지만 아키라, 이것 말고는 방법이 없었어. 할 수 없었다고."

"어머, 몸이 싸늘해요. 이러다간 정말로 심장이 멈춰버릴지 몰라요. 빨리 목욕탕으로 가서 정신을 차리게 만들어야겠어요."

안주인의 제안으로 구로다와 오소네는 오야붕의 양쪽 팔을 붙잡았다. 과연 오야붕의 몸은 돌처럼 딱딱하게 굳었고, 의식은 있는 것 같았지만 혼은 어디론가 날아가버리고 없었다. 맹종죽숲 속의 샛길을 빠져나가자 잔디가 깔린 정원이 나왔다. 새로 돋아나는 나뭇잎은 눈을 크게 뜨고 살피지 않으면 알아볼 수 없을 정도로 작고, 잔디는 아직 노랗게 말라 있다. 당당한 자태로 우뚝 서서 가지를 늘어뜨린 늙은 벚나무는 어렴풋이 불그스레한 색깔을 머금고 있다.

오야붕은 두 사람의 부축을 받으며 걸음을 옮기면서 중얼거렸다.

"어젯밤 내내 저 벚꽃의 이름을 생각했지. 결국 '석방 사쿠라'로 정했어. 어때, 좋은 이름이지?"

9

'극락탕'은 기도 나카조 오너가 자신의 미적 교양과 일가의 위신을 걸고 건조한, 이 호텔의 핵심 시설이다.

목을 매어 자살한 전 경영자 시절에는 전혀 좋을 것도 나쁠 것도 없는 평범한 타일 바닥이었던 것을, 거액을 투자하여 개축했다.

호텔을 인수할 당시만 해도 채권자 회의에다 종업원들의 분규까지 겹쳐 앞길이 불투명한 상황이었기에, 오너가 바뀌었다는 사실을 확실히 인식시키려는 의도를 가지고 여봐란듯이 돈을 들인 것이다. 더 정확하게 말하자면 기도 나카조 오야붕의 경제학적 교양과, 지배 채권자로서의 위신이 걸린 시설이었다.

이런 복잡한 배경을 지니고 있는 관계로 설계 당시부터 의견이 둘로 나뉘었다.

프로젝트를 맡은 부지배인 구로다는 보통 손님의 입욕을 염두에 두고 전통적인 스타일의 노송나무 욕탕을 제안했지만, 숙부뻘로 프로젝트에 참가한 오소네는 인간의 경지를 벗어난 개인적 취향을 살려 사방에 금박을 입힌 업계인 전용탕으로 만들어야 한다는 주장을 굽히지 않았다.

꽤 리버럴한 성격의 나카조 오야붕은 부하와 동생 사이에서 깊이 고뇌한 끝에, 혹시 보통 손님이 올지도 모른다는 생각에 결국 구로다의 의견을 채택하기로 했다.

넓은 욕탕에는 아득한 옛 시대의 낭만을 느끼게 하는 통나무 기둥을 세우고, 나무 판자로 벽을 짜고 돌을 배치한 실내의 한가운데에 크고 작은 세 개의 노송나무 욕조를 설치했다. 바깥에는 노송나무 껍질로 덮은 지붕이 앞으로 비죽 나와 있는 노천탕을 만들고, 계곡과 산기슭을 배경 삼아 작은 정원도 꾸몄다.

완성된 욕탕은 누구든 그 안에 들어서면 입을 벌리지 않을 수 없을 만큼 멋들어진 자태였지만, 오야붕의 예상과 달리 찾아오는 손님 중에 보통 사람은 거의 없었다.

그러나 탄식할 일만은 아니었다. 소박하면서도 깊은 맛을 풍기는 인테리어는 평소 화려함만을 미덕으로 삼고 살던 야쿠자들에게 깊은 감동을 주었다. 곧 경찰에 출두하게 될 용의자들의 삭막한 마음을 어루만져주고, 징역을 마치고 석방된 전과자들의 황량한 가슴을 부드럽게 쓰다듬어주는, 말 그대로 '극락탕' 이었다.

얼이 반쯤 빠져버린 나카조 오야붕을 탕 안에 밀어넣고, 안주인은 여탕 쪽을 살펴보았다.

천창에서 오후의 햇살이 가득 들어오는 탈의실에는 두 명분의 유카타가 놓여 있었다. 드물게 찾아오는 여자 손님의 등을 밀어주는 것은 안주인의 할일이다.

거울 앞에 서서 기모노 소매를 걷어올리며, 안주인은 가슴속으로 되새겼다.

하루노 후부키 님과 사쿠라 님. 직업은 '배우'. 여급들의 보고에 따르면 어머니는 예전에 '롯폰기의 오필리아' 라 불리던 명배우였다고 한다. 따님이 중요한 오디션을 앞두고 있어, 그 합숙을 위해 여관에 묵게 된 것이라고 했다.

아무리 일박 이식 구천팔백 엔의 캠페인 가격이라 하더라도, 보통 손님인 만큼 여느 때보다 정성을 다해야 한다. 어느 조직의 누님을 접대하는 것보다 더 정성 들여 모셔야 한다고 안주인은 마음속으로 다짐했다.

"실례합니다. 등을 밀어드리러 왔습니다."

문을 여는 순간 안주인은 당황했다.

"아, 에, 이, 우, 에, 오, 아, 오! 카, 케, 키, 쿠, 케, 코, 카, 코!"

한 치 앞도 볼 수 없는 뜨거운 김 속에서, 딸로 보이는 사람이 직립부동 자세로 기묘한 소리를 내고 있다. 그 목소리는 돌벽에 메아리쳐 안주인의 인사를 지워버렸다.

"사, 세, 시, 수, 세, 소, 사, 소! 타, 테, 치, 츠, 테, 토, 타, 토!"

새하얀 김이 피어오르는 건너편에 서서 온몸을 바르르 떨면서 외쳐대는 그 모습은 아직 앳된 티가 남아 있는 소녀였다.

"더 힘을 줘. 아랫배에서부터 끌어내라고. 그 목소리로는 객석에 들리지도 않아!"

젊은 어머니는 탕 가장자리에 앉아 유연체조를 하면서 고함을 쳐댔다. 우동 면발처럼 하얗고 부드러운 몸매였다.

"예, 후짱."

소녀는 매를 맞은 것처럼 벌벌 떨면서 등을 곧게 폈다.

"대답할 힘 있으면 목소리나 더 키워."

"나, 네, 니, 누, 네, 노, 나, 노! 하, 헤, 히, 후, 헤, 호, 하, 호!"

"좋아, 다음으로 탁음."

"가, 게, 기, 구, 게, 고, 가, 고! 자, 제, 지, 주, 제, 조, 자, 조!"

어린 목에 거친 탁음은 고통스러울 것이다. 개구리처럼 높은 목소리를 내던 소녀는 한계에 이르렀는지 고통스럽게 고개를 떨어뜨렸다.

"죄송해요, 후짱…… 잘 안 돼요, 소리가 안 나와."

"멍청이!"

어머니는 고개 숙인 딸의 등에 물통으로 물을 끼얹었다.

"저…… 등을……"

안주인은 그 틈을 놓치지 않고 말했다.

"이 호텔의 안주인입니다. 연습하시는데 죄송합니다."

열린 문 사이로 불어온 바람이 김을 날려버리자, 힘없이 고개를 푹 숙인 소녀의 모습이 드러났다. 어머니는 욕탕 가장자리에 앉아 고개를 돌린 채 가만히 쳐다보고 있다. 결코 미인은 아니지만 과연 연극배우답게, 한 번 보면 절대로 잊을 수 없을 듯한 얼굴이었다. 눈꼬리는 여우처럼 치켜올라가 있고, 작은 코는 위로 바짝 솟아 있으며, 양볼에서 턱까지 사각형을 그리고 있다.

어디선가 본 적이 있는데, 하고 안주인은 생각했다.

그렇다. 가끔씩 텔레비전 드라마에 술집 마담 역으로 나오는 성격파 배우. 어두운 과거를 미소로 감추고, 대체로 딱 한 장면에만 등장해서는 술에 취해 고리타분한 설교를 하는 역이다.

하루노 후부키는 엉거주춤 서 있는 소녀 쪽으로 고개를 돌리고,

엄한 말투로 말했다.

"오 분간 휴식. 탕에 들어가서 김을 잔뜩 들이마셔."

"예, 후짱."

딸은 얌전하게 대답하고는 식은 몸을 탕 안으로 밀어넣었다. 거칠어진 목 안으로 김을 빨아들인다. 지금 당장에라도 아이돌 배우로 인기를 모을 수 있을 만한 예쁘장한 얼굴이다. 정말 모녀지간일까, 하고 안주인은 의구심이 일었다.

"그럼 신세 좀 질까요. 이렇게 일부러 오셨는데, 거절할 수야 없지요."

마치 연극 대사를 읊듯이 하루노 후부키가 말했다. 꼭 사극에 나올 듯한 말투다.

어머니의 등은 슬플 정도로 여위었다. 병약한 느낌을 주지는 않지만, 곁눈질 한 번 하지 않고 한 가지 일에만 몰두하는 집념이 살과 지방을 모두 빼앗아가버렸을 것이다.

손님의 사정은 알 수 없다. 그러나 그 안쓰러운 등은 배우이기 이전에 어머니의 모습이란 것을, 여주인은 확신했다.

"텔레비전에서 자주 뵈었습니다. 유명한 여배우를 이렇게 만나 뵈서 영광입니다."

깡마른 등을 밀면서 안주인이 그렇게 말하자, 하루노 후부키는 고개를 쳐들면서 그다지 내키지 않는 목소리로 말했다.

"난 여배우라는 말 싫어해요. 그냥 배우라고 불러주세요."

만만치 않은 손님이라고 안주인은 생각했다.

"아, 실례했습니다. 저분은 따님이신가요? 참 예쁘기도 하지."

안녕하세요, 하고 딸이 웃는 얼굴로 인사했다. 어른스런 표정은 어디론가 사라지고, 중학생다운 원래의 얼굴이 나타났다.

"예쁘죠. 어미를 전혀 닮지 않았거든요."

어머니는 어떻게 대답하면 좋을지 곤란한 말을 했다.

"아닙니다. 아주 많이 닮았어요."

"인사치레는 그만두세요. 이애는 제 아빠를 그대로 빼다박은 걸요. 사실은……"

"후짱!" 딸이 거친 목소리로 어머니의 입을 막았다.

안주인은 모녀의 남모를 사연을 짐작하는 수밖에 없었다. 어쨌든 아버지에 대해 물어보면 안 될 듯싶었다.

"어머니를 후짱이라고 부르나봐요?"

"안 되나요?"

어머니는 퉁명스럽게 말했다.

"난 현역 배우예요. 엄마나 어머니 같은 호칭은 정말 싫어요."

"아…… 정말 실례했습니다. 실은 손님, 제 아들도 저를 어머니라고 부르지 않거든요. 소설을 쓰고 있는데, 아실지 모르겠어요. 기도 고노스케라고……"

말을 꺼내고 나서 안주인은 입을 다물어버렸다. 요즘 들어 사람만 만나면 무심결에 아들 자랑을 하고 만다.

"기도 고노스케라면, 그 『의리의 황혼』을 쓴 사람이요?"

"예. 이번에 무슨 문학상 후보가 되었다고 하더군요."

하루노 후부키는 수상쩍다는 듯이 안주인을 돌아보았다.

"하나도 안 닮았군요."

"아…… 네에. 그애는 아버지를 빼닮았거든요. 하나에서 열까지."

"저랑 같네요" 라며 이쪽을 향해 미소짓는 딸을 향해 어머니는 고함을 쳤다.

"쓸데없는 소리 하지 말고 먼저 방에 가서 대사나 외우고 있어. 빨리!"

예, 하고 소녀는 몸도 채 덥히지 못하고 탕 속에서 나왔다.

마중 나온 선전차 속에서 차의 흔들림에 맞춰 몸을 흔들어대던 오카바야시 가즈오가 내 귀에다 대고 속삭였다.

"선생님, 여기 취향이 좀 특이하군요. '보국안민' 이며 '공산주의 타도' 라고 써붙인 호텔 차는 처음 보는데요."

나는 차 안을 돌아보았다. 나카조 삼촌의 호텔에서 심사 결과를 기다리자는 나의 제안에 열 명의 편집자가 졸졸 따라왔다. 『애수의 카르보나라』를 담당하는 오카바야시와 판권자인 일본웅변사의 편집자 세 명은 충분히 따라올 만하다. 맨 뒷좌석에 우두커니 앉아 있는 『의리의 황혼』 담당자 오기와라 미도리도 또 그렇다고 치자. 그러나 문학상과는 아무 관계도 없는 그 외의 편집자들은 대체 뭔가.

"왜 저런 놈들까지 부른 거야? 그렇게 생색을 내고 싶나?"

오카바야시는 지극히 도쿄 대학 출신다운 차가운 표정으로 나를 바라보았다.

"그런 얄팍한 생각은 추호도 없습니다, 선생님. 저들 역시 산처럼 쌓인 재고를 어떻게 하면 재출고할 수 있을지 온갖 궁리를 하고 있는 중이라고요. 일본문예대상 수상이 결정되면 조폭소설 작가 기도 선생님도 일약 문단의 총아로 떠오르지 않겠습니까. 재출고는 당연하고, 띠지까지 새로 만들어 증쇄를 하게 되는 겁니다."

나는 오래 전에 서점에서 사라져버린 별볼일 없는 조폭모험소설들이 일제히 '일본문예대상 수상' 이라는 화려한 띠지를 두르고 서점에 다시 깔리는 광경을 상상하고는 전율을 느꼈다.

"그리고 말이죠, 수상 결정 순간의 사진을 꼭 우리 『문예일본』 잡지에 실게 해주셨음 하는데요."

"오호, 예의 그, 수화기를 귀에 댄 작가를 둘러싸고 사람들이 만세를 외치는 사진 말이야? 얼간이 같기는. 매년 누구나 똑같은 사진을 찍더군."

"일종의 의식이지요, 의식."

"의식이라, 흥. 떨어지면 어쩔 거야. 나는 수화기를 든 채 실망하며 고개를 푹 수그리고, 자네들은 입만 쩍 벌리고 있는 그런 사진을 실을 수 있겠어? 엉?"

"그런 재수 없는 말씀 마세요. 절대로 낙선은 없을 겁니다."

"만에 하나 떨어지면 어쩔래. 손가락이라도 자르나?"

"엣…… 손가락이요?"

"도구라면 얼마든지 마련해주지. 혼자 하기 뭣하면 도와줄 사람도 있고."

오카바야시는 불안스럽게 운전사의 옆얼굴을 살폈다. 빙긋 웃으며 핸들을 잡고 있는 남자의 손은 귀여운 단풍잎 모양이었다.

"그런데, 선생님. 엉뚱한 질문일지도 모르겠지만, 호텔을 경영하는 친척분 말입니다. 긴자의 바에서 우연히 만났다거나 자료 취재 때 만난 그런 관계는 아니겠지요?"

"걱정하지 마. 단세이 출판사의 오기와라 미도리도 원고를 받으러 온 적이 있으니까. 그때 거의 죽다 살아났지만, 덕분에 그 녀석 운이 확 트였어. 알지? 반년도 안 되어 교토 오사카 지역의 베스트셀러 작가에게 원고를 탈취해내는 덕에 지금은 단세이 출판사의 여왕이 됐잖아. 그리고 마침내 『의리의 황혼』을, 묻어가는 식이긴 하지만 어쨌든 그랑프리 후보에 올려놓았으니."

"호오, 과연. 그렇다면 이 호텔은 행운의 리조트란 말이로군요."

"그렇지. 역시 도쿄 대학 출신은 반응이 빨라서 좋아. 프리즌, 아니, 오쿠유모토 수국 호텔은 모든 손님에게 복을 가져다주는 호텔이야. 다행이군, 오카바야시. 이런 결정적인 기획에 참가할 수 있어서."

"그렇군요. 좋아요, 약속하겠습니다. 만일 수상을 못 하신다면 제 손가락을 자르겠습니다. 하하하핫!"

쾌활하게 웃는 오카바야시의 얼굴을 바라보면서, 나는 차내의 분위기와 정반대로 우울한 기분에 빠져들었다.

휴대폰을 꺼내 도미에의 아파트에 전화를 걸었다. 공허한 신호음만 들려온다. 우에노 역을 출발할 때부터 거의 삼십 분마다, 아니, 그날 이후로 밤낮을 가리지 않고 한 시간 간격으로 나는 계속해서 도미에에게 전화를 걸고 있었다.

나카조 삼촌의 호텔에 온 진짜 이유도 실은 그것이었다. 혹시 도미에가 무슨 생각이 있어 호텔을 찾아올지도 모른다. 나 말고 피붙이라곤 없는 천애 고독한 여자 도미에가 무슨 사연으로 갑자기 모습을 감춰버린 건지 그 원인을 이야기할 만한 사람이 있다면, 그건 오로지 나카조 삼촌뿐이다.

"아버지, 도미에 할머니 아직 안 계셔요?"

미카가 걱정스럽게 전화기를 귀에 대보았다. 이 녀석은 세상에서 유일하게 내 마음을 정확히 읽을 수 있는 어린아이다.

"힘내세요, 아버지. 도미에 할머니도 건강하게 잘 계실 거예요. 아빠가 우승하면 반드시 돌아오실 거예요."

나는 눈두덩이 뜨거워져 미카를 끌어안았다. 내가 사준 가방을 여행길에서까지 등에 매고 있다. 혹시 도미에는 내 마음을 알아줄 또하나의 존재가 나타나는 바람에 자신의 설 곳을 잃고 만 것인지도 모른다. 그런 무서운 상상을 해보았다.

기요코는 도저히 이 세상의 것이라고 생각할 수 없는 아름다운 얼굴을 차창에 기댄 채 꾸벅꾸벅 졸고 있다. 꿈을 꾸고 있는지, 꽃잎 같은 입술을 벌리고 희미한 미소를 띠고 있다.

"아버지, 호텔이 보여요. 도미에 할머니 저기 계실까?"

일곱 굽이 고갯길을 넘자, 미카가 손가락으로 가리키는 계곡에서 우아한 자태의 프리즌 호텔이 모습을 드러냈다.

봉우리에는 아직도 눈이 덮여 있고 주위의 나무들도 메말라 있지만, 그 주위에는 벚꽃 봉오리가 불그스름하게 온 산을 물들이고 있었다.

10

도미에 할머니, 어디로 가신 걸까……

미카는 호텔 구석구석을 찾아 헤맸다.

여기엔 아버지의 진짜 어머니가 계시니까, 도미에 할머니가 찾아올 리는 아마 없을 것이다. 그것은 미카의 진짜 아버지가 '징역' 이라는 머나먼 땅에서 돌아와 갑자기 찾아오는 것과 마찬가지다. 만일 그런 일이 일어난다면 모두가 괴로워할 것이다. 그러므로 우리 아파트에도 찾아온 적이 없는 도미에 할머니가 이 호텔에 올 리는 없다.

그렇지만…… 미카는 텅 빈 방들을 하나하나 뒤지면서 생각해보았다.

그렇지만, 아버지는 만에 하나 그럴지도 모른다는 희망을 품고 이곳에 온 것이 분명하다.

도미에 할머니가 없어진 그날부터 계속, 아버지는 신주쿠 공원 옆의 아파트에서 옛날처럼 일을 하고 있다. 책도 책상도 모두 거기 있으니까, 필시 그렇게 일을 하면서 도미에 할머니가 돌아오기를 기다리고 있는 것이다.

한번은 도시락을 가지고 가보았더니, 아버지는 일도 하지 않고 오래된 수첩을 뒤적이며 여기저기 전화를 하고 있었다. 도미에가 없어졌는데 혹시 어디 있는지 모르냐고, 아마도 옛날 친구나 아는 사람 집에 일일이 전화를 하고 있는 모양이었다.

줄담배를 피워대는 모습을 보고 그렇게 피우다 폐암에 걸리면 어떡하냐고 했더니, 시끄럽다면서 집에 가라고 화를 냈다.

한바탕 전화를 건 다음에는 앨범을 꺼내 시간 가는 줄 모르고 멍하니 바라보고 있었다. 그러다 '도미에! 도미에!' 하고 외치면서 눈물을 흘리는 것이었다. 아버지는 울보니까, 별로 이상한 일도 아니다.

그런데, 도미에 할머니는 대체 어디로 가버린 걸까.

어제는 아침부터 아버지와 둘이서 할머니를 찾으러 나갔다. 할머니가 있을 법한 곳은 다 돌아다녔다.

아사쿠사의 관음보살님, 오래된 영화를 상영하는 영화관, 미쓰코시 백화점의 기모노 매장, 간다 역의 개찰구 등등.

아버지는 역무원이나 점원들에게 도미에 할머니 사진을 보여주며, 마치 어린아이 같은 말투로 "이런 사람 본 적 없나요? 호박에다 느림보에다 멍청이고, 말을 더듬기도 하는 여자입니다. 중년이지만 겉으로는 육십 정도로 보여요" 하고 묻고 다녔다.

준텐도 대학병원의 대합실에서는 너무 집요하게 묻다가 간호원에게 야단을 맞기도 했다.

터벅터벅 걸으면서 아버지는 오차노미즈 역의 히지리 다리 위에 우뚝 멈춰 섰다. 어쩐지 아버지가 강으로 뛰어들 것 같은 생각이 들어, 미카는 팔을 꼭 붙들었다.

라이트가 켜진 다리 난간 아래를 잠시 내려다보다가, 아버지는 그제야 울음을 멈추고 말했다.

"오쿠유모토에나 가볼까. 도미에는 달리 갈 곳도 없으니까."

돌아오는 길에, 아버지는 묻지도 않은 이야기를 해주었다.

엄마를 때린 건 백 번도 안 되지만, 도미에 할머니는 만 번도 더 때렸을 거라고 했다. 이제는 절대로 안 때리려고 마음먹은 순간 그만 이렇게 사라져버렸다고, 아버지는 쓸쓸한 표정으로 중얼거렸다. 때리지 않으니까 이야기할 일도 없어졌다고.

이제부터는 엄마가 아버지에게 맞더라도 말리지 말아야지, 하고 미카는 생각했다.

도미에 할머니, 도대체 어디 가신 걸까. 아버지가 우승할지도 모른다는데.

수상식에는 이곳 할머니가 아니라 도미에 할머니를 부르겠다고 아버지는 말했다. 도미에 할머니는 제국호텔이라는 말만 듣고도 기절할지 모르지만, 목에 개목걸이를 걸고서라도 꼭 데리고 가겠다고 했다.

오늘 아침 나가는 길에 아버지는 미쓰코시 백화점에 가서 백만 엔이나 하는 수제 기모노를 샀다. 엄마가 고맙습니다, 하고 인사하자, 멍청이, 너한테 줄 게 아냐, 도미에에게 줄 거야, 라고 말했다.

도미에 할머니는 분명 그런 아버지의 마음을 알고 수상식 전에는 돌아올 것이다.

그런데, 도대체 어디로 사라진 걸까, 도미에 할머니……

미카가 머무는 방은 이층 끝에 있는 단풍실이다. 옆방 국화실을 엿보니 주름투성이 할아버지와 뚱뚱한 아저씨가 화투를 치고 있었다. 그 옆의 싸리나무실에는 예전에 본 적이 있는 금니 아저씨와 부지배인 구로다 아저씨가 무슨 영문인지 벽에다 귀를 대고 무언가를 엿듣고 있었다. 미카가 "안녕하세요" 하고 인사를 하자 깜짝 놀라며 벽에서 귀를 뗐다. 대체 뭘 하고 있었을까. 국화실 손님, 나쁜 사람일까?

계단을 올라가 삼층. 단풍나무실에는 잘생긴 오카바야시 아저씨와 출판사 오빠들이 모여서 맥주를 마시고 있었다. 그 곁의 삼나무실에서는 늘 원고를 받으러 오던 단세이 출판사의 미도리 언니가 의자에 앉아 멍하니 산을 바라보고 있었다. 평소에는 말이 많고 활달하던 사람인데 우에노 역에서부터 한마디도 말이 없다.

"미도리 언니는 다른 사람하고 맥주 안 마셔?"

말을 걸었더니, 미도리 언니는 우유병 바닥같이 동그란 안경 속에서 눈동자를 번득이며, "난 괜찮아. 곁다리니까" 하고 말했다. 어딘가 쓸쓸해 보이는 표정이다.

끝에 있는 후지산실은 이층 단풍실만큼 커다란 방이다.

조금 열린 문틈으로 텔레비전 소리가 들려왔다.

"안녕하세요."

미카는 인사를 하면서 방 안으로 미끄러져 들어갔다.

하루노 사쿠라는 무릎을 끌어안고 가슴을 두근거리면서, 화면 가득 모습을 드러낸 고스기 긴고의 칼싸움 연기를 바라보고 있었다.

"어이어이, 이 악당 놈들! 가만 보자보자 하니까 하늘 높은 줄 모르는군. 신께서 네놈을 용서한다 해도 본관이 용서할 수 없다, 각오해랏!"

악질 관리의 손을 비트는 고스기 긴고의 대사를, 사쿠라는 입으로 따라 중얼거린다.

국민배우. 그것은 아버지만을 위한 말이라고 생각했다. 울림이 좋은 목소리로 옛 도쿄 사투리가 섞인 대사를 하는 것을 들을 때마다. 군더더기 하나 없는 세련된 몸짓을 볼 때마다, 사쿠라는 늘 황홀경에 빠져든다.

어머니는 아버지가 출연하는 텔레비전 프로그램을 절대로 보여주지 않는다. 광고에 아버지 모습이 나와도 바로 채널을 돌려버린다. 그래서 때때로 어머니가 안 계실 동안 재방송되는 사극을 보는 것이 사쿠라의 은밀한 즐거움이다.

등뒤에서 인기척을 느끼자 사쿠라는 텔레비전 스위치를 껐다. 그리고 황급히 자리에서 일어나 거실로 뛰어나가서는 소리를 지르기 시작한다.

"아, 에, 이, 우, 에, 오, 아, 오! 카, 케, 키, 쿠, 케, 코, 카, 코!"

안녕하세요, 하는 어린아이 목소리가 들렸다. 뒤를 돌아보니 오버올을 입은 여자애가 문틈으로 얼굴을 들이밀고 웃는다.

"언니, 뭐 하는 거야?"

누구지? 깜짝 놀라긴 했지만 어머니가 아니어서 다행이다. 사쿠라는 가슴을 쓸어내리고 등에서 힘을 뺐다.

"연극 연습이야. 넌 누구니?"

"난 미카라고 해. 안녕?"

"응, 안녕. 방을 잘못 찾았나보구나."

"아니, 그게 아냐. 저기 있잖아, 사람을 찾고 있어. 혹시 도미에 할머니라고 몰라?"

"도미에 할머니?"

"응. 호박에다 느림보고, 아직 중년이지만 육십 정도로 보이는 늙은 여자야."

"……모르겠는데, 그런 사람은."

"그래…… 역시 없구나. 방해해서 미안해, 언니."

소녀는 예의 바르게 머리를 숙이며, 실망한 듯한 표정으로 한숨을 쉬었다.

"너, 호텔 안에서 길을 잃었구나?"

"아냐, 방은 이 아래야. 아버지랑 엄마랑 같이 왔어. 길은 안 잃어버려."

도대체 누굴 말하는 걸까? 육십 정도로 보이는 여자라면 혹시 아까 욕탕에 온 그 안주인을 말하는 게 아닐까? 사쿠라는 생각했다.

"저기, 할머니가 이 호텔 사람이야?"

"아니, 아니야. 그 사람은 우리 할머니야. 아버지의 어머니."

그렇군. 친척 손녀인 모양이다. 아랫방에 머물고 있다면 분명 가족끼리 부모님의 고향을 방문한 것일 터이다.

미카는 인형처럼 생긋 웃어 보였다. 귀여운 아이다. 같이 놀 상대가 생긴 것 같아, 사쿠라는 갑자기 기분이 좋아졌다.

"잠깐만, 미카 짱. 언니랑 같이 과자 먹지 않을래?"

응, 하고 미카는 문을 열고 뛰어들어와서 창가의 등나무 의자에 앉았다.

"미카 짱은 몇 학년이야?"

가방 안에서 포테이토칩을 꺼내면서 사쿠라가 물었다.

"이제 일학년이 돼. 언니는?"

"난 이번에 중2. 학교는 별로 가지도 않지만."

고맙습니다, 하고 미카는 포테이토칩을 집었다.

"학교를 안 간다니…… 왜?"

"언니는 배우야."

"배우, 아르바이트하는 거야?"

"아니, 그런 게 아니라, 배, 우. 텔레비전에 나오는 사람."

"우와, 정말! 탤런트야?"

"그게 아니라, 배우. 가끔 드라마에도 나가. 지나가는 사람 같은 역할을 하는 엑스트라라서 대사도 없지만. 그래도, 이번에 피터팬 주역 오디션을 볼 거야."

"우와, 정말 대단해."

미카는 눈을 동그랗게 뜨고 놀라면서, 이해했다는 듯 고개를 끄덕였다.

"그래서 지금도 연기 공부를 하고 있는 거야. 텔레비전 보면서."

사쿠라의 표정이 어두워졌다. 조명이 한꺼번에 꺼져버린 듯한 느낌이었다. 하루에도 몇 번이고 텅 빈 스튜디오에 서 있는 것 같은 기분이 들곤 한다.

아버지, 고스기 긴고에 대한 기억은 없다. 어릴 때 몇 번 만난 적이 있다고 하지만, 기억의 파편은 하나도 남아 있지 않다.

단 한 번, 우연히 아버지를 만난 적이 있다. 일 년 전, 겨울의 일이다.

교외의 스튜디오에서 드라마 녹화를 마치고 엑스트라 아역 배우들 사이에 섞여 버스를 기다리고 있었다. 철길 옆의 언덕 위에 세워진 스튜디오 현관에서는 마치 금빛 모래를 뿌린 듯한 도쿄의 야경을 볼 수 있다.

그때 갑자기 환성이 들리면서 로비에서 플래시가 터졌다. 고스기 긴고, 자신의 아버지가 수많은 방송국 스태프를 거느리고 계단을 내려오고 있었다.

현관 주위에는 아줌마 부대가 잔뜩 기다리고 있다. 하얀 벤츠가 승차장에 멈추자 아줌마들은 꽃다발을 던지며 수첩과 사인펜을 들고서 미친 듯이 달려들었다. 디렉터와 보디가드가 사람들을 밀쳐냈다.

사극 분장을 지운 양복 차림의 아버지를 난생처음 보는 순간, 사쿠라의 머릿속은 백지장처럼 새하얘졌다. 아무 생각 없이 사람들을 마구 헤치고 벤츠 문 앞까지 다가갔다.

걸으면서 몇 사람에게 사인을 해주고, 아버지는 차에 올라탔다. 가죽 블루종 소매를 부여잡고 사쿠라는 저도 모르게 소리쳤다.

"아버지!"

아버지는 일순 눈을 동그랗게 떴다. 아직 분장기가 남아 있는 웃음 띤 얼굴이 갑자기 얼어붙었다.

"사쿠라예요. 저, 사쿠라."

사람들에게 밀리면서 사쿠라는 자신의 이름을 열심히 외쳐댔다. 아기였을 때 헤어졌음에도 불구하고 아버지는 한눈에 자신을 알아봐주었다. 사쿠라는 자신을 보고 깜짝 놀라는 아버지의 모습이 너무 기뻤다.

디렉터가 사쿠라의 손을 비틀며 끌어당겼다.

"죄송합니다, 고스기 선생님. 엑스트라 아역이에요."

문이 닫히고 나서도 아버지는 눈을 떼지 않았다. 그리고 창을 열고 이렇게 한마디 말해주었다.

"열심히 해, 기다리고 있을 테니까."

사쿠라는 차를 따라 가로수 언덕길을 달렸다. 커브를 돌아 테일램프가 보이지 않을 때까지, 사쿠라는 두 손을 흔들며 울었다.

아버지를 원망한 것은 잘못이었다는 생각이 들었다. 후짱이 마음대로 나를 아버지에게서 떼어놓은 거라며, 울면서 어머니를 당혹스럽게 한 것도 잘못이었다. 열심히 노력해서 사쿠라가 유명한 무대 위에 서는 날이 올 때까지, 아버지는 기다려줄 것이라 믿었다.

문이 열리고 어머니가 들어섰다.

"텔레비전 봤다는 건 비밀로 해줘."

영문도 모른 채 미카는 고개를 끄덕였다.

"우와, 큰일났어! 사쿠라, 빅 찬스야, 빅 찬스…… 아, 누구니, 이애는?"

어머니는 문도 닫지 않은 채 여우 눈을 홉뜨고 미카를 바라보았다.

"안녕하세요. 방해해서 죄송해요."

"그래, 안녕. 넌 누구니?"

"방금 언니와 친구가 되었어요. 기도 미카라고 합니다."

"……기도? ……기도, 미카?"

여우 눈이 풀어졌다. 야단맞는 게 아닐까 하고 어깨를 움츠리고 있는 두 소녀를 무시하고, 어머니는 갑자기 하얀 허벅지를 드러내면서 한쪽 무릎을 세우고 앉아, 두 손을 활짝 벌리며 이렇게 외쳤다.

"아아, 빅 찬스! 이 무슨 행운인가! 베스트셀러 작가 기도 고노스케 선생과 같은 호텔에 묵게 되고, 게다가 두 집안의 딸이 친구 사이라니! 이건 필시 정월 초하루에 올린 기도가 약효를 발휘한 거야. 사쿠라, 이제 대본 따위는 외우지 않아도 돼. 찬스란 그대로 지나쳐 버리기 전에 반드시 손을 뻗어 잡아야 하는 거야!"

어머니는 허공에 뻗은 손을 부르르 떨면서, 뭔가를 움켜잡는 듯 주먹을 가슴 쪽으로 끌어당겼다.

11

단풍나무실에서는 벌써부터 축하연이 벌어지고 있다.

베스트셀러 작가 기도 고노스케 담당 편집자들—업계에서는 통칭 '기도 조직'으로 불리는 그들은 척 보기에도 알 만한 역전의 용사였다.

편집자로서 어느 정도 능력이 있는지는 모르겠지만 주먹 하나는 누구 못지않게 세 보이고, 특히나 맷집이 강할 듯한 인상이다. 원고를 받으러 갈 때마다 악명 높은 사디스트 기도 고노스케 선생의 앞발차기, 길거리에서의 백드롭, 술집에서의 팔 비틀기, 만나자마자 촛대뼈까기 등의 공격을 고스란히 당하다보니, 맞는 데 강하고 참을성 있는 사나이들만 살아남게 된 것이다.

문학편집부란 원래가 겁이 많은 사람이 모이는 집단이라 체육 계통 출신은 거의 없다. 그러나 전 일본전공투 출신들은 빗자루로 쓸어담을 정도로 넘쳐난다. 소리내어 떠벌리기는 좀 그렇지만, 그들이 그런 전력을 지니고 있다는 것은 분명한 사실이다. 어쨌든 편집자로서도 다들 대단한 능력을 발휘하고 있는 베테랑이다.

기도 선생을 꽃가마에 태우는 기분으로 우에노 역을 출발하는 순간부터 술자리는 이미 시작되었다. 평소 출근카드 따위는 개똥이나 먹으라며 지극히 불규칙적인 시간을 살아가는 그들은, 마실 수 있을 때 마시고 먹을 수 있을 때 먹어두는 습관이 몸에 배어 있는 것이다.

종착역에 도착했을 때는 벌써 전원 곤드레만드레 상태였다. 차라리 다행이었다. 역까지 마중 나온 소형 버스가 어째서 국방색 가두선전차이며, 어째서 운전사의 손가락이 다섯 개가 아닌지, 어째서 여급들이 외국인인지, 어째서 '어서 오십시오, 고객님' 대신 '어서 옵쇼, 손님' 이라고 인사하는지, 편집자들은 깊이 생각할 여유가 없었다.

산봉우리를 향해 활짝 열린 단풍나무실의 방탄 유리창에, 여린 나뭇잎 하나가 붙어 있다.

『주간시대』의 기도 고노스케 담당자 이마이 히데타로가 오카바야시 가즈오에게 맥주를 따르면서 물었다.

"그런데 오카바야시 씨, 기도 선생의 수상은 그렇게 확실한 건가요?"

큭큭, 하고 오카바야시는 아폴론처럼 단정한 얼굴을 일그러뜨리며 웃었다.

"당연하지. 다른 후보작을 봐봐. 일본문예대상에 어울리는 소설은 기도 고노스케의 『애수의 카르보나라』밖에 없다고. 잘됐군, 이마이. 이로써 자네의 노력도 결실을 보게 되었어."

기도 선생이 『주간시대』에 「내 멋대로 쓰는 에세이—황야의 건달」을 연재한 지 어언 삼 년. 타이틀에서도 느껴지듯이 손이 가는 대로 마음껏 갈겨쓴 글들이다. 때문에 차별용어, 욕설, 음담패설이 난무한다. 발매일 오전부터 각지에서 항의 전화가 밀려드는 칼럼을 이마이가 온 힘을 다해 밀어붙이는 것은, 그 자신이 기도 선생의 열렬한 팬이기 때문이다. 기도 고노스케는 항간에 떠도는 소문처럼 안하무인 구제불능의 조폭소설 작가가 아니다, 언젠가 일본문예대상을 거머쥘 명실상부한 대작가임에 틀림없다, 하고 믿어 의심치 않았기 때문이다. 그렇게 믿고, 각지에서 쇄도하는 항의 전화를 온몸으로 막아내면서, 연재 중지를 요구하는 상사들의 지시에도 아랑곳하지 않고 여태껏 고집을 부려왔다.

일견 온화한 사람으로 보이지만, 이마이 히데타로의 가슴 한구석에는 지금도 전공투의 뜨거운 피가 흐르고 있었다.

"요즘 언짢은 사건들만 줄줄이 일어나고 있는데, 오랜만에 그런 기분 좋은 기사를 쓰고 싶습니다. 이렇게 염치없이 여러분들 틈에 끼어든 것도 다 그 때문이고."

이마이는 주간지 기자다운 호방한 몸짓으로 오카바야시의 어깨를 탁 쳤다. 솔직히 말해 문예부 편집자 놈들은 별로 마음에 들지 않는다. 이런 쓸데없는 술친구 노릇은 대충 접고 온천이나 다녀와야지.

이마이 히데타로는 유카타로 갈아입고, 오후의 햇살이 비쳐드는 복도로 나섰다.

요즘 들어 자신의 기사가 매너리즘에 빠져버렸다. 뭔가 눈이 화들짝 뜨일 특종이 없을까, 하고 이마이는 팔짱을 끼고 걸으며 생각에 잠겼다.

엘리베이터 문이 열리면서, 이제 막 온천을 끝내고 돌아오는 여자 손님과 마주쳤다.

"아, 실례."

"죄송합니다."

불손한 느낌을 주는 여자였다. 문이 닫힌 다음에야 문득, 엇, 저 여우 눈 어디서 본 것 같은데, 하는 생각이 들었다.

누구였더라, 하고 곰곰이 생각하면서 일층 로비에 내려서는 순간, 퍼뜩 무언가가 떠올랐다.

이마이는 황급히 프런트로 달려가, 편집부의 연예인 전담 데스크에게 전화를 걸었다. 지배인의 웃는 얼굴에 등을 돌린 채, 이마이는 수화기를 손으로 가리고 나지막하게 속삭였다.

"어이, 일전에 나왔던 고스기 긴고의 스캔들 말야. 상대 여배우 이름이 뭐라고 했지?"

후배 데스크는 잠에서 덜 깬 목소리로 대답했다.

"고스기 긴고의 스캔들……? 그게 뭐였더라. 아아, 어떤 여배우와 오래 전에 관계를 가진 적이 있는데, 그 사이에 숨겨놓은 딸이 있다는 소문이었죠. 그거 힘들걸요, 이마이 선배. 프리랜서 기자가 따온 건데, 도무지 증거가 없어요. 그냥 소문일 뿐이죠."

"스캔들에 처음부터 증거라는 게 어디 있어? 소문으로 충분해. 상대 여배우 이름이 뭐냐니까?"

"잠깐 기다려보세요."

데스크가 자료를 찾는 동안 이마이는 프런트에 놓여 있는 메모지를 끌어당겼다. 지배인의 얼굴에서 웃음이 사라졌다. 시선을 피하고 등을 돌린 채 이마이는 전화기에다 대고 재촉했다.

"빨리 좀 찾아. 동전도 없어."

"잠깐만요. 에, 그러니까…… 아, 이거다. 하루노 후부키. 신극 극단의 연구생 출신 성격파 여배우. 원래는 셰익스피어 극이 전문이라 '롯폰기의 오필리아'라고 불리기도 했답니다. 그런데 십삼사년 전 시골 여자 역으로 고스기 긴고와 공연한 이후로, 무슨 영문인지 갑자기 소식이 끊겨버렸어요. 소문으로는 그때 고스기의 자식을 낳았다고 합니다."

"요즘은 가끔 텔레비전에 나오잖아?"

"예, 늘 술집 마담 역할인데, 아주 멋들어지게 해요. 아마 그때 낳은 애가 어느 정도 컸으니까 슬슬 복귀한 거겠죠. 물론 아무 근거 없는 소문에 지나지 않지만요. 그런데 선배, 갑자기 이런 건 왜 물어보세요?"

"아무 일도 아냐. 고마워."

이마이는 수화기를 놓고 휘갈겨쓴 메모지를 응시했다. 예전에 연예부 소속일 때는 특종을 펑펑 터뜨리는 최고의 기자로 인정받았었다. 아니 땐 굴뚝에도 연기가 나는 것이 연예계의 생리라는 것을, 이마이는 너무도 잘 알고 있었다. '미남배우의 숨겨놓은 자식'이란 타이틀은 십중팔구 아무 근거 없는 유언비어다. 그러나 이마이는 저널리스트적인 직감으로 이 스캔들만은 진실이라고 확신했다.

"잠깐 물어볼 게 있는데요. 하루노 후부키라는 사람이 혹시 여기 투숙하고 있습니까?"

이마이는 웃음이 사라진 지배인을 향해 물었다. 지배인은 프런트

위에 놓인 메모지를 응시하며 직업적인 미소를 지었다.

"정말 죄송한 말씀이지만, 그런 질문에는 대답해드릴 수 없습니다. 죄송합니다."

의외의 대답에 이마이는 감탄했다. 예의 바르고 말투도 또박또박한 게 거의 제국호텔이나 오쿠라 호텔에 있을 듯한 호텔맨이다.

"무슨 용건이라도 있으십니까?"

"아뇨, 제가 팬이라서. 만일 계시면 사인이라도 받을까 해서요. 방금 닮은 사람을 봤거든요."

"그래도 어쩔 수 없군요. 죄송합니다."

이마이는 메모지를 쥐고 프런트를 벗어났다. 화려한 비단 소파에 걸터앉아 술도 깰 겸 커피를 시켰다.

지배인의 그 말투는 거꾸로, 아까 그 여성이 바로 하루노 후부키라는 사실을 시사하는 것으로 느껴졌다.

"선생님, 소개하는 건 어렵지 않지만, 오늘 당장은 좀 성급한 거 아녜요?"

일곱 굽이 고갯길을 맹 스피드로 달리면서, 시게루는 허리에 달라붙어 있는 미우라에게 물었다.

"어, 어이, 하나자와. 속도 좀 줄여. 너하고 동반자살할 생각은 추호도 없어."

"왜 그리 겁이 많으세요? 괜찮아요, 괜찮아. 물론 다들 괜찮다고 하다가 꼬라박고 죽지만 말입니다."

일곱 굽이 고갯길을 넘어 평탄한 숲길로 들어서자 시게루는 겨우 속도를 줄였다.

"아무래도 비포장도로를 백 킬로미터로 달리는 건 좀 위험하죠. 죽는 건 상관없지만 오토바이를 망가뜨렸다가는 대장한테 죽어요."

참 어처구니없는 놈이야. 미우라는 기가 막혀 입을 쩍 벌렸다. 도쿄에서 전학 온 호텔 지배인의 아들. 성적도 태도도 최악이지만 반 친구들 사이에서는 인기 최고다. 몰락해가는 온천 마을의 분위기에 감염되어 풀이 죽어 있는 학생들 사이로, 시게루는 두 팔 가득 꽃다발을 안고 들어온 것이다.

"정말 기도 고노스케 선생이 오신 거지? 조퇴까지 시켜줬는데 만일 거짓말이면 너 죽여버린다."

"그래도 좋아요. 그런데, 선생님. 내가 배가 아파 조퇴하는데 혼자 보내기가 뭣하다고 바래다주고 오겠다는 핑계는 좀 속 보이는 것 아녜요? 아무리 기도 선생의 팬이라지만 좀 심한데요."

"팬? 그런 말 쓰지 마. 연예인 취급하는 말투는 실례라고."

"하긴 그래요. 기도 선생은 연예인이 아니죠. 선생님도 봤어요? 〈아침까지 텔레비전〉*의 논쟁에서 영화감독 오시마 나기사를 발로

* 아사히 텔레비전의 프로그램. 아침까지 어떤 테마를 가지고 논객을 불러모아 노골적인 논쟁을 벌인다.

걷어차버리고, 작가 이노세 나오키의 목을 조르고, 마지막에는 평론가 마스조에 선생에게 백드롭을 걸었잖아요."

"……갑자기 찾아가도 괜찮을까?"

"그럼요, 아무 문제 없어요. 제가 누굽니까. 기도 선생과는 막역한 사이라니까요. 제 담임 선생님이라고 하면 돼요. 아마도 꿀밤 아니면 가라데 공격을 날리겠지만."

나무 사이로 순백의 호텔이 보였다. 바로 저기가, 도쿄에서 온 야쿠자가 경영한다는 소문 때문에 민간인들은 아무도 접근하지 않는 그 호텔이다. 신학기가 시작된 후 한 번은 가정방문을 하리라 마음먹고 있었지만, 배짱도 없고 힘도 없는 미우라는 영 발이 떨어지지 않았다. 그러니 오늘은 온 김에 학부형도 만나자. 일석이조 아닌가.

미우라는 가만히 가방을 끌어안았다. 안에는 두툼한 원고뭉치가 들어 있다. 대학을 졸업한 이후로 외딴섬이나 산골짜기의 분교만 전전하면서, 결혼도 못 하고 이십 년이란 세월을 보냈다. 학원투쟁에서 패배하여 자기 파벌에서 떠난 후, 평생의 길로 선택한 것이 바로 벽지 근무였다. 텔레비전 전파도 잘 닿지 않는 벽지의 분교에서 생활하는 동안 소설을 쓰기 시작했다. 몇 번이나 신인상 공모에 응모했지만, 결과는 비참했다.

경애하는 기도 고노스케 선생이 자신의 원고를 읽어봐준다면 혹시 다른 인생의 길이 열릴지도 모른다. 미우라는 진지하게 생각하고 있었다.

"그런데 선생님, 이 학교 다니면서 생각한 건데 말이죠, 다들 너무 불쌍해요. 이 거리에는 햄버거 가게도 없죠, 오락실도 없죠, 편의점도 없죠, 놀 거리가 아무것도 없잖아요. 마치 벽지 같아요."

"벽지? 그렇지 않아. 내가 지금까지 근무한 곳과 비교하면 여긴 대도시나 다름없어."

"웩! 대도시라고요!"

"암. 내가 대학을 나오자마자 첫 부임한 홋카이도의 분교는 텔레비전도 나오지 않는 곳이었어. 학생 하나에 선생 하나가 전부였고. 그래도 나름대로 소풍도 가고 운동회도 하고 학예발표회도 했지. 이런 곳을 벽지라고 하면 너, 천벌 받아."

"흠…… 미우라 선생님도 대단하시네. 여태 그런 데만 돌아다닌 거군요."

"그래. 아마 나이에 비해 제자 수는 일본에서 제일 적을 거야. 그러니 여기 와서 갑자기 사십 명이나 되는 반을 맡고 보니 도무지 정신을 차릴 수가 없어. 고등학교 교사 자격증은 그냥 갖고만 있는 종잇조각에 지나지 않으니까."

"그런데 왜 이 학교에 온 거예요?"

왜일까, 하고 미우라는 생각했다. 적어도 스스로 인정할 정도로 사명을 다했기 때문은 아니다. 벽지 교육에는 끝이 없다는 것을 이십 년 동안 가슴속 깊이 새겨왔다. 마흔두 살이라는 젊은 나이에 뜻을 꺾는 것 자체가 마음에 들지 않아, 제멋대로 그렇게 생각하기로

한 것뿐이다.

솔직히 말해 그런 생활에 지쳐버렸다. 어쩌면 이제부터라도 다른 인생을 살 수 있을지 모른다고 생각했다.

이십 년이나 벽지 교육에 종사했으니 그야말로 벽지 인간이다. 도시 학교에서 학생을 가르칠 자신은 없었다.

"뭐, 나한테 잘 어울리는 학교니까."

그렇게 말하고 나서, 미우라는 자신이 한 말에 스스로 소름이 돋았다.

승차장에 오토바이를 대고 현관으로 한 걸음 들어서는 순간, 미우라는 고개를 끄덕였다.

소문으로는 듣긴 했지만 과연 대단한 센스였다. 호랑이 박제, 터무니없이 커다란 그림 항아리, 무소의 뿔에 오 엔짜리 동전으로 쌓은 오층탑, 투구와 갑옷, 금빛 찬란한 병풍. 게다가 천창에는 일곱 가지 색깔의 극락조가 날고 있다.

"어때요, 선생님. 우리 오야붕, 이 아니라, 우리 오너 센스 발군이죠?"

시게루는 말투를 고치면서 그렇게 말했다.

"……발군이라, 그런 것 같군. 말이 안 나올 정도야."

"지배인, 그러니까 학부형을 불러올 테니 저기 소파에 앉아 계세요."

두근대는 가슴으로 미우라는 로비의 의자에 앉았다. 영화에나 나올 법한 분위기의 바텐더가 바 카운터에서 물 한 잔을 들고 왔다.

"어서 옵쇼. 내 눈이 틀림없다면, 손님, 우리 동생이 늘 신세지고 있는 현립고등학교 선생님이 아닙니까?"

"도, 동생……"

"예입, 나이 차는 좀 나지만 시게루와 한솥밥을 먹는 형제올시다. 이 몸은 바를 담당하고 있는 '권총 조'. 잘 부탁드리오."

"궈, 권총 조……"

그때 기둥 곁의 소파에서 메모지를 읽고 있던 중년 남자가 얼굴을 들었다. 권총 조를 사이에 두고 두 사람은 잠시 믿을 수 없다는 표정으로 서로를 바라보았다.

"미우라……가 아닌가?"

"에…… 누구시더라?"

"역시 맞군. 나야, 나. 이마이!"

대학 시절, 같은 운동권 섹터에 속해 있던 이마이 히데타로였다.

12

이층 국화실에서는 구스보리 도도메와 오마타 야이치가 마주 앉아 화투를 치고 있다.

유카타를 입자 안 그래도 노련한 장인의 분위기를 풍기는 거구의 구스보리는 더욱 덩치가 커 보이고, 몸집이 작은 오마타는 방석 위의 인형처럼 다소곳한 형상이다.

당연하지만 두 사람 사이에는 공통된 화제가 없다. 오마타 노인은 구스보리가 태어나기 훨씬 전부터 후주 형무소의 감방 안에서 생활하고 있었다. 어제 우연히 알게 되어 경마장에 갔고, 사무실에서 화풀이 술을 마셨다. 이야기다운 이야기는 하룻밤을 새면서 바닥이 나고 말았다. 여행길에서는 노인에게 현대사회를 설명해주었다. 그러나 이런 산골짜기 온천여관에 들어와버렸으니, 그런 화제도 소용이 없다.

침묵을 지키며 온천을 하고 방으로 돌아오자 장식장 속에서 화투를 발견했다. 마침 잘됐다, 저녁식사 때까지 무료함을 달래기에는 안성맞춤이라고 생각한 구스보리는 노인에게 손짓했다.

"이 나이에 심심풀이로만 치는 것도 좀 그러니, 일 점당 얼마로?"

자기 몫으로 돌려진 화투를 집어들기 전, 오마타 노인이 물었다.

"아무래도 좋아. 나야 회사 애들과 어울려 자주 치곤 했지만 할아범은 오십 년 동안 한 번도 못 해봤을 것 아뇨."

"예이, 그럼. 일 점에 만 엔 어떻소?"

"헉! 일 점에 만 엔?"

구스보리는 놀라면서도 내심 찬스다, 하고 외쳤다. 이 노인은 도무지 금전 감각이 없다. 그 때문에 경마장에서 턱도 없이 마권을 사들여서 큰돈을 땄다. 어디를 가도 돈다발을 꺼내 팁을 주는 바람에 매점 할머니며 열차 판매원, 운전사를 놀라게 했다.

"할아범이 좋다면 난 상관없어."

"그럼 그렇게 하지. 피는 열 장에 일 점, 홍청초단은 삼 점, 삼광 삼 점, 오광은 십오 점. 비가 들어오면 아무거나 찍고. 됐어?"

말하는 투로 봐서는 고스톱을 아는 것 같았다. 그러나 늙은 눈동자는 여전히 꿈을 꾸는 듯이 투명하고, 화투를 쥔 손가락은 어설프게 떨리고 있었다.

"야, 정말 오랜만에 화투짝을 만져보는구먼. 나도 이제 늙었어. 이래봬도 젊은 시절에는 '도박의 귀재 야이치'로 불렸는데 말이야."

그렇게 말하면서 노인은 탁, 하고 삼월의 띠를 먹고, 뒤집어서 이월의 띠를 먹었다.

"오, 웬 횡재. 홍단을 두 개나 먹었네."

불길한 예감이 들었다. 손가락 끝은 떨리고 있지만 화투 다루는 솜씨는 부드럽기 짝이 없다.

"할아범, 설마 감방 안에서 화투 친 건 아니겠지?"

"당연하지. 감방 안에서는 골판지로 장기를 만들어 비누나 과자를 걸고 내기장기 두는 게 고작이야. 화투라니, 어림도 없지."

"그래도 아주 노련해 보이는데."

"내 몸이 기억하고 있는 거야. 인간은 머리로 배우면 금방 잊어버려. 몸으로 배워야 잊지를 않지. 자, 어서 하시게나."

별로 걱정할 일도 아니다. 이제부터 피를 끌어모으면 된다고 구스보리는 생각했다. 육 껍질 두 장을 먹고 들추자 일월의 띠가 튀어나왔다.

"흐앗, 소름이 다 돋네. 할아범, 가지고 있어?"

"물론 있고말고."

탁, 하고 야이치는 일월을 때렸다. 이어서 국화 띠가 일어났다. 벌써 홍단 삼 점에 띠까지 하나 붙어 있다.

"이거 큰일인데……"

그렇게 중얼거리면서 가슴에서 지갑을 꺼내는 구스보리를 올려다보며, 야이치는 생각지도 않은 말을 했다.

"고!"

"뭣! 할아범, 내가 광으로 날 수도 있는데 고 해도 괜찮겠어?"

"괜찮아. 기왕 버는 거 한꺼번에 벌어야지, 고!"

"좋았어. 그렇다면 나도 생각이 있지."

구스보리는 칠 쌍피를 먹고 오 띠를 뒤집었다. 합이 여섯. 야이치가 점수를 더하기 전에 열두 장을 만들면 승부는 역전된다.

"오옷! 구스보리도 꽤 하는구먼. 괜히 고 했나. 에잇, 나도 몰라."

먹을 게 없자 야이치는 풍 껍질을 던졌다. 그리고 비 띠를 뒤집어 먹었다. 이제 오 점이 됐다.

"고!"

"뭐? 또 가는 거야? 난 껍질이 여섯 장이나 되는데."

"괜찮아, 무조건 고다, 고!"

좋아, 하고 구스보리는 야이치가 버린 단풍을 먹어 쌍피를 더했다. 껍질 여덟 장. 똥이 일어났다. 바닥에는 없지만 손에는 똥 껍질이 들어 있다.

"우웃! 이제 슬슬 위험해졌군. 이번에 먹지 못하면 지고 말겠는걸."

그렇게 말하면서 야이치는 사 껍질 초자를 냈다.

"없을걸. 똥을 먹어야 할걸. 내가 또 사 껍질을 쌍피로 먹으면 이겨."

"그건 그렇지. 그러나 승부에는 눈이 없는 법. 당해도 할 수 없어."

"그럼, 미안하지만."

똥 껍질 두 장을 먹고 넘기자 사 껍질이 또 나왔다. 합이 열두 장, 그래서 삼 점.

"미안하군, 할아범. 스톱이야."

허참, 하고 야이치는 자리에서 일어나 금고를 열고 당초무늬 보따리를 들고 와서, 지폐를 하나 둘 셋 헤아려 방석 위에 놓았다.

"할아범, 아무래도 좀 심한 거 같아. 일 점에 천 엔으로 하지."

저도 모르게 그런 말을 내뱉고서, 구스보리는 자신의 어리석음을 한탄했다. 늘 이 모양이다. 상대가 괜찮다고 하면 그만인 것을, 늘 이런 식으로 다른 사람 사정을 생각하고 만다. 설령 당연한 보수라 하더라도 상대가 곤란에 빠져 있다는 걸 알면 받지도 못한다. 정말 항상 손해만 보는 성격이다.

"안 돼, 안 돼. 노름판에서는 한번 정한 승부를 도중에 바꾸는 법은 없어. 몇 번만 더 하면 옛날 감이 돌아와서 이길 수 있어."

아무리 옛날에는 '도박의 귀재'로 불렸다 하더라도 오십 년 전의 감이 그렇게 간단히 돌아올 리 없다. 게다가 팔십을 넘긴 노인이 아닌가.

차를 따르면서 구스보리는 망설였다. 일 점에 만 엔이란 규칙과 야이치의 노망기를 생각하면 몇백만 엔 정도를 따는 건 일도 아니다.

"이것 참 미안해서 어쩌나."

야이치는 찻잔을 받아들며 눈을 가늘게 뜨고 구스보리를 바라보았다.

"당신 참 좋은 사내야…… 여행 가자고 하니까 일도 제쳐두고 따라와주고, 화투를 치면서도 이것저것 상대를 배려해주고. 당신 같은 사람이 고생하는 세상이 정말 싫구먼."

아니, 그렇지 않아. 구스보리는 차를 마시면서 생각했다. 자신은 노인의 돈을 노리고 있다. 살살 꼬드겨서 돈을 빌리든지, 아니면 힘으로 빼앗든지, 실은 그런 것만 생각하고 있는 것이다.

구스보리는 자신의 우유부단한 성격에 좌절하며, 찻잔 속에 쓴 한숨을 뱉어냈다.

철문을 노크하는 소리가 들렸다.

"쉬시는데 죄송합니다. 잠깐 실례해도 될까요."

긴장된 남자의 목소리가 들려왔다.

"들어오시죠."

조심스럽게 문이 열린다. 문양이 들어간 두루마기를 걸친 심상치 않은 관록을 풍기는 남자가, 등을 꼿꼿하게 펴고 다소곳이 서 있었다.

바닥에 부채를 내려놓고, 백발이 성성한 머리를 깊이 숙이며 남자가 말했다.

"실례하겠습니다. 소인, 이 호텔의 주인입니다만…… 아니, 저, 어떤 식으로 인사를 올려야 할지 잘……"

남자는 말을 잇지 못했다. 등뒤에는 역시 같은 두루마기 차림의 풍채 좋은 남자 두 명이 바닥에 머리를 조아리고 엎드려 있다.

구스보리와 야이치도 남자를 향해 자세를 고쳐 앉았다.

"센다기의 숙부…… 정말 오랜만에 뵙습니다…… 저를 기억하시는지요. 기도 나카조입니다…… 이렇게 찾아주셔서 정말 영광입니다……"

"아, 고맙소."

노인은 얼빠진 목소리로 대답했다.

"에, 저기, 나카조 씨. 흠…… 기도, 나카조 씨라…… 어디 사는 누구시더라?"

"옙?"

나카조 오야붕은 눈물 젖은 얼굴을 들어올렸다.

"저, 저를 모르십니까? 고마가타의 나가야에서 사가라 나오키치 오야붕 집에 살던 기도 나카조올습니다."

"나오키치 형님의……?"

"예입. 잘 생각해봐주십시오. 오십수 년 전, 숙부께서 다케바시 헌병대를 습격했을 때의 일입니다. 꼭 이맘때처럼 만발한 벚꽃 아래를 지나서, 제가 숙부를 아즈마 다리까지 뒤쫓아갔지 않습니까. '숙부, 잠깐만 기다려주세요, 아무리 불구대천 원수라고는 하지만 헌병이라면 목숨을 걸어야 할 상대, 게다가 천하국가의 이야기라면 속세의 의리로 어떻게 할 수 있겠습니까. 숙부, 제발 한 번만 참으세요, 이번만 참아주세요……' 그렇게 외치던 저를 잊으셨습니까?"

"……허어. 도무지 기억이 안 나는구먼."

나카조 오야붕은 금테 안경 너머로 오마타 야이치를 응시한 채, 무릎을 두 손으로 비비면서 흐느껴 울었다.

"너무하십니다! 이건 정말 해도 너무하세요…… 제발 기억해주십시오. 저는 그때, 숙부가 코트 아래 감춘 칼을 부여잡고 이렇게 말했지요. 붉은 사쿠라 야이치라는 이름에 걸맞게 참을 줄도 알아야 하지 않느냐고, 숙부는 목숨을 걸고 불의에 맞서는 지사가 아니라고. 흐흑…… 그랬더니, 그랬더니, 숙부는 휘날리는 벚꽃을 올려다보며 빙긋 웃으셨지요…… 하나도 기억 안 나십니까?"

"……잊어버렸나본데. 도무지 생각나지 않아."

"그럼 계속하겠습니다. 벚꽃을 올려다보며 빙긋 웃으시더니, 숙부는 분명 이렇게 말씀하셨습니다…… 에, 그러니까, 의리와 인정을 저울질하면 의리가 더 무거운 게 사나이 세계…… 엣, 이게 아니었나?"

"그건 노래 가사잖아. 다야 리키조 노래."

"그건 너무 옛날 노랜데요. 그러니까, 딕 미네였던가…… 아냐, 그게 아니라, 그렇지! 그때 숙부는 이렇게 말씀하셨지요. 어이, 꼬맹이, 옛날부터 우리는 약한 사람 편이야. 세상살이의 의리인지 뭔지는 모르겠지만, 내가 목숨을 버리는 것은 반드시 해야 할 사나이의 임무다. 내가 흰 옷을 입고 지옥에 떨어지거들랑 망나니 야이치가 사내가 되었다고 생각하고, 뼈 한 조각이나 주워주게…… 흐흐흑. 제발 기억해주세요, 숙부."

야이치는 멍하니 기도 나카조를 바라보았다.

"……그건, 어디 영화에 나오는 장면 같은데."

있는 힘을 다해 몸을 받치고 있던 나카조 오야붕의 팔이 툭 꺾였다.

"영화가 아니라니까요. 제가 이 눈으로 보고 이 귀로 들은 숙부의 모습, 숙부의 목소리란 말입니다!"

오야붕은 심하게 흥분하고 있었다. 이러다 머리가 어떻게 되어버리는 건 아닌가, 하고 불안해진 부하들이 어깨를 붙잡았다.

"이거 참 곤란하게 되었군…… 그런데, 같이 계신 젊은 분들은?"

얼굴이 큰 종업원이 나카조 오야붕을 끌어안으면서 말했다.

"예, 예이, 저는 기도 조직의 대장 구로다라고 합니다만, 즉 다시 말해 오마타 할아버님의 손자뻘 되는 쫄따구올습니다."

"아, 그런가. 내가 댁의 할아버지란 말이구먼."

또 한 사내가 금니를 번득이며 앞으로 나섰다.

"저는 오소네 쓰토무라고 하옵니다. 세상을 떠난 선대 사가라 나오키치 오야붕의 막내로서, 곧 간토 사쿠라회를 이을……"

"오호, 자네가 사쿠라회의 계승자인가."

"정식으로 취임할 때는 꼭 지켜봐주십시오. 아니, 부디 취임식을 주재해주십시오."

구로다에게 몸을 의지한 채 몸을 벌벌 떨면서 나카조 오야붕은 고함을 질렀다.

"너 이놈! 감히 누구 안전이라고 그딴 소리를 해? 숙부는 그런 허드렛일을 하실 분이 아냐. 이분은 영령이시다, 사가라 오야붕의 영령 대신 내려오신 거야!"

구로다는 오야붕을 복도로 끌어냈다.

"어쨌든 인사는 이 정도로 해두겠습니다. 그럼, 오마타 할아버님, 저희 오야붕이 너무 당황해놔서, 밤에 다시 찾아뵙겠습니다."

세 명의 야쿠자는 바람처럼 방을 빠져나갔다.

조용해진 방 안에서 오마타 야이치는 망가진 인형처럼 고개를 푹 숙이고 있었다. 구스보리가 부드럽게 말을 걸었다.

"할아범……"

작은 등을 둥글게 말고 노인은 식은 차를 힘없이 들이켰다.

"할아범, 옛날에 대단한 야쿠자였던 모양이군."

"……아무것도 생각나지 않아. 하얀 벽을 너무 오래 보고 있었더니, 머릿속까지 하얘져버렸어."

"약한 사람 편을 들어 헌병대로 뛰어들었다고?"

"……글쎄, 그런 일이 있었던가. 있었던 것 같기도 하고, 어쩌면 꿈일지도 모르지. 매일 여러 가지 꿈을 꾸었거든…… 감방 안에서 즐거움이란 그런 것밖에 없었으니까."

구스보리는 방석 위에 놓인 야이치의 패를 바라보았다.

"할아범…… 나한테 일부러 져줬군. 노망든 것처럼 속여서 나에게 돈을 줄 생각이었던 거지?"

노인은 대답하지 않았다. 앉을 자리를 찾는 듯 엉덩이를 바쁘게 움직이더니, 시선을 둘 곳을 찾아 창밖의 풍경을 향해 유리알 같은 눈동자를 가만히 굴렸다.

13

수화기를 내려놓은 핫토리 셰프는 잠시 동안, 자리를 뜰 수도 말을 걸 수도 없이 그저 멍하니 하나자와 지배인의 등만 바라보고 있었다.

요즘 들어 크라운 호텔의 총요리장에게서 자주 전화가 걸려온다. 용건은 뻔하다. 그걸 아는 지배인은 전화를 주방으로 돌리지 않고, 핫토리를 일부러 지배인실로 불러들인 것이다.

팔짱을 낀 채 창가에 서 있는 지배인을 향해, 핫토리 셰프는 겨우 입을 열었다.

"그랑 셰프가 이달로 퇴직한다고 합니다."

지배인은 산의 능선을 올려다보며 손가락을 꼽았다.

"올해 나이가 몇이더라, 그랑 셰프. 이제 칠십이 넘었나."

"제가 크라운에 입사했을 때 이사로 승진해서 퇴직을 면했으니까, 맞아요, 칠십은 훨씬 넘었을 겁니다. 몸이 좋지 않아서 더이상 주방에서 일을 할 수 없다더군요."

"거참 이기적인 사람들이군. 집단식중독에 대한 책임을 자네한테 뒤집어씌워서 쫓아낼 때는 언제고."

지배인은 어처구니없다는 듯이 말했다.

사실이야 그렇지만, 목이 잘릴 만한 이유는 자신에게도 있었다. '아카사카 크라운 호텔의 요리장 핫토리 마사히코' 라는 이름으로 자주 텔레비전에 출연하고, 신문이나 주간지의 요리 코너도 연재했다. 달인이라는 칭호를 받으면서 콧대가 높아졌던 것 같다. 요리가 일류 호텔의 주요한 구성 요소 중 하나인 것은 틀림없지만, 그것을 만드는 요리인은 늘 보이지 않는 곳에 숨어 있어야 한다는 철칙을 잊고 있었던 것이다.

백 년 넘게 크라운 호텔의 주방에서 비밀리에 전수되어오던 소스의 제조법까지 텔레비전 프로그램에서 공개해버린 것은, 누가 봐도 도가 지나친 행동이었다.

"그렇지만 크라운의 총요리장이라면 요리인의 최고봉 아닌가. 다시 생각해보는 게 어때?"

"농담 마세요."

핫토리는 모자를 홱 벗어젖혔다.

"그렇다면 왜 총지배인이나 회장이 직접 부르지 않습니까? 그랑 셰프는 제 은사예요. 입사할 때부터 나를 잘 봐주어서 유럽 유학도 갈 수 있게 추천해주었습니다. 그런 사제관계도 무너뜨리고 그랑 셰프 입에서 잘렸단 소리를 하게 만든 것도 그놈들이 아닙니까. 이제 와서 그랑 셰프의 건강이 좋지 않다는 이유로, 다시 본인의 입을 통해 나를 불러들인다는 것은 말도 안 돼요. 요리인 의리를 깔봐도 분수가 있지."

지배인은 사려 깊은 얼굴을 천천히 돌렸다. 그리고 핫토리를 위로하려는 듯 은은한 미소를 띠었다.

"그렇지만 핫토리, 그랑 셰프는 요리계의 중진이야. 크라운 호텔의 임원이기 이전에 위대한 문화인이라 할 수 있지. 그 사람이 은퇴하면 황실 만찬회 메뉴는 누가 만들겠나? 어정쩡하게 오쿠라 호텔이나 제국호텔에 빼앗기는 것을 그 사람들이 용인할 리가 없어. 그랑 셰프의 입장에서 보더라도, 제대로 된 후계자 하나 기르지 못했다는 말을 듣는다는 건 굴욕적인 일일 거야."

요리는 재능이다. 아무리 노력해도 천부적인 손재주와 예민한 미각이 없으면 대성할 수 없다. 크라운의 주방에 있는 다른 동기들이 모두 평범하기 짝이 없다는 것을 핫토리는 너무도 잘 알고 있다. 요리의 천재인 그랑 셰프의 맛을 이어나갈 사람은 자신밖에 없다.

그랑 셰프는 절대 회장이나 총지배인의 명을 받아 자신을 불러들이려는 것이 아닐 것이다. 그가 애써 지금까지 쌓아온 크라운 주방을 지켜줄 사람은 핫토리 마사히코뿐이라는 확신 때문일 것이다.

거기까지 생각하고, 핫토리는 혼잣말로 중얼거렸다.

"윗사람들은 요리에 대해서는 아무것도 몰라요. 그래서 그랑 셰프가 은퇴해도 크라운의 맛은 변하지 않을 거라고 생각하는 거죠. 그러나 그게 얼마나 중대한 일인지, 하나자와 지배인님은 잘 아실 겁니다."

핫토리는 호텔맨으로서 하나자와를 존경하고 있다. 크라운에 재직하던 중에는 지방과 휴양지 지역만을 전전했던 불우한 인물이지만, 그만큼 호텔업에 대해 모든 것을 통달한 사람도 드물다.

"알고말고. 그건 잘 알지. 일류 호텔의 주방은 문화사업이니까. 그러나 호텔은 영리사업이야. 그랑 셰프는 그 사이에서 고뇌하고 있는 걸세."

지배인은 도대체 무슨 말을 하고 싶은 걸까. 크라운 호텔의 횡포에는 분개하지만, 그랑 셰프의 제의는 받아들여야 한다고 말하고 있다.

잠시 생각하고서, 핫토리는 이윽고 깨달았다. 이 사람은 단순한 호텔맨이 아니다, 호텔 그 자체다, 라는 것을.

지배인실을 나와 주방으로 돌아가면서도, 핫토리는 계속 고민하고 있었다.

크라운 호텔 십일대 총요리장. 국가행사 만찬회의 그랑 셰프. 요리인으로서 최고의 영예가, 바로 손을 뻗으면 닿을 만한 곳에 있다.

주방에 들어서자, 가지 주방장이 만들고 있는 음식의 따스한 냄새가 핫토리를 감쌌다.

어깨 너머로 풍겨오는 분위기만으로도 그 사람의 솜씨를 알 수 있게 하는 주방장의 흰 제복 뒤에, 핫토리는 멈춰 섰다.

주방장은 멋진 솜씨로 갯장어의 뼈를 바르고 있다. 이 사람에게 배워야 할 게 아직도 많다는 것을 핫토리는 새삼 실감했다.

마치 국화꽃처럼 멋들어지게 다듬어진 갯장어를 제자에게 넘기고, 주방장은 칼을 닦으면서 말했다.

"또 도쿄로 돌아오라는 전화가 온 거야?"

"네? ……네. 아주 집요하네요, 정말."

"돌아가면 되잖아. 그러면 모든 게 원만하게 수습돼. 언제까지고 이런 산골짜기에 틀어박혀 케이크만 구우며 지낼 수는 없는 노릇이 아닌가."

언제나처럼 무뚝뚝한 말투다. 악의는 없지만, 때와 장소에 따라서는 심기를 건드리기도 한다.

"주방장은 내가 방해가 되세요?"

"방해? 그야 그렇지. 나 외에는 모두 방해물이야. 완전히 똑같은 걸 만들 수 있는 놈은 세상에 아무도 없으니까."

"혼자서 하는 게 편하다는 말이군요."

"당연하지. 선대 주인 시절에는 주방은 나 혼자 맡았어. 자네도 요리가 뭔지를 모르는 이런 놈들에게 하나부터 열까지 일일이 가르쳐야 하는 내 신세가 돼봐."

인상 더러운 제자들은 그런 욕을 듣자 미안한 듯 어깨를 움츠렸다. 그러나 그들은 결코 스승에게 반항하지 않는다. 그것은 야쿠자적인 습성이라기보다도, 그들이 마음 깊은 곳에서부터 주방장을 존경하고 있기 때문이다.

"그렇지만 핫토리, 요즘 들어 난 이런 생각을 해. 아무리 귀찮고 번거롭더라도 내가 가지고 있는 모든 것을 이놈들에게 전수해야만 한다고 말야. 하긴 자네 입장에서 보면 볼품없는 요리들일지도 모르지. 그러나 아무리 보잘것없는 시골 요리라도, 그 나름의 맛을 그대로 제자들에게 전수해야 해. 주방이란 바로 그런 장소야."

지금까지 자신의 머리를 숙이게 했던 요리인은 크라운 호텔의 그랑 셰프와 이 가지 헤이타로 두 사람뿐이다. 그러나 가지 주방장은 자신의 솜씨가 얼마나 대단한 것인지를 깨닫지 못하고 있다. 아마 앞으로도 계속 깨닫지 못한 채, 이 산골짜기 온천 호텔에서 늙어갈 것이다.

"가지 씨는 천재예요."

"뭐? 쓸데없이 나발 불지 말고 디저트나 만들어. 왜 그, 지난주에 만들었던 호박찜 말야."

"호박찜? 아, 펌프킨 무스요."

"그래, 그래. 그게 좋겠어. 좋은 호박이 들어왔으니까, 부탁하지."

오늘은 맛깔 나는 소스를 새로 첨가해봐야지. 핫토리는 팔을 걷어붙였다.

노크 소리에 하나자와 지배인은 퍼뜩 제정신을 차렸다.

"대장, 이 아니라, 지배인님. 얼굴 좀 빌려줘요."

눈썹은 다 자랐지만 폭주족 어투는 아직도 버리지 못하고 있다. 겨우 마음을 잡고 들어간 고등학교에서 다시 문제나 일으키지 말아주었으면 하는 것이 지배인의 유일한 바람이다.

"얼굴을 빌려달라니, 무슨 일이야?"

"담임 선생님이 왔어. 무시하기도 좀 그렇잖아. 얼굴이라도 내밀고 인사나 해줘."

"헉, 담임! 너, 또 무슨 일 저질렀구나. 이번엔 뭐야? 싸움이야, 절도야, 아니면 교무실에서 행패 부린 거냐?"

"그런 어린애 장난 같은 짓을 내가 왜 해. 가정방문이라고!"

지배인은 옷매무시를 가다듬고 복도로 나섰다. 생각해보면 가정방문이 아니라 직장방문이다. 이건 보통 문제가 아니라는 생각에 지배인은 가슴이 두근거렸다.

"왜 집으로 모시고 가지 않았어? 아무리 그래도 갑자기 호텔에……"

"내가 잘못한 건가? 그렇지만 아까 조 형님하고 야스 형님도 정중하게 찾아와서 인사했는데. 동생을 잘 부탁한다고 말야. 나, 어깨 힘 좀 들어갔지."

"……선생님은 괜찮으셔? 벌벌 떨지 않던?"

"끄떡없었어, 괜찮아. 그 사람도 줄곧 벽지에서만 근무해서 감수성이 둔해. 나더러 형이 많아서 좋겠다고 하던걸."

계단의 층계참에서 로비를 내려다본다. 학교 선생으로 보이는 사람이 출판사 사람과 친밀하게 이야기를 나누고 있다.

"어? 아는 사이인가?"

"응. 단풍나무실 손님하고 대학 동창이래. 세상 참 좁아."

일층으로 내려간 지배인은 마치 시중드는 사람처럼 조심스럽게 미우라에게 다가섰다.

"선생님, 이렇게 일부러 찾아주시다니 정말 송구스럽습니다. 시게루의 애비 되는 사람입니다."

선생은 자리에서 벌떡 일어나 깊이 머리를 숙였다. 겉보기로는 사회생활에 잘 적응하지 못하고 요령 없을 듯한 느낌이었다. 단풍나무실 손님은 나중에 다시 보자며 자리를 떴다.

테이블을 중간에 두고 마주 앉아 지배인은 더듬더듬 물었다.

"저, 시게루 녀석이 혹시 무슨……"

미우라는 눈을 동그랗게 뜨고 하나자와를 바라보았다.

"무슨, 이라니요?"

"에, 그러니까, 예를 들면 말이죠. 폭력을 휘둘렀다든지 기물을 파손했다든지……"

미우라는 아버지 뒤에 서 있는 시게루에게 눈길을 던지며 빙긋 웃었다.

"아버지, 왜 그런 쓸데없는 말을 하고 그래? 쪽팔리잖아."

지배인은 미우라의 미소에 기분이 좋아졌다. 푸석푸석한 머리카락, 제멋대로 자란 턱수염, 딱 봐도 제멋대로 살아가는 남자의 인상이었지만, 무척 부드럽고 자애로 가득 찬 미소였다.

"아무래도 이 녀석은 초등학교 시절부터 줄곧 전학만 거듭해서 말이죠. 그 지방의 말이나 습관이 몸에 배기도 전에 다시 전학하는 생활을 하다보니 이렇게 되고 말았습니다. 천성은 그리 나쁘지 않지만 좀 삐딱한 게 흠이라면 흠이랄까……"

"그렇지 않습니다. 아버님께서 너무 예민하신 게 아닐까요?"

미우라는 그렇게 말하면서 시게루를 손짓해 불렀다. 소파에 나란히 앉은 시게루의 목에 팔을 걸고 머리를 콩콩 찧는다.

"하나자와, 너 지금까지 아버지께 불효만 했지? 반성해!"

"아얏! 반성하고 있어요! 수업 받는 태도만 봐도 알잖아요. 싸움도 한 적 없고, 예습 복습도 일이 끝난 다음에 열심히 하고 있단 말예요."

지배인은 두 사람의 태도에 눈을 휘둥그레 떴다. 얼마 전까지만 해도 누가 저런 짓을 했더라면 시게루는 상대가 누구건 상관없이 눈에 핏발을 세우고 달려들었을 것이다. 미우라의 행동에 대한 반응을 보니, 이건 마치 조련사에게 꼬리를 내리는 맹수 그 자체였다.

"공부는 안 해도 좋지만 절대로 싸움은 하지 마. 오토바이 통학도 다른 선생님에게 들키지만 않으면 상관없어. 단, 운전은 조심해서 해야 해."

"알고 있어요. 에잇, 선생님, 이거 놔요. 아버지가 놀라잖아요."

미우라 선생은 오랫동안 벽지만 돌아다녔다고 아까 시게루가 말했다. 아마도 산골짜기 분교에서 이런 식으로 소수의 학생들을 가르쳐왔을 것이다. 포악한 아들이 대항하지 않는 것도, 그의 애정을 피부로 느끼고 있기 때문임이 분명하다.

미우라의 옆얼굴을 바라보며 지배인은 그런 상상에 가슴이 벅차올랐다.

"그런데, 아버지."

시게루는 갑자기 미우라의 팔을 풀고 심각한 표정으로 돌아왔다.

"부탁이 한 가지 있는데, 들어줄 수 있지?"

“뭔데?”

“사실은 말야, 이거, 이거.”

시게루가 테이블 위에 놓인 가방을 손가락으로 가리키자, 미우라는 갑자기 엄숙한 표정을 지으면서 등을 곧게 세웠다.

“선생님은 소설가 지망생이야. 기도 고노스케 선생님 팬인데, 중개를 좀 해줬으면 해서.”

미우라는 겸연쩍게 웃으면서 비듬투성이 머리를 긁적였다.

“이것 참, 이 나이에 면목이 없습니다.”

지배인은 잠시 생각해보지 않을 수 없었다. 기도 선생은 무척 까다로운 성격이다. 게다가 아까 도착할 때의 상태를 봐서는 현재 완벽한 우울 상태에 빠져 있다.

“아, 그러셨군요. 그거야 반드시 소개해드려야 도리겠지만, 실은 기도 선생은 방금 도착하셔서 아직 피로가……”

“그럼 여기서 기다려도 괜찮을까요?”

주말이다. 지배인은 머리를 굴렸다. 기도 선생은 하루에 세 번 조증과 울증 사이를 왔다갔다한다. 지금까지의 패턴으로 보면 도착하고 잠시 동안은 우울 상태였다가, 저녁식사 때쯤부터 기분이 좋아지기 시작해, 밤중에는 손을 댈 수 없을 정도로 쾌활해진다. 미우라를 소개하기에는 그 타이밍이 좋을 것이다.

“학교는 내일 쉬시지요?”

“예, 그렇습니다.”

"그럼, 방을 하나 마련해드릴 테니 오늘밤 여기서 주무시는 게 어떻겠습니까? 기도 선생을 만나는 건 밤 시간이 좋을 것 같거든요."

와! 하고 시게루는 아이처럼 손뼉을 치며 좋아했다.

"그렇게 해요, 선생님. 어차피 구더기만 우글대는 홀아비 방에 돌아가느니, 온천도 하고 좋은 것 먹으면서 하룻밤 쉬는 것도 좋잖아요."

"……그래도 될까."

"그렇게 하시죠. 저도 천천히 이야기를 나누고 싶고요. 시게루, 선생님을 이층 싸리나무실로 안내해드려."

시게루는 원고지가 가득 든 가방을 어깨에 메고는, 망설이는 미우라의 팔을 잡고 자리에서 일어섰다.

14

나는 왜 도미에가 여기 와 있을지도 모른다고 생각한 걸까.

단풍실의 초호화 욕탕에 앉아서, 나는 도미에 생각만 하고 있었다.

도미에는 원래 아버지가 경영하던 메리야스 공장의 여공이었다. 어머니가 젊은 남자와 눈이 맞아 도망친 다음, 어쩌다보니 어린 나와 삐딱한 아버지를 돌보는 신세가 되어 결국 후처로 들어앉게 되었다. 주변 사람들에게 손가락질을 당하고, 온갖 정성을 들여 키운 내게 괄시받는, 정말 비참한 인생이다. 어머니를 쫓아내고 들어앉았다는 둥 자기 자식이 아니라고 나를 마구 구박한다는 둥 아무 근거도 없는 그런 소문을 들으면서 살아야 했다. 그러는 와중에 나도 점점 마음속에서 도미에의 이미지를 나쁜 방향으로 비틀어버렸는지도 모른다.

아버지와의 사이에서 아이라도 하나 생겼더라면 조금은 즐거운 인생일 수도 있었을 것이다. 그러나 아마도 도미에는 나를 위해 자식을 만들지 않았을 것이다.

나는 도미에를 여공 시절의 호칭 그대로 '도미에'라 불렀다. 다른 호칭은 아예 머릿속에 떠오르지도 않았다.

딱 한 번 아버지에게 지적받은 적이 있다. 크게 야단을 친 것도 아니고, 엄하게 명령한 것도 아니다. 그저 묵묵히 재봉틀을 밟으면서 불쑥 한마디 던졌을 뿐이다.

"너, 도대체 언제까지 도미에라고 부를 참이야?"

"계속 그럴 거야. 도미에는 도미에니까."

대화는 그것뿐이었다. 과묵한 아버지는 그후, 나를 나무라지도, 나에게 명령을 하지도 않았다. 그렇다고 무관심한 것은 아니었다. '도미에는 도미에니까'라는 내 주장이 모든 말을 막아버릴 정도로 무거웠기 때문이었을 것이다.

도미에가 우리집에 처음 나타났던 날을 나는 어렴풋이 기억하고 있다.

작은 마을의 공장에는 매년 도호쿠 지방에서 몇 사람씩 새 직원이 오곤 했다. 다시 말해, 일 년 이상 버티지 못하고 나갈 정도로 재미도 없고 희망도 없는 직장이었던 것이다.

내가 유치원에 들어가기 전의 일이었다. 세 명의 여자아이가 로이드안경을 낀 젊은 교사의 인솔을 받아 찾아왔다. 나는 그때 가로수 밑에 남아 있는 잔설을 파헤치며 혼자 놀고 있었다.

눈앞의 전차 정류장에 촌티가 풀풀 나는 사람들이 내렸다. 세 명 가운데 둘은 코트를 입고 가방을 들고 있었지만, 키가 제일 작은 한 사람은 머플러도 장갑도 없이 세일러복 하나만 걸치고, 보따리를 가슴에 안은 채 추위에 떨고 있었다. 그 사람이 바로 도미에였다.

도시의 큰길에 익숙하지 못한 교사가 차가 지나지 않는 틈을 봐서 재빨리 이쪽으로 뛰어왔다. 두 사람은 그와 함께 길을 건너왔지만, 도미에는 결심이 서지 않는 듯 머뭇거리며 정류장에 그대로 서 있었다.

딱히 당황할 필요도 없을 텐데 도미에는 마치 탁류에 혼자 떠내려가기라도 하는 듯 다급하게, 선생님, 선생님 하고 불러댔다.

도미에는 처음부터 그렇게 호박에다 느림보에다 멍청이였다.

공장에서 마중 나간 아버지도 어머니도 기능공들도 모두 웃음을 터뜨렸다. 나도 웃었다.

그러고 나서 일행은 공장을 견학하고 거실로 들어왔다. 아버지는 도미에를 향해 몹시 퉁명스럽게, 기계에 끼어들어갈 염려가 있으니

머리카락을 자르라고 명령했다. 딱히 심술을 부리는 게 아니라, 원래 그런 식으로 말하는 사람이었다. 다른 두 사람은 머리카락이 짧았지만 도미에는 허리까지 치렁치렁 늘어진 머리를 세 가닥으로 땋고 있었다. 도미에는 일순 애원하는 눈빛으로 교사를 바라보았다.

젊은 교사도 특히 도미에가 걱정되는 눈치였다. 다른 두 사람은 쾌활하면서 대답도 시원시원했지만, 호박에다 느림보에다 멍청이며 몸집도 가장 작은 도미에는 보기에도 불안했던 것이다.

내가 도미에와 처음 대화를 나눈 것도 바로 그날 밤이었다. 목욕탕을 써도 된다는 어머니의 말을 전하러, 세 사람에게 주어진 북향 방으로 갔더니 도미에만 홀로 남아 멍하니 거울을 바라보고 있었다.

분명 이런 대화였다.

"엄마가 목욕하래. 그런데, 다른 사람들은?"

"구경 갔어. 지하철을 타본대."

"도미에는 안 가?"

나는 그때부터 반말에다 '도미에'라고만 불렀다. 낮에 인솔교사가 도미에, 도미에, 하고 부르는 소리가 귀에 남아 있었기 때문일 것이다.

"나는 할일이 있어."

"뭘 하는데?"

"머리를 잘라야 해."

도미에는 재봉도구 통에서 작은 가위를 꺼냈다.

"큰 걸로 가져올까?"

"괜찮아. 조금씩 자르면 돼."

"봐도 괜찮아?"

도미에는 세 가닥으로 땋은 머리카락을 풀었다. 블라우스 어깨 위로 늘어뜨려진 긴 머리카락을 잘라야 한다니, 좀 아깝다는 생각이 들었다.

"몇 년 동안 길렀어?"

"어릴 적부터 한 번도 자르지 않았어. 난 아버지도 어머니도 안 계시니까. 좋아서 기르는 건 아냐. 그렇지만 막상 자를 생각을 하니 슬퍼."

가위를 어깨에 대고, 도미에는 오랫동안 망설였다.

"빨리, 싹둑 잘라버려."

"응…… 그렇지만 머리 쪽 부분은 아버지 어머니가 쓰다듬어주시던 건데, 자르면 천벌을 받을 것 같아."

작은 실가위로 조금씩 머리카락을 자르면서, 도미에는 흐느껴 울었다.

"머리카락을 잘라야 할 줄은 몰랐어. 죄송해요, 어머니."

주문을 외우듯 중얼거리면서 도미에는 오랜 시간을 들여 머리카락을 잘랐다. 그러는 내내 울었다. 그후에도, 나는 도미에가 그리 슬피 우는 모습을 보지 못했다. 아버지가 죽었을 때와 공장을 폐쇄해야 했을 때도 울기는 울었지만, 그것은 머리카락을 자를 때에 비하면 훨씬 담백한 울음이었다.

나는 줄곧 도미에의 등뒤에 서서 소녀의 새하얀 목덜미가 조금씩 백열전등 불빛 아래 나타나는 모습을 지켜보고 있었다. 재미있어서가 아니었다. 앉은 자세로 보아서는 안 될 것 같은 장엄한 의식처럼 느껴졌기 때문이다.

머리카락을 다 자르고 난 다음, 나는 두 눈을 가리고 있는 도미에의 손을 떼어내며 이렇게 말했었다.

"울지 마, 도미에."

왜 나는 그때 정말로 애절한 마음이 들었던 것일까.

결국 두 사람은 일 년도 안 되어 그만두었고, 도미에 홀로 남겨졌다. 이웃고 할아버지와 할머니도 세상을 떠나고, 어머니는 집을 나가고, 아버지가 죽고, 공원들이 떠나고, 집과 공장도 없어지고 말았다.

나와 도미에는 그날 밤부터 한시도 떨어지지 않고 삼십 년 넘게 살아왔다. 그 삼십 년 넘는 세월의 무게를 아는 자는 우리 외에 아무도 없다.

"선생님, 같이 들어가도 되나요?"

기요코의 목소리에 나는 기억의 파일을 덮었다. 조각 같은 새하얀 나신이 뿌연 김 속에 서 있었다.

"되고 안 되고 간에 벌써 들어왔잖아. 잘 들어, 기요코. 몇 번이나 말하지만 다 먹고 난 다음에 잘 먹겠습니다라고 인사하는 식의 천박한 행동은 하지 마."

예, 하고 기요코는 반성하면서 샤워를 하기 시작했다.

하긴 이 여자의 멍청함은 도미에를 넘어선다. 음식에 젓가락을 대고 나서야 문득 생각난 듯 잘 먹겠습니다, 하고 인사하는 건 다반사고, 잠들고 한참 지나서 잠꼬대로 안녕히 주무세요, 하고 인사하기도 한다.

지난번에는 아파트 앞 현관에서 손을 흔들며 나를 전송한 다음 잠깐, 잠깐, 하고 다급하게 차를 따라오는 것이었다. 혹시 잊고 온 거라도 있나 해서 차를 멈췄더니, 창 너머로 숨을 헐떡이며, '자, 잘 다녀오세요' 라고 인사했다.

아무리 비비안 리를 방불케 하는 미모를 가졌다고는 하지만, 전 남편 사이에서 만든 자식과 심장병에 걸린 노모까지 딸려 있는 이런 아날로그 여자를 아내로 맞이한 것은 무엇 때문일까. 홀딱 반해서 그렇다면 더이상 설명도 필요 없겠지만, 기요코가 짊어진 모든 리스크를 견디면서까지 결혼을 생각할 정도로 내가 그렇게 마음 좋은 사람은 아니다.

아마도 나는 머릿속으로 도미에를 생각하고 있었을 것이다. 어떤 아내를 맞이하건 도미에가 무시당할 건 뻔하다. 그러나 도미에 이상으로 아날로그이고, 게다가 나에 대해 적지 않은 은혜를 느끼고 있을 기요코라면, 필시 도미에를 소중히 여겨줄 것이라 생각했다.

아니나 다를까, 기요코는 도미에를 진심으로 위해주었다. 단지 도미에가 우리로부터 멀어지려 할 뿐이었다.

"어머니, 어디로 가신 걸까요?"

탕 속으로 들어오며 기요코가 불쑥 말했다. 한숨과 함께, 쇄골의 홈에 고인 물이 가슴으로 미끄러지며 방울이 맺혔다.

기요코는 때로 아무 생각 없이 도미에를 '어머니' 라고 부른다.

나는 희뿌연 유황 온천물을 손으로 떠서 얼굴을 씻었다. 천창에서 오후의 봄 햇살이 떨어져내려, 머리를 감아올린 기요코의 아름다운 얼굴을 탕의 표면에 비쳐내고 있었다.

"넌 좋겠다. 행복해서."

"네? ……네……"

싫은 소리를 할 생각은 없었다. 나와 결혼한 건 어떤지 모르겠지만, 피를 나눈 어머니와 자식과 함께 살 수 있다는 것은 행복임이 분명하다. 그래, 적어도 도미에에 비해서는 행복하다.

"어머니, 아니, 도미에 씨가 돌아오지 않으면 마음이 불편할 거예요. 괜히 내가 쫓아낸 것 같아서……"

"그건 그렇지. 너희들이 굴러들어오지 않았더라면 도미에와 나는 평화롭게 살고 있었을 거야. 그렇지, 기요코?"

"그건…… 그렇지만."

"네가 쫓아낸 거야. 삼십 년이나 한솥밥을 먹은 도미에를, 오늘부터 당신 역할을 내가 대신할 테니 나가달라고, 그렇게 쫓아낸 거잖아."

"그런 식으로 말하지 마세요…… 걱정하는 마음은 알겠지만요."

나는 나무 물통을 집어들고 기요코의 정수리를 겨냥해서 내리꽂았다. 바닥이 쏙 빠지면서 기요코는 물통을 가면처럼 덮어써버렸다. 잠시 뜸을 들이고 나서 기요코는 아얏! 하고 외쳤다.

기요코가 행복한 이유는 하나 더 있다. 아름다운 얼굴과 매끈한 피부, 그리고 완벽한 균형을 자랑하는 몸매. 도미에는 그중 어느 것도 가지지 못했다.

"잠시 그대로 있어."

나는 탕에서 벌떡 일어섰다. 기요코는 탕에 잠긴 채 바닥이 빠져나간 물통을 뒤집어쓰고 있었다.

"선생님, 죄송해요. 도미에 씨가 돌아오면 우린 나갈게요."

물통을 치우지 않는 것은 아마 울고 있기 때문일 것이다. 더 울어라. 나는 속으로 중얼거렸다. 아무리 슬프다 한들 넌 도미에보다 행복해.

"멍청이. 이제 와서 나가면 뭐 하려고? 다시 카바레에 나가려고? 네 멋대로 가면 다 되는 줄 알아? 주간지 기자에게 걸리면 어떡하려고. 조폭소설 작가 기도 고노스케의 부인, 카바레에서 옷을 벗다, 그런 기사라도 나면 어떡할 거야."

기요코의 새하얀 등은 슬픔을 억누르느라 바르르 떨고 있었다. 자기 탓으로 이런 일이 벌어지고 말았다고, 자신의 행복의 대가를 도미에가 대신 지불하고 말았다고, 후회하고 있었다.

"이런 걸 언제까지 뒤집어쓰고 있을 거야, 멍청이."

물통을 벗겨내자 기요코는 소리내어 울음을 터뜨리면서 두 손으로 얼굴을 가렸다. 탕 안에서 몸을 뒤틀고 어깨를 좌우로 흔들며 우는 이 여자의 자태는 반할 정도로 아름답다.

"내일은 드디어 일본문예대상의 최종심사가 있는 날이야. 붙건 떨어지건 밤새 술판이 벌어질 테니, 오늘은 밥 먹으면 일찍 자도록 해."

그렇게 얼버무리고 탕을 나가려는데 등뒤에서 갑자기 턱, 하는 둔탁한 소리가 났다. 뒤를 돌아보니, 기요코가 무릎을 꿇은 채 다시 한번 쾅, 하고 머리를 나무 바닥에 찧는 것이었다.

"제발 부탁이에요, 선생님. 기요코는 이제 아무것도 바라지 않아요. 어머니를 찾아주세요. 경찰이나 사립탐정, 소방서나 자위대에 부탁해서라도 어머니를 찾아주세요."

"바보냐, 너……"

아니, 바보가 아니다. 이건 진심이다.

"절대로 기자들이 찾지 못할 곳에서 살게요. 카바레가 안 된다면 마사지숍에 갈게요."

"……그건 더 안 돼."

"그럼 댐 공사장이나 원자력발전소에서 일할게요. 다시는 신세지지 않을 테니, 선생님, 제발 어머니를 찾아주세요. 아파트로 모시고 가서 예전처럼 같이 사세요. 여태 그런 것도 모르고, 난 정말 바보예요. 기요코가 행복해진 것만큼 어머니가 불행해지셨어요. 난 정말 그것도 몰랐어요. 죄송해요, 정말 죄송해요."

"이제 됐어, 기요코. 네 탓이 아냐."

기요코는 다시 한번 쾅, 하고 머리를 바닥에 박았다.

"그럼 누구 탓인가요? 저희 어머니 탓인가요? 미카 탓인가요? 그렇다면 그것도 다 제 탓이에요."

"누구의 탓도 아냐. 내가 나빠. 도미에는 나 때문에 평생을 허송세월하며 보낸 거야. 적어도 너희들과는 아무 관계 없어."

기요코의 통곡을 등뒤로 들으면서, 나는 탕을 빠져나왔다.

큰 창을 열어 뜨거워진 몸을 식혔다. 어렴풋이 봄 냄새를 풍기는 바람이 귓가에 소리를 내며 스쳐 지나갔다.

눈을 감자, 도미에와 함께 지낸 오랜 나날들이 마치 사진첩을 넘기듯이 되살아났다. 도미에는 대체 어디로 가버린 것일까. 무엇을 위해, 무슨 이유로, 내 앞에서 모습을 감춰버렸을까.

기요코는 아직 저 안에서 무릎을 꿇고 있을까.

나는 옛날에 자주 도미에를 어쩔 줄 모르게 만들었던 것처럼, 발을 동동 굴렀다.

"도미에!"

베란다에서 큰 소리로 외친 그 이름은, 마치 형태를 가진 생명체처럼 산등성이를 타고 올라 저 먼 산봉우리를 넘어갔다.

15

오카바야시 가즈오는 적당히 취기가 올라 기분이 좋았다.

창을 열고 열이 오른 얼굴을 바람으로 식힌다. 계곡에서부터 솟구쳐 오른 산허리는 삼나무로 덮여 푸르고, 저 먼 봉우리에서부터 미끄러져 내려오는 산줄기에는 아직도 눈이 남아 있다.

시원한 바람을 타고 유황 냄새가 날아온다. 눈에 보이는 것, 귀에 들리는 것, 피부에 닿는 것, 모든 것이 상쾌하다. 마치 극락과도 같은 곳이라고 오카바야시는 감탄했다.

원래가 스트레스란 걸 모르는 성격이다. 도쿄 대학을 나와서 출판계의 걸리버 일본웅변사에 입사했다. 그리고 무인의 들판을 달리듯이 출세가도를 일직선으로 나아갔다. 게다가 유일무이한 취미인 독서가 직업이다보니, 스트레스 같은 게 쌓일 리 없었다.

단풍나무실에서는 차 안에서부터 시작된 술자리가 그대로 이어지고 있다.

"그러고 보니 단세이 출판사의 오기와라 여사가 안 보이는군. 뭘 하고 있는 걸까."

유카타에서 한쪽 어깨를 드러낸 젊은 편집자가 말했다.

"나중에 오겠다고 했는데. 누가 불러오지그래?"

오카바야시는 비틀걸음으로 방을 나섰다. 평소 스트레스가 없는 것치고는 술버릇이 좋지 않다. 원래가 찰거머리 같은 성격이라 한

번 취했다 하면 사람을 물고 늘어진다.

"싫다는데 억지로 데리고 올 필요는 없어요, 오카바야시 씨. 어차피 곁다리로 온 처지니 여기 와서 안줏감이 되는 것도 보기 딱하고."

"흠, 그렇다면 더욱더 이런 자리에 빠지지 말아야지. 그 여자 너무 어두워. 걸핏하면 훌쩍이질 않나, 도무지 애교라는 게 없어, 애교라는 게."

무거운 철문이 열렸다. 문은 또 왜 이리 무거울까. 꼭 야쿠자 사무실 같다.

옆방 삼나무실에도 오기와라 미도리의 모습은 보이지 않았다.

"어이, 오기와라! 어디 갔어? 꾸물거리지 말고 술 마셔야지, 술!"

복도를 향해 외쳤다. 엘리베이터 홀에서 참으로 성실하고 사람좋아 보이는 지배인이 나타났다.

"오기와라 님이라면 일층 바에 계십니다만, 불러드릴까요?"

"뭐, 바? 일층 어디?"

"계단을 내려가서 오른쪽 구석입니다. 앗, 계단 조심하세요."

"괜찮아, 까딱없어. 어이 오기와라! 술 마셔야지!"

오카바야시는 난간을 더듬으며 계단을 내려갔다. 도착 당시에는 자세히 보지 못했지만, 언뜻 보기에도 뭐라 말할 수 없는 악취미 인테리어다.

화려한 문양의 카펫에 비단 의자, 기둥 앞에는 엄청 커다란 총천

연색 항아리, 무소의 뿔, 갑옷 따위가 죽 늘어서 있다. 계단 층계참에는 창업자로 보이는 노인의 청동상이 서 있다. 문장이 새겨진 두루마기를 입고 있는 모습인데, 슬쩍 보기로는 꼭 야쿠자 오야붕 같다. 동상 발치에는 계절에 어울리지 않게 흰 국화가 잔뜩 놓여 있다.

로비에 내려선 오카바야시는 큰 소리를 내며 기지개를 켰다.

일본문예대상의 후보작이 발표되었을 때부터, 『애수의 카르보나라』가 수상한 거나 다름없다고 생각했다. 담당편집자에게는 더없는 영광이다.

기도 고노스케의 재능은 누구보다 자신이 제일 잘 알고 있다. 그래서 『의리의 황혼』 시리즈 같은 조폭소설만 쓰고 있는 기도에게 이런 제안을 했던 것이다.

어때요, 선생님. 이제 슬슬 멋진 연애소설 하나쯤 써서 일본문예대상을 노려보는 것이?

그러자 기도는 일단 큰 소리로 웃고는 입을 꾹 다물더니 심각한 표정을 지었다. 진심이야, 오카바야시? 하고 자신을 노려보는 기도 고노스케의 눈에는 오기가 불타오르고 있었다.

둘이서 취재 여행을 떠났다. 기도 고노스케는 교활하다. 처음에는 교토를 무대로 하겠다더니 갑자기 여주인공을 무희에서 바이올리니스트로 바꿔서 이탈리아로 날아가버렸다.

처음부터 이탈리아라고 하면 취재비가 나오지 않을 테니까, 도중에 주인공의 직업을 바꿔버린 것이다. 거기다가 교토 대학의 고학생이어야 할 연인도 신문사의 해외특파원이 되어버렸다. 뿐만 아니라 사건을 좇아 런던, 파리, 로마, 피렌체, 하이델베르크 등지를 전전한다. 낭만적인 거리들을 헤매다가 배를 타고 라인 강을 따라 내려가서는, 결국 뮌헨에서 알코올 중독자가 되어버리는 내용이다.

요컨대 기도 고노스케는 공짜로 유럽여행을 하고 싶었던 것뿐이었다. 오카바야시가 겨우 그 사실을 깨달은 것은 지중해의 여객선 갑판 위였다.

그러나 완성된 원고는 대단했다. 농밀한 연애소설이다. 미모의 바이올리니스트와 중절모가 잘 어울리는 신문기자가 산마르코 광장에서 마주치는 순간, 서로 불같은 사랑에 빠져든다. 카페 플로리안에서 마주보고 앉아 여자는 갑자기 이렇게 말한다.

"아마데우스도 시벨리우스도 지겨워. 당신을 사랑해도 돼?"

남자는 중절모의 챙을 아래로 당기며 대답한다.

"내 팔에 안겨도 지겨울지 몰라. 시벨리우스 정도는 아닐 테지만."

이렇게 하여 두 사람은 '한숨의 다리' 아래에 곤도라를 세우고 '미치도록 뜨거운, 서로의 몸을 연주하는 듯한 입맞춤' 을 하게 된다.

낯 뜨겁다. 너무도 낯 뜨겁다. 그러나 이런 낯 뜨거운 연애소설을 쓸 수 있다는 것 자체가, 그가 보통 작가가 아님을 말해주는 것이다.

큭큭, 오카바야시는 로비의 천창을 올려다보며 웃었다. 발군의 스토리텔러. 탁월한 문장. 올해 일본문예대상이 누구에게 돌아갈지 아무리 생각해봐도 『애수의 카르보나라』밖에 없다.

그건 그렇고, 왜 호텔 천창 아래에 극락조가 날고 있는 걸까.

"난 기도 선생님 소설의 열렬한 팬이에요. 편집자가 이런 말 하는 건 좀 이상하겠지만……"

오기와라 미도리는 카운터에 앉아 위스키를 마시면서 중얼거렸다.

"괜찮아요, 오기와라 씨. 나도 팬인걸요. 어머니라는 사람이 이런 말 하는 게 더 이상하죠."

냅킨을 정돈하면서 안주인이 대답했다.

아름다운 사람이다. 쌍꺼풀 없는 동양적인 눈매가 기도 선생과 닮았다.

"네? ……어머니세요?"

그렇다면 데뷔 시절부터 선생과 같이 살고 있는 그 나이 든 여인은 대체 누구란 말인가. 결혼해서 다른 아파트로 이사한 다음부터는 보이지 않지만, 그 사람이 기도 선생의 어머니가 아니었던가?

안주인은 당혹스러워하는 미도리를 보고 말을 덧붙였다.

"아, 난 생모예요. 좀 복잡한 사정이 있어서……"

더 물어서는 안 될 것 같다고 생각한 오기와라는 이야기를 처음으로 돌렸다.

"난 기도 선생님을 아주 좋아해요. 그래서 곁다리인 줄 알면서도 같이 만세라도 부르고 싶어서 따라왔어요."

"네? 그렇지만 오기와라 씨도 『의리의 황혼』 담당이잖아요? 그 책도 후보에 올랐다고 하던데."

"그건 그렇지만요."

미도리는 잔을 내려놓고 어깨를 으쓱했다.

"양쪽 다 읽어보셨죠?"

"그래요. 그애가 쓴 건 전부 읽어요. 경마 예상에서 성문화 르포까지요."

"그렇다면 잘 아시잖아요? 일본웅변사에서 나온 『애수의 카르보나라』는 걸작이에요. 질이 전혀 다르다고요."

"그럴까요?"

안주인은 손길을 멈추고는 푸른 전등이 달린 술병 선반을 바라보았다.

"난 『의리의 황혼』 쪽이 좋아요. 하기야 누가 봐도 저속하고 외설적이라 문학상과는 어울리지 않겠지만, 무엇보다 재미가 있는걸요."

안주인은 수줍게 웃었다. 평균 두 페이지에 한 번꼴로 나오는 섹스 신을 떠올린 것이 틀림없다. 『의리의 황혼』의 묘사는 노골적이다. 간접표현과 비유를 배제하고 속어를 사용한, 혁명적인 섹스 묘사가 가득하다.

발표할 당시에는 차별용어에 대한 마녀사냥식 비판이 왕성했던 반면, 성적 표현은 오히려 자유로워진 것이 사회 분위기였다. 『의리의 황혼』은 그 틈새를 뚫고, 출판되자마자 바로 베스트셀러가 되었다. 그리고 결국 아홉 권짜리 시리즈물이 된 것이다.

담당편집자 오기와라 미도리는 『의리의 황혼』의 광적인 팬이다. 지금도 그 책을 펼치지 않으면 밤에 잠도 잘 수 없을 정도다. 거칠고 열정적이며 고귀하면서도 저속한 그 소설은, 비유적으로 표현하자면……

발기한 남근 그 자체다.

소설의 장면을 떠올리며 미도리는 갈증을 느꼈다. 안주인도 멍하니 눈길을 허공에 던지고 있다.

"대, 대단하죠, 그 소설. 여자 프로레슬러가 스모 선수 세 사람에게 강간당하는 장면…… 기억하세요, 오기와라 씨?"

"아, 네, 네에…… 마치 작열하는 철판 같은 마라노우미의 거대한 남근이 질퍽질퍽한…… 앗, 내가 왜 이런 말을, 어쩐담!"

"마, 맞아요. 스모 선수는 필사적으로 저항하는 여자의 두 팔을 찍어누르고……"

"그것을 보고 있던 사오가오카가 더이상 참을 수 없어져 여자의 등뒤로 돌아가서, 아앗!"

인상 험악한 바텐더가 잔을 닦으면서 두 사람을 멀뚱히 바라본다.

"안주인……"

"아, 미안해요, 조. 나도 모르게 그만…… 그래요, 역시 『애수의 카르보나라』가 좋죠. 무엇보다 그 작품에선 침대에서 서로를 응시하는 장면 다음에 바로 아침 새가 지저귀는 것으로 넘어가니까요."

역시 『애수의 카르보나라』는 명작이야, 하고 오기와라는 고개를 끄덕인다. 좀 아쉬운 점은 있지만, 알몸에 시트를 감고 창에서 아침 정원을 내려다보는 아름다운 바이올리니스트. 등뒤에서 그 어깨를 부드럽게 감싸안은 신문기자가 여자의 귀를 깨문다. '나는 어제의 당신을 잃어버리고 말았군.' ……역시 스모 선수보다 이게 훨씬 멋지다.

그때, 갑자기 누군가 문을 걷어차며 들어왔다.

"뭐야, 오기와라! 이런 데서 대체 뭘 하고 있는 거야? 나중에 온다고 해서 기다리고 있었잖아. 딸꾹!"

"아, 오카바야시 씨. 죄송해요. 왠지 그 자리에 끼기가 뭣해서……"

"뭣하다고? 뭐가 뭣한데? 흥, 사람들한테 바보 취급당하기 싫다는 거로군. 개밥에 도토리다, 곁다리다, 야설 전문가다, 뭐 그런 말을 듣기 싫다는 거지?"

오카바야시는 몹시 취해 있었다. 술버릇이 개판이라는 소문은 익히 들었지만, 이렇게 끈덕진 타입인 줄은 몰랐었다. 미도리는 어깨를 휘감는 오카바야시의 팔을 몸을 비틀어 떨쳐냈다.

"엣, 뭐야. 너 이제 보니 남자혐오증인가보지? 사람 가릴 나이는 아닐 텐데."

"그런 건 아닌데…… 오카바야시 씨, 좀 취했네요."

"아, 취했고말고. 취하지 않을 수 있겠어? 내일 밤이면 전화가 올 거야. 축하합니다. 올해의 일본문예대상은 기도 고노스케의 『애수의 카르보나라』로 결정되었습니다. 만세, 만세! 너, 알고는 있어? 그 걸작을 누가 쓰게 만든 건지."

"알고 있어요."

"얼마나 고생했다고, 오기와라. 무려 유럽일주씩이나 했단 말이지. 같이 다니는 것도 힘들었지만 취재비 받아내는 건 더더욱 힘들었어. 비행기는 탔다 하면 무조건 일등석, 그러니 돈이 얼마나 들었는지 알아, 엉?"

"몰라요. 우리 같은 회사에서는 상상도 할 수 없는걸요."

"그럴 거야. 단세이 출판사로서는 도저히 대지 못할 액수니까. 그거 알아, 오기와라? 이제부터 출판계는 파워 게임이야. 이제 곧 재출판 제도가 없어져봐. 중소 출판사는 모두 날아가버릴걸."

오드콜로뉴와 술이 뒤섞인 역겨운 냄새에 미도리는 속이 울렁거렸다.

"아, 바텐더. 맥주."

인상 험악한 바텐더는 오카바야시를 은근히 노려보며 잔에 맥주를 따랐다.

"손님. 이제 그 정도로 해두시죠. 아직 해도 지지 않았잖소."

잔을 받아든 오카바야시의 얼굴에 노기가 떠올랐다.

"뭐야, 넌? 손님에게 술 마시지 말라는 거야?"

바텐더는 말대꾸도 하지 않고 묵묵히 잔을 닦기 시작했다. 입가에 불쾌한 미소가 떠올라 있다.

"안주 줘. 어이, 내 말 안 들려? 맥주 주문하면 안주 내오는 게 당연한 거 아냐?"

"예이. 우리 호텔은 당연하지가 않아서요."

바텐더의 자세에는 바위 같은 무게가 실려 있었다. 마치 『의리의 황혼』에 나오는 히로시마 대리전쟁의 저격수 같다고, 오기와라 미도리는 생각했다.

"조, 손님에게 실례잖아. 죄송합니다, 손님. 성격이 좀 괴팍한 사람이라서요."

바텐더는 안주인을 노려보았다.

"이런 싸가지 없는 놈에게 머리 숙일 필요 없어요, 안주인. 난 약한 사람을 짓누르는 이런 놈은 딱 꼴도 보기 싫습니다."

오카바야시는 잔을 탁, 소리내며 내려놓았다.

"안주 달라고 하잖아, 엉! 안 들려?"

"……예이, 그럼 손님. 단 것하고 짠 것 중에 어느 걸로 하시겠습니까."

"단 건 뭐가 있는데."

"이겁니다."

바텐더는 카운터 위에 놓여 있는 아이스픽을 손가락으로 가리켰다.

"이걸로 심장을 찌르면 아프지도 가렵지도 않습니다. 한 번 시험

해본 적도 있고요."

오카바야시는 농담으로 들리지 않는 바텐더의 말에 기가 죽어버렸다.

"그럼…… 짠 건?"

"난 짠 걸 좋아하는 편이라, 이걸 권하고 싶군요."

그 말이 떨어지기가 무섭게 바텐더는 카운터 너머로 손을 뻗어 오카바야시의 멱살을 잡아챘다. 흰자위를 드러내고 눈을 까뒤집은 오카바야시의 입 속에 콜트 총구를 밀어넣고 바텐더는 고함을 쳤다.

"이 새끼가 가만히 보자보자 하니까 무서운 게 없어, 엉! 본관으로 말할 것 같으면 히로시마의 권총 조, 여자하고 어린아이를 학대하는 개 같은 놈들은 용서 못 해! 네 명 죽이나 다섯 명 죽이나 똑같다고!"

16

후지산실에서 미카를 자연스럽게 내보낸 하루노 후부키는, 툭 튀어나온 턱을 크게 벌리며 통쾌하게 웃었다.

"아하하핫! 이게 무슨 행운이람. 이 시대 여자들을 가슴 두근거리게 만드는 베스트셀러 작가 기도 고노스케 선생과 같은 호텔에! 게다가 우리 딸이 선생의 딸과 친구가 되다니, 이건 찬스다, 찬스야. 아하하핫, 우히히힛! 오호호홋!"

하루노 후부키는 오랜 연극인 생활로 인해 입에서 나오는 모든 말이 연극대사풍이고, 동작 또한 무대 위에서처럼 과장되곤 했다.

"왜 그러세요, 후짱? 나는 후짱의 말뜻을 모르겠어요. 나랑 미카가 친구가 된 게 왜 행운이죠? 왜 찬스라는 거예요?"

태어난 이후로 줄곧 배우 영재교육을 받아온 딸은 방바닥에 두 무릎을 세우고 앉아, 가슴 앞에 두 손을 모으고 물었다.

어머니는 딸의 무지에 천장을 올려다보며 한숨을 쉬었다.

"왜냐고? 넌 그런 것도 몰라? 아, 넌 왜 그리 순진하니. 너라는 애는 지금 여기서 번개에 맞는다 해도 신을 원망하지 않고 죽어갈 거야."

"가르쳐주세요, 후짱. 찬스가 뭐예요? 만일 바람이 이루어지기만 한다면, 사쿠라는 오필리아처럼 젊은 나이에 죽어도 상관없어요."

"아, 귀여운 내 딸. 넌 정말 눈처럼 순진무구한 소녀로구나."

어머니는 딸 앞에 두 무릎을 세우고 앉아 두 손을 꼭 잡았다. 그리고 턱에서 힘이 빠져나가면서, 막이 내린 후처럼 현실적인 표정으로 돌아왔다.

"너, 기도 고노스케라고 아니?"

"알고 있어요. 역사시간에 배운걸요. 메이지 시대의 유명한 정치가잖아요."

"그건 기도 다카요시고, 내가 말하는 사람은 기도 고노스케. 그 유명한 『의리의 황혼』을 쓴 소설가야. 멋진 조폭소설 작가지. 게다가 올해 일본문예대상에 노미네이트되기도 했어."

"네에. 그런데 그게 왜 찬스가 되는 거죠, 후짱?"

하루노 후부키의 여우 눈이 위로 치켜올라가며 빛을 발했다.

"잘 생각해봐. 소설가란 문화인이야. 텔레비전의 프로듀서라든지 영화감독 따위는 상대도 안 될 만큼의 권위를 지니고 있어. 게다가 일본문예대상 수상작가라면, 전화 한 통화만 넣으면 피터팬 역을 따는 건 일도 아냐."

"엣! 그게 정말인가요, 후짱?"

소녀는 눈동자를 반짝이더니, 곧 눈을 내리깔았다.

"왜 그러니, 사쿠라? 네게도 드디어 찬스가 온 거야."

"아, 후짱…… 찬스라는 건 잘 알겠지만, 사쿠라는 그런 것 별로 좋아하지 않아요."

"그건 또 무슨 말이니?"

"사쿠라는 지금까지 열심히 연습해왔어요. 대사도 노래도 춤도, 누구에게도 지지 않을 거예요. 꼭 기도 고노스케 선생의 도움을 받지 않아도 이번 오디션에는 자신이 있어요."

"넌 정말 세상을 몰라."

하루노 후부키는 딸의 손을 끌어당겼다.

"물론 넌 정말 잘해. 그렇지만 이 세상은 실력대로 된다는 보장이 없어. 내가 그 산증인이잖니. 물론 턱이 좀 튀어나왔고 눈도 여우처럼 쭉 찢어지긴 했지만, 연기력은 그 누구에게도 지지 않아. 하지만 그런 나도 별볼일 없는 술집 마담 역밖에 못 하잖니?"

"그건 그렇지만……"

사쿠라는 새카만 눈동자로, 어디 하나 닮은 구석이라고는 없는 어머니를 바라보았다.

"후짱은 나를 낳아서 기르느라 공백 기간이 생겼기 때문에 단역밖에 못 하는 거예요. 사쿠라 때문에 출세가 늦어진 것뿐이에요."

"아냐, 그건 아냐. 예를 들어 대배우 아사노 아쓰코를 생각해봐. 그 사람은 나와 나이도 비슷하고 자식도 있어. 그렇다면, 이런 차이는 어디서 온다고 생각하니?"

"그 차이는……"

딸은 고통스런 표정으로 어머니를 올려다보았다.

"봐봐, 아사노 아쓰코와 나는 아무 차이도 없어. 요컨대, 이 세계는 실력보다 운이란 거야."

"……그런 것 같기도 하지만…… 다른 원인도 있을 거예요."

"없어. 아무것도. 오히려 턱이 튀어나온 것과 눈이 찢어진 걸로 본다면 내가 월등해. 모든 것이 운의 차이야. 제비를 잘 뽑은 거라구."

하루노 후부키는 딸의 손을 놓고, 무대에서 단련된 유연한 몸을 흔들며 창가로 다가갔다.

"넌 될 수 있는 한 미카와 사이좋게 지내도록 해. 나도 기도 고노스케 선생에게 접근해볼 거고. 잘 들어, 찬스는 자주 오는 게 아냐.

직접 손으로 붙잡지 않으면 놓치고 말아."

"그렇지만, 엄마……"

그 말이 떨어지기가 무섭게 하루노 후부키는 여우 눈을 찢어올리며 딸을 노려보았다.

"엄마라니 누구한테 하는 말이야!"

"앗, 실수. 미안해요, 후짱."

산등성이에서 피어오른 구름이 햇빛을 가렸다. 하늘을 올려다보는 어머니의 모습이 너무 커 보여, 사쿠라는 목까지 차오른 반항의 말을 삼켜야 했다.

노래방 '굴레'의 아치형 문을 빠져나오는 순간, 오카바야시는 온몸에서 힘이 쭉 빠져 그 자리에 주저앉아버렸다.

물론 술기운도 확 달아났다. 마치 눈에서 비늘이 떨어져나간 것처럼 모든 사물이 선명하게 보이기 시작했다.

유카타 앞섶이 풀어진 것도 모르고 엉덩이로 뒷걸음질치다가, 엉금엉금 기어서 겨우 로비에 도착했다.

"뭐, 뭐야, 도대체 이 호텔은 뭐냐고!"

군자는 괴력난신을 말하지 않는다고 하지만, 도쿄 대학 출신의 엘리트는 특히 이런 식의 막가파에는 나약하기 짝이 없다. 세상 돌아가는 모양이나 현상을 제멋대로 해석하고 정리해놓기 때문에, 비과학적, 비합리적, 비합법적인 모든 존재를 마치 이 세상에 있을 수 없는 것으로 착각하여 공포를 느끼는 것이다.

유복한 환경에서 자라 전형적인 엘리트 코스를 밟아 오늘날에 이른 오카바야시 가즈오에게, 눈앞에서 권총을 들이미는 야쿠자라는 존재는 불을 뿜는 우주괴물이나 공동묘지의 유령 못지않게 충격적인 것이었다.

로비 중앙에 주저앉아 술기운이 사라진 눈으로 주위를 둘러보았다. 호랑이 박제, 무소의 뿔, 갑옷과 검, 터무니없이 큰 그림 항아리. 이런 장식적 취미는 아무리 생각해도, 화려하기만 하면 만사형통이라 생각하는 그쪽 계통의 컬렉션임에 틀림없다.

저도 모르게 정신이 아득해져 기둥에 몸을 기댄 오카바야시 눈앞을, 여급들이 필리핀어로 시끄럽게 떠들어대면서 지나갔다.

현관에서는 한눈에도 히스패닉계 마피아로 보이는 외국인 종업원이 묵묵히 게다를 닦고 있다.

로비 구석의 소파에서는 유카타 차림의 손님들이 이야기를 나누고 있다. 오카바야시는 엉거주춤한 자세로 그들 뒤로 다가갔다.

"큰일났어요, 여러분. 알고 계십니까? 이곳은 야쿠자가 경영하는 호텔……"

"뭐라고?"

일제히 고개를 돌리는 손님들의 상판을 보는 순간, 오카바야시의 정신은 다시 가물가물해졌다. 굵직한 금목걸이를 한 남자가 문신을 잔뜩 새긴 팔을 휘두르며 말했다.

"야쿠자가 뭘 어쨌는데? 엉?"

"에, 아, 아뇨. 딱히 뭘 어쨌다는 게 아니라……"

"자식이, 방금 뭐라고 지껄였잖아? 칵 죽여버릴까보다."

"우왓, 목숨만은…… 저, 혹시, 여러분은……"

손님들의 눈길이 점점 험악해져갔다.

"뭐 이런 자식이 다 있어? 넌 예의도 몰라! 어디 소속인지는 모르겠지만 남에게 묻기 전에 네 소개부터 해야 할 것 아냐?"

"예, 예입. 저는 일본웅변사의 문예서적 출판부 차장 오카, 오카, 오카바야시라고 합니다, 예이."

어쨌든 자기 소개를 받은 일행은 완벽한 야쿠자 상판을 한곳에 모으고 중얼거렸다.

"일본웅변사? ……우익인가?"

"형님, 우리 소속에 그런 단체가 있었던가요?"

"폭력방지법이 제정된 이후로 간판을 바꾸는 곳이 많아져서 말이야. 생각해봐. 우리 오야붕도 당국에 들킬 때마다 위장 해산하고, 오 년 동안 이름을 몇 번이나 바꿨는지 몰라. 오소네 일가, 오소네 조직, 오소네 흥행, 오소네 엔터프라이즈, 오소네 후생복지사업조합, 오소네 공동사무소, 오소네 형제상회……"

"과연. 그런 점에서 보면 '일본웅변사'는 아직 고생을 덜한 것 같군요. 에, 뭐라고 했지? 문예서적 출판부 차장…… 제법 폼 나는 타이틀을 붙였군. 혹시 본가 쪽 사람일지 모르니 정식으로 인사라도 해두는 게 어떨까요?"

"아냐, 그럴 걱정은 없어. 저 상판을 봐. 절대로 우리 위에 설 만한 관록이 아냐. 별볼일 없는 말단 조직일수록 이름은 더 거창한 법이니까. 출판부 차장이 뭐 하는 자린지는 모르겠지만, 아마 본부장 대리나 특공대장 비서 정도겠지. 맞아, 분명히 그럴 거야."

"그럼, 가볍게 손 좀 봐줄까요, 형님?"

"그럴 필요 없어. 문장이라도 틀리면 몰라도 같은 사쿠라회 소속인데, 자칫하면 숙부 얼굴에 먹칠할 염려도 있어. 어이, 젊은 친구. 인사도 제대로 못 하는 그 태도, 우리 오소네 일가로서는 절대로 납득할 수 없지만, 기도 오야붕의 슬하에서 소동을 벌일 수도 없는 문제고 하니 더이상 열통 터지기 전에 빨리 사라져. 알았어?"

"예, 예잇!"

오카바야시는 엉금엉금 기어 그 자리를 벗어났다.

그렇다, 경찰을 부르자. 112번에 전화를 걸자. 아무리 생각해도 이곳은 악의 소굴이다. 바텐더라는 인간이 권총을 들이밀었다. 낯선 남자들은 죽이겠다고 협박했다. 여급들이나 종업원은 분명 불법취업한 외국인들이다.

그런데, 잠깐.

오카바야시는 겨우 프런트까지 다가가서 공중전화 수화기를 집어든 채 다시 생각해보았다.

여기는 기도 고노스케 선생의 숙부가 경영하는 호텔이라 하지 않왔던가. 그러고 보니 야쿠자들도 '기도 오야붕' 이라고 했었다. 그것은 다시 말해, 즉, 기도 선생의 숙부가 야쿠자 오야붕!

'침착해야 해, 침착.'

오카바야시는 전화기를 두 팔로 끌어안은 채 자신을 향하여 속삭였다.

침착해야 해, 경찰에 알리는 건 좋지 않아. 내일이면 일본문예대상의 심사발표가 있다. 기도 고노스케는 일류 작가가 되고, 자신은 부장으로 승진할 수 있는 절호의 기회를 맞이할 것이다.

그렇다. 이건 필시 수상 결정을 눈앞에 둔 긴장감이 일으킨 환상이다. 그래, 난 술에 취한 거야. 권총은 장난감이고, 술에 취한 나를 모두가 짜고 놀리는 거다. 그래, 그거야. 분명히 그럴 거야.

후우, 하고 깊게 숨을 들이쉰 오카바야시의 눈앞에 갑자기 프런트 안에서 세 명의 야쿠자가 불쑥 나타났다. 중앙에 선 오야붕으로 보이는 사람은 순백의 두루마기, 양쪽에 선 까까머리와 금니는 검은 두루마기를 입고 있었다.

"으, 으악!"

금테 안경을 번득이며 오야붕이 말했다.

"아, 손님. 놀라게 해서 죄송합니다. 여기서 가족끼리 좀 비밀스런 이야기를 하고 있어서요."

"와! 와왓! 에, 에, 저로 말씀드릴 것 같으면 일본웅변사의 오카오카오카, 오카바야시!"

"아, 손님. 인사는 하지 않으셔도 됩니다. 그렇게 긴장하지 마세요. 우리가 뭐 잡아먹기라도 한답니까."

그때 심상치 않은 소리를 들은 오기와라 미도리가 노래방 '굴레'에서 뛰쳐나왔다. 졸도하기 일보 직전인 오카바야시의 등을 받치며 미도리는 말했다.

"오카바야시 씨, 괜찮아요? 아, 죄송해요, 오야붕. 이 사람은 도쿄 대학 출신이라 이런 분위기에 익숙지 않아서요."

세 명의 야쿠자는 고개를 끄덕이고는 사무실 안으로 들어가버렸다.

오기와라 미도리의 팔에 몸을 기대고, 오카바야시는 비틀비틀 걷기 시작했다.

"어이, 오기와라. 도대체 어떻게 된 거야, 이 호텔?"

"어떻게 되다니요?"

"이 호텔 말이야. 혹시 아까 그 두루마기 입은 노인이 기도 선생의 삼촌?"

"그런데요. 그게 무슨 문제라도?"

"그렇다면 『의리의 황혼』은 픽션이 아닌 거로군. 아아, 믿을 수 없어. 그것은, 그 작품은……"

"물론 주인공의 모델은 저 기도 나카조 오야붕이죠. 얼마나 멋있다고요! 나중에 사인이라도 받아둬야지."

담담한 오기와라 미도리의 표정을 보고 오카바야시는 의구심을 품었다.

"어이, 오기와라…… 넌 무섭지도 않아?"

서둘러 엘리베이터 버튼을 누르고, 오카바야시는 자기 가슴 높이까지 오는 오기와라 미도리의 표정을 훔쳐보았다.

"뭐가 무서워요? 난 이런 분위기에는 익숙해요."

"익숙하다니…… 그건 또 무슨 말이야?"

아, 하고 오기와라 미도리는 뒤로 질끈 묶은 푸석푸석한 머리카락을 부끄러운 듯 매만졌다.

"저…… 일본웅변사 사람들은 잘 모르겠지만, 우리 단세이 출판사 직원들은 모두 익숙해요. 편집장도, 카메라맨도, 아르바이트 기자도, 모두 덤덤하죠."

"왜?"

"난 작년까지 『실화연예』 편집부에 있었거든요. 그 잡지는 늘 의리와 투쟁, 야쿠자 인터뷰, 형무소 통신 같은, 이른바 실화만 다루는 주간지예요. 그래서 무조건 잡지에 나오고 싶어하는 오소네 씨 같은 사람과는 사이가 좋죠. 모르세요? 『의리의 황혼』 첫번째 권은 『실화연예』의 연재물이었다구요."

오기와라 미도리의 담담한 미소에서, 오카바야시는 마이너리티의 저력을 느꼈다.

17

노천탕은 저녁노을에 물들어 있다.

적동색으로 벌겋게 물들어 우뚝 서 있는 산봉우리를 올려다보며, 미우라 신이치와 이마이 히데타로는 이십 년 전의 추억을 되새기고 있었다.

이야기를 나누면 나눌수록 가슴속 깊이 잠들어 있던 청춘의 기억들이 하나씩, 마치 검은 보자기를 풀어헤치듯이 빛의 세계로 모습을 드러냈다.

"기억나나, 미우라? 국제 반전 데이 전날 밤, 자네 하숙방에 경찰이 급습했던 일."

"아, 나만 담배 사러 나간 덕에 잡히지 않았었지. 그땐 운이 좋았어."

그 다음에 이어지는 기억이 자연스럽게 되살아나, 두 사람은 말을 꺼내기 전에 서로를 보며 미소를 지었다.

"그래놓고도 자네는 태평하게 면회를 왔다가 잡혀버렸지."

"그랬지. 지명수배중이란 걸 몰랐으니까. 내심 위험할지 모른다는 생각은 했지만, 내 하숙방에서 친구들이 모두 잡혀갔는데 모른척할 수는 없는 노릇 아닌가."

"정말 자네같이 순진한 사람도 없을 거야."

"옛날이나 지금이나 서툴다는 점에서는 변함이 없어."

미우라는 희뿌연 유황탕 안에서 안경을 씻었다. 안경테를 테이프로 칭칭 감아 보강한 오래된 안경이었다.

"참 지독하게 오래 쓰는군. 그때 그 안경이지?"

겸연쩍은 듯 웃으면서 미우라는 안경을 썼다.

"구두쇠 짓이 좋아서 이러는 건 아냐. 교사생활을 하는 동안 안경점이 있는 곳에 근무해본 적이 없었으니까. 다행히 이 마을에는 한 곳 있더군. 요전번에 주문해뒀어. 이제 이놈과도 이별할 때가 된 것 같군."

미우라의 푸석푸석한 머리카락에는 군데군데 하얀 서리가 내려 있었다. 벽지 교육을 하면서 문명생활과 떨어져 있던 만큼 늙어버린 것일까.

잠시 동안 두 사람은 말없이 탕 안에 잠겨 있었다. 대화가 끊어지자, 두 사람의 눈길은 꼭두서닛빛 구름이 서서히 모습을 바꾸어가는 하늘로 향했다. 그후의 인생이 뇌리에 떠올랐다. 이십 년 동안 이 우직하고 성실한 친구는 도대체 어떤 생활을 해온 걸까. 이마이는 상상해보았다.

"자네는 정말 좋겠어."

미우라는 머리카락을 쓸어올리며 중얼거렸다.

"『주간시대』라면 발행부수로만 봐도 일이 위를 다투는 주간지 아닌가. 여론을 좌우하는 영향력도 있고."

그렇다. 자신도 그런 생각으로 일본웅변사에 들어갔다. 도중에

월간 언론지와 사진 주간지에서 잠깐 근무한 것 외에는 줄곧 『주간 시대』의 편집부에서 일해왔다. 그러나 그 동안 이런 일을 했노라고 당당하게 자랑할 만한 건 하나도 없다는 기분이 들었다. 적어도 세상의 여론을 움직였던 적은 없다.

"재미없는 직장이야. 늘 시간에 쫓기기만 하고, 열정을 쏟아서 쓸 수 있는 기사는 하나도 없어. 신문과는 달리 주간지는 매주의 발행부수가 승부의 관건이니까."

"호오, 그런가?"

"어려운 기사를 쓰면 독자들이 싫어해. 정론은 신문 사설에 맡기고, 우리는 어쨌든 센세이션을 일으킬 만한 흥미 위주의 기사를 만들어내야 해. 확실히 말해 저널리스트라고 하기는 힘들지. 내 입장에서 보면 자네 인생이 훨씬 부러워."

"왜?"

"확실히 사회에 공헌하고 있으니까. 어렵게 사는 벽지 아이들을 가르치고 어른으로 길러낸다, 이 얼마나 훌륭한 일인가."

미우라는 눈부신 꼭두서닛빛 하늘을 올려다보며 깊고 긴 한숨을 쉬었다.

"말이야, 이마이. 내가 근무해온 벽지는 그렇게 멋진 곳이 아냐. 지원하는 교사가 있어야 겨우 폐교 조치를 면할 수 있는 산간지방이나 외딴섬의 분교들이거든. 믿을 수 있겠어? 난 이 나이가 되도록 학생 열 명 이상을 한꺼번에 가르쳐본 적이 없어. 다시 말해 자네는 백만의 독자들에게 자신의 뜻을 펼 수 있지만, 나는 고작 열 명 남짓한 사람에게만 내 뜻을 전할 수 있다는 거야. 자본론도 리버럴리즘도 다 소용없지."

이십 년에 걸친 미우라의 교직생활을 이마이는 상상조차 할 수 없었다. 위업이라는 생각이 들었다. 아무나 흉내낼 수 없는 일이다. 그러나 상상조차 할 수 없는 그 일은 어쩐지 서글픈 느낌이 들었다.

미우라는 자조적으로 웃으며 말했다.

"특히 처음으로 부임한 곳은 심해도 너무 심했어. 홋카이도의 산골짜기 역에서 고개를 세 개나 넘어야 하는 탄광촌이었는데, 학생도 한 명뿐이었지. 난 그애를 초등학교 육학년부터 사 년 동안 맡았어. 소풍도 학예회도 졸업식도 항상 단둘이서 했어. 교육위원회는 매년 폐교안을 들고 왔지만, 난 절대로 포기하지 않았다네. 자네도 알다시피 학생운동에서 패배한 내가 선택한 길이었으니까. 국가의 정책에 무조건 따를 수는 없지 않겠어?"

그것은 명분에 지나지 않는 말이라고 이마이는 생각했다. 미우라 신이치에게 그렇게 대단한 이유는 필요 없었을 것이다. 아마도 폐광촌에 홀로 남은 그 학생을 먼 도시의 기숙사로 보내고 싶지 않은 마음에서였을 것이다.

이마이는 생각한 대로 말했다.

"정말 행복한 놈이야."

"누가?"

"자네 말고, 그 아이 말이야. 그런 사치스런 교육을 받은 아이는 전 일본을 뒤져도 없을 거야."

미우라는 고개를 끄덕이더니, 기억을 더듬는 듯 산봉우리 쪽으로 눈길을 돌렸다.

"중학교 수학여행으로는 삿포로의 눈 축제를 보러 갔었어. 라면을 먹고 백화점에서 스웨터를 하나 사줬더랬어. 마치 부녀 여행 같았지."

"호오! 중학교 삼학년이라면 벌써 어른이나 다름없는데. 둘이 같이 다니면 좀 귀찮은 일도 생길 수 있지 않나?"

말하고 나서 이마이는 불순한 생각을 한 자신이 부끄러웠다. 사년 동안이나 가르치고 배운 사제관계는 도시 사람의 상상력을 넘어선 것이리라.

"쓸데없는 생각 하지 마. 우리는 사 년간 줄곧 같이 지냈어. 아이의 집은 마을에서 멀리 떨어져 있어서 눈이 많이 내린 날에는 그냥 내 방에서 같이 잤어. 삿포로의 호텔에서는 트윈 룸에서 잤지만, 아무리 그래도 이상한 분위기가 될 리 없지."

미우라는 그쪽 지방의 사투리를 섞어가며 그렇게 말했다.

"지금은 뭐 하고 있나, 그애?"

"글쎄…… 사이타마 현에 친척이 살아서 그쪽 고등학교에 진학했지. 나도 그애가 졸업하니 더이상 할일이 없어져서 곧 그곳을 떠났어. 그후로는 만나지 못했고."

"궁금하지 않아? 지금 어떻게 살고 있는지."

"글쎄, 아마 잘 지낼 거야. 도시 아이들보다 훨씬 우수했거든. 내가 가지고 있는 책을 중학교 삼 년 동안 전부 독파해버렸어. 오에 겐자부로, 요시모토 다카아키, 자본론에서 톨스토이까지, 그런 책들을 텔레비전보다 더 재미있어하면서 읽는 중학생이 도시에 있을 리가 없지. 그래, 좀 특이하게도 셰익스피어를 좋아했어. 그래서 학예회 때도 우리 둘이서 〈햄릿〉을 공연했지. 머리가 좋아서 제3막에 나오는 긴 대사를 한 자도 빠뜨리지 않고 외워버렸더랬어."

"교사가 햄릿, 학생이 오필리아라. 대단한 사치로군. 그런 교육을 받은 아이는 이 세상에서 하나밖에 없을걸."

이마이는 문득 젊은 교사와 그의 단 하나뿐인 학생이, 땅 끝의 역에서 헤어지는 장면을 가슴에 그려보았다.

"그애가 떠날 때 전송해줬나?"

"응, 웃으면서 악수를 나눴지. 그러고 나서 나도 모르게 기차를 따라 눈 쌓인 플랫폼을 마구 달렸어. 그애도 기차 안에서 내 쪽으로 달려오고. 차창으로 몸을 내밀며 그애는 마지막으로 이런 말을 했어. 선생님, 정말 고마워요, 라고. 그 한마디가 그후의 이십 년을 지탱하게 해줬다네."

이야기를 하면서 미우라는 고개를 숙였다.

"역시 멋져. 자네의 직업은 절대로 누구나 할 수 있는 일이 아냐."

"그렇게 생각해주니 고맙군."

노천탕에서 일어서더니, 미우라는 어두운 기억이라도 떨쳐버리려는 듯 크게 기지개를 켰다.

"몸이 노곤하구만. 그래, 그애는 이름도 꽤 특이했어. 하루노 후부키. 어때, 영락없이 여배우 같은 이름이지?"

할말을 잃고 입만 멍하니 벌리고 있는 이마이를 두고, 미우라 신이치는 콧노래를 부르면서 내탕으로 들어갔다.

'세상에 이런 우연이 있다니……'

하루노 후부키가 이 호텔에 묵고 있다는 믿을 수 없는 우연을, 도대체 어떤 식으로 미우라에게 전해야 좋을까. 이마이 히데타로는 시선을 허공으로 던지며 말을 찾고 있었다.

문명과 떨어져 벽지를 전전하다가 이 온천 마을에 도착한 미우라는, 하루노 후부키에 대해 아무것도 모르고 있다.

연예인이라고는 하지만 말단 단역, 전형적인 술집 마담 역 전문 여배우. '롯폰기의 오필리아'로 불렸던 셰익스피어 전문 연극인 시절은 이미 십여 년 전의 일이라, 어지간한 연극 마니아가 아니면 아무도 모르는 사실이다.

"그런데, 미우라. 그 학생 말인데……"

대욕탕의 주렴을 걷으면서 이마이는 이윽고 입을 열었다.

"왜? 설마 소식이라도 알고 있다는 말은 아니겠지."

미우라는 웃으면서 복도를 걸어갔다.

"……그냥 알고 있는 정도가 아냐. 난, 한때 연예계 담당이었으니까."

"연예계 담당? 호오, 그럼 그애가 배우라도 됐다는 말인가? 이거 그냥 흘려들을 수 없는 말이로군. 그래서, 지금은 어디서 뭘 하고 있는데?"

"그런데…… 그게……"

로비의 천창 아래까지 오자, 이마이는 우뚝 멈춰 섰다.

하루노 후부키가 딸로 보이는 미소녀를 데리고 계단을 내려오고 있는 것이다. 이마이는 저도 모르게 미우라의 옷자락을 부여잡았다.

"왜 그러나, 자네……"

미우라는 이마이의 시선을 따라 층계참을 올려다보았다. 미우라가 알아채기도 전에, 하루노 후부키는 벼락 맞은 사람처럼 그 자리에 우뚝 멈춰 섰다.

미우라는 두꺼운 안경을 벗고 다시 한번 현실을 확인하려는 듯 로비를 둘러보았다. 그리고 안경을 다시 쓰고는 얼굴을 번쩍 치켜들었다.

마주 보고 선 두 사람은 아무 말이 없었다. 잠시 동안 서로를 바라본 후, 미우라는 갑자기 낭랑한 목소리로 〈햄릿〉의 대사를 읊기 시작했다.

"당신이 결혼을 하겠다면 지참금으로 이 저주의 말을 선물하지. 얼음처럼 순결하고 눈처럼 순수해도 세간의 악담을 면할 수는 없을 거야. 수녀원으로 가, 어서!"

미우라가 허공을 향해 손가락을 가리키자 층계참의 하루노 후부키는 무릎을 꿇고 손을 모았다.

오필리아는 대답했다.

"아, 그처럼 고상한 마음씨가 이렇게 타락할 줄이야! 귀족다운 눈매, 무인다운 솜씨, 학자다운 구변, 만인의 기대와 이 나라의 꽃이요, 유행의 거울, 예절의 표본으로서 만인이 우러러보던 그분이 이제는 완전히 땅에 떨어졌으니. 그리고 이 몸은, 그분의 아름다운 꿀 같은 맹세를 빨아마시던 나는, 여성 중에서 가장 초라하고 불쌍한 신세가 되었어…… 되었어……"

이어지는 대사를 떠올리는 듯 하루노 후부키는 애절한 눈길로 천창을 올려다보았다.

중얼거리듯이 다음 대사를 이어가는 미우라의 입술은 떨리고 있었다.

"기억해봐, 후부키…… 고운 종소리."

후부키는 고개를 끄덕였다.

"고운 종소리가 울리는 듯한 고상하고 성스러운 그분의 이성이 거칠게 깨지는 소리를 들으며 비할 바 없는 그 모습, 꽃같이 젊은 자태가 광기에 시들어가는 것을,"

"지켜봐야 한다니!"

마지막 한 행을 두 사람은 입을 맞춰 외쳤다.

"아, 괴로운 이 몸. 과거의 그분의 모습이 눈에 선한데, 이제 와서 그런 모습을 봐야 한다니!"

미우라와 후부키는 마치 햄릿과 오필리아처럼 서로를 응시한 채 난간을 부여잡고 서로에게 다가갔다.

하루노 후부키는 소녀처럼 미우라의 가슴에 뛰어들고, 미우라는 후부키의 얼굴을 끌어안으며, 두 사람은 소리내어 울음을 터뜨렸다.

"세상에 어떻게 이런 일이. 선생님, 보고 싶었어요."

"왜 편지 한 통 보내지 않았니? 선생님은 네가 너무 걱정이 되어서 매일 밤 꿈까지 꾸었단다."

"그렇지만 선생님은 다른 곳으로 가버렸잖아요. 저도 선생님이 보고 싶어 매일 밤 꿈을 꾸었어요."

"도청이나 교육위원회에 물어보지 그랬니. 선생님은 네가 도쿄에서 나쁜 남자에게 속아넘어가지는 않을까 걱정이 돼서 잠도 이루지 못했어. 넌 솔직한 성격이니까 한번 빠져들면 끝장이라는 생각이 들어서 말이야. 고향의 어머니에게 전화를 해도 아무 소식이 없다 하고. 선생님은 계속 네 생각을 하고 있었단다."

미우라는 하루노 후부키의 야윈 어깨를 사랑스럽게 쓰다듬었다.

"이렇게 여위어갖곤…… 고생하며 살았나보구나. 나쁜 남자에게 속거나 하지는 않았겠지?"

하루노 후부키는 미우라의 가슴에 코를 부비면서 대답했다.

"물론 조금 고생은 했지만, 몸이 여윌 정도는 아니었어요. 나보다는 선생님이 더 여위신 것 같아요. 선생님, 아이들을 돌보느라 고생이 많으셨죠? 연극도 하고, 산으로 소풍도 가고, 눈보라 속에 서서 아이들을 보내고 또 맞이하고 그러시느라 이렇게 여위신 거죠?"

이마이의 귀에는 두 사람의 대화가 마치 〈햄릿〉의 이어지는 대사처럼 들렸다. 아니, 그것은 셰익스피어도 상상하지 못했을 만큼 너무도 드라마틱한 만남이었다.

"후짱……"

층계참에 소녀가 우두커니 서 있었다. 하루노 후부키는 눈물 콧물로 범벅이 된 얼굴을 들어올리고, 미우라를 향해 미소지었다.

"정말 여러 가지 일들이 있었어요. 저애, 제 딸이랍니다."

"그래. 엄마를 닮아서 참 예쁘구나. 마치 그때의 너를 보는 것 같아."

미우라는 울면서 웃었다. 입만 멍하니 벌리고 계단 아래에 선 채, 이마이 히데타로는 마음속으로 외쳤다.

역시 이놈에게는 졌어.

18

오쿠유모토 수국 호텔. 누구나 묘한 정감을 느끼는 이름의, 통칭 프리즌 호텔은 오랜만에 많은 손님을 맞은 덕에 저녁식사 준비로 부산하다.

주방에서 맛있는 냄새가 흘러들어오는 이 사무실에는 문양이 들어간 두루마기를 입은 세 남자가 작은 화톳불을 둘러싸고 앉아 무언가 심각한 대화를 나누고 있었다.

전혀 예상치 못한 손님의 방문으로, 업계 혈연관계로 말하자면 조카며 손자뻘에 해당하는 이들은 엄청나게 혼란스러워하고 있다. 벌써 이 세상 사람이 아닌 줄 알고 있던, 전대 총장의 동생이라는 인물이 갑자기 호텔에 나타난 것이다.

나카조 오야붕의 얼굴에는 굵은 땀방울이 맺혀 있었다.

"1944년에 체포되어 사형판결. 그러다 샌프란시스코 조약의 은사로 무기로 감형…… 정말 현기증이 나는 이야기로구먼."

동생 오소네는 옴팡눈을 찡그리며 컴퓨터에서 출력한 데이터를 열심히 살펴보고 있다.

"예입, 정말 그렇습니다. 형님, 강화조약의 전권대사가 누군지 아세요?"

"……글쎄, 누구였더라. 다나카 가쿠에이? 아니, 후쿠다 다케오였던가."

"그렇게 최근의 일이 아니라니까요. 아까 사전을 들춰보았더니, 놀라지 마세요, 요시다 시게루였답니다."

"오오, 정말 옛날 이야기로군. 갈대로 비녀 꽂고 향주머니 달고 다니던 시절."

"……형님, 그건 에도 시대고요. 하긴 정신이 아득해질 만한 이야기긴 하군요. 요시다 시게루라면 바로 사토 에이사쿠의 오야붕이 아닙니까? '씨팔, 국회 해산!' 으로 유명한."

"씨팔, 국회 해산…… 앗, 이런, 현기증이……"

정신이 아득해질 듯한 역사의 암흑 속에서, 둘은 더듬거리며 대화를 이어나갔다.

요시다 시게루라는 이름을 들어본 적도 없는 세대인 구로다는 비교적 냉정했다.

"하지만 오야붕, 1944년부터라면 미결까지 포함해서 오십이 년 동안 징역을 살았다는 말이 아닙니까? 세상에 어떻게 그런 일이 있을 수 있어요."

"있고 없고가 문제가 아냐. 어제 아침에 석방된 사람이 눈앞에 있으니 틀림없잖아. 징역 오십이 년이라니…… 앗, 이런, 눈앞이 새카매진다."

털썩, 하고 방바닥에 손을 짚는 나카조 오야붕의 등을 오소네가 떠받쳤다.

"이건 뭔가 잘못된 거예요, 형님. 보세요, 이 나라 법률에 따르면 무기징역이라 해봐야 십오 년 정도만 별 말썽 없이 지내면 대부분 석방이라고요."

"그런 걸 내가 왜 몰라? 아니까 이렇게 고민하는 거잖아."

"오마타 숙부, 혹시 노망기가 있는 건 아닐까요? 나왔다 들어갔다 하는 사이에 계산이 헷갈려서 1944년부터 들어갔다고 착각하시는 건……"

"네 이놈!"

나카조 오야붕이 오소네의 따귀를 후려쳤다.

"어디서 말도 안 되는 소리 하고 있어? 난 사가라 오야붕 집에 들어갔을 때부터 오마타 숙부를 알고 있었어. 그땐 '도박의 귀재 오마타'라면 모르는 사람이 없었어. 유명한 오야붕들이 모여 노름을 할 때면 늘 숙부가 나카봉을 맡았단 말이야. 오십 년밖에 안 되는 수형 생활을 했다고 노망이 들 정도로 호락호락하지 않아!"

나카조 오야붕의 주장에는 논리라고는 없었다. 앞뒤도 맞지 않는 이야기가 길어질 것 같아, 구로다는 서둘러 이야기를 가로막았다.

"오야붕, 그렇지만 그 얼굴에는 분명히 징역으로 인한 노망 징후가 나타나고 있습니다. 무리도 아니죠. 요즘 세상에는 오 년만 그 안에 들어가 있다 나와도 누구나 노망났다는 소리를 들어요. 그 유리알 같은 눈동자는 아무리 봐도 보통이 아닙니다. 그분은 오십이 년의 징역을 성실히 수행한 게 틀림없어요."

오십이 년의 징역을 성실히 수행했다는 구로다의 말은 너무도 노골적인 표현이었다. 세 사람은 거의 동시에 정신이 아득해져, 한 손으로 바닥을 짚으며 잠시 숨을 골라야 했다.

좋아, 하고 나카조 오야붕이 입을 열었다.

"어이, 가능한 한 구체적인 햇수는 입에 담지 않도록 해. 도대체 이야기가 앞으로 나아가질 않잖아. 어쨌든, 어쨌든 말이야, 오십 년…… 아니, 오랜 징역생활을 마친 후에 제일 먼저 나를 찾아오셨다니 이 얼마나 고마운 일인가. 그에 걸맞게 환영식을 거행해야지."

오소네는 해골처럼 툭 튀어나온 미간을 찌푸렸다.

"그렇다면 형님, 바로 본부에 연락해서 간부 전원을 집합시키도록 하지요."

"아냐, 잠깐. 지금은 경제문제와 주주총회 준비 때문에 모두들 제정신이 아냐. 자리를 비울 틈이 없어. 환영식은 총선이 일단락된 다음에 해도 돼."

거물 총회꾼의 말에는 누구도 이의를 제기할 수 없는 설득력이 있었다. 금테 안경을 밀어올리고 갑자기 지적인 표정을 지으며 나카조 오야붕이 말했다.

"일단 우리끼리 오십 년…… 아니, 오랜 징역생활을 위로해드리도록 하지. 너무 형식을 따지면 본인도 부담스러울 테니 오히려 예의와 격식을 차리지 않는 게 좋을 게야."

"그럼, 일단 대연회실에서 연회를……"

일어서려는 구로다의 옷자락을 오야붕이 잡아끌었다.

"잠깐, 아키라. 아무리 우리끼리라고는 하지만 술 마시고 떠들기만 해서는 멋이 없어. 석방 기념 노름판 같은 건 어때?"

바로 그겁니다, 하듯이 구로다는 손뼉을 쳤다.

"아하, 그것 정말 좋은 아이디어로군요, 오야붕. 다행히 오소네 숙부네 젊은이들이 많이 와 있으니까 대성황을 이룰 겁니다."

"좋아, 그렇다면 일단 우리 애들을……"

하고 오소네가 일어서는 바로 그 순간, 사무실 문이 스윽 열리면서 오마타 야이치의 자그만 얼굴이 불쑥 안으로 들어왔다.

"흐앗! 수, 숙부!"

"으악, 오마타 할아버님!"

"무, 무슨 용건으로 이렇게……"

놀라는 세 사람을 아랑곳하지 않고, 오마타 야이치는 맑디맑은 유리알 같은 눈동자를 데굴데굴 굴리며 신기하다는 듯 주위를 둘러보았다.

"흠, 기계 같은 것들이 잔뜩 있구먼. 공장인가, 여긴?"

"……아닙니다. 공장이 아니라 호텔 사무실입니다."

구로다는 머뭇거리며 대답했다.

"위험하진 않은가? 만지다가 전기가 오르면 어떡하나. 난 말이야, 어릴 적부터 기계 만지기를 좋아했다네. 어른이 되면 엔진을 만드는 발명가가 되고 싶었어."

메마른 바람 같은 목소리로 말하면서 오마타는 곁에 놓인 복사기를 만져보았다. 그러다 스위치를 건드렸는지, 갑자기 기계가 섬광을 발하기 시작했다. 히잇! 하고 놀라며 오마타는 뒷걸음질을 쳤다.

"괜찮습니다, 할아버님. 이놈은 복사기라고 하는데, 에, 뭐라고 하면 좋을까. 즉, 인쇄기지요."

"……인쇄? ……엣, 그러니까 전기식 등사판인가보구먼."

구로다는 오래 전에 세상에서 모습을 감춰버린 '등사판' 이란 물건을 떠올리고 애절한 기분에 사로잡혔다. 아마도 오마타는 청사진 복사기도 모르고 있을 것이다.

"도대체 하나에서 열까지 모조리 바뀌어버렸구먼. 여기 단추가 잔뜩 달린 텔레비전은 뭔가?"

오마타는 컴퓨터를 바라보았다. 마치 곤충 집을 살펴보는 소년과 같은 눈으로, 모니터를 보고서 더듬더듬 키보드를 눌러본다.

"그런데, 나카조."

"예입, 말씀하십시오, 숙부."

"한 가지 부탁이 있네만."

야이치는 키보드를 만지작거리면서 말하기 어렵다는 듯한 표정으로 입을 열었다.

"미안하지만 오늘밤 노름 한판 벌이게 해줄 수 없겠나? 거창하게 하자는 게 아니야. 화투나 주사위도 좋고, 마작이라도 괜찮아."

"아, 마침 저희도 그 이야기를 하는 중이었습니다. '도박의 귀재 야이치' 의 석방 축하 도박판!"

겸연쩍은 듯 고개를 숙이고 손가락을 놀리면서, 야이치는 빙그레 웃었다.

무겁게 가지를 늘어뜨린 벚나무에서 여기저기 꽃봉오리가 터져 나오고 있다.

이 꽃봉오리들이 한꺼번에 피어나면 얼마나 멋질까, 하고 하나자와 시게루는 차고의 셔터를 내리면서 생각했다.

아마도 중학교 수학여행 때 보았던 마루야마 공원의 벚꽃보다 더 멋질 것이다. 주방장 말에 따르면, 옛날 여기에는 멋진 일본식 정원이 있었다고 한다. 연못을 메워 소프트볼 운동장을 만들고 송림을 벌채하여 주차장을 만든 오야붕도, 이 거대한 벚나무만은 그대로 남겨두었다.

바닥까지 늘어진 늙은 가지를 받침용 쇠막대기로 지탱하며, 벚나무는 이 호텔의 주인처럼 우뚝 서 있다. 뿌리께에는 오야붕이 멋진 필체로 휘갈겨 쓴 '석방 사쿠라' 라는 팻말이 꽂혀 있다.

꽃이 필 즈음에 찾아오는 손님은 행복하다. 징역을 마치고 나온 사람이건 이제부터 자수하러 가는 사람이건 활짝 핀 '석방 사쿠라' 꽃은 그 황량한 마음을 부드럽게 녹여줄 것이다.

정원의 벤치에는 후지산실에 묵고 있는 소녀가 동그마니 앉아 있었다. 검은 옷을 입은 모습이 추워 보인다. 마치 꽃이 피어나길 기다리고 있는 듯, 살짝 분홍색 봉오리를 내민 벚나무 가지를 바라보고 있다.

시게루는 장화 소리를 울리면서 소녀에게 다가갔다.

"계속 보고 있다고 빨리 피진 않아."

뒤를 돌아보는 소녀의 아름다움에 시게루는 몸을 움찔했다. 눈부셔. 너무도 눈부시다.

마치 벚나무의 요정이 나타난 것 같은 느낌에, 시게루는 어쩔 줄 몰라 당황했다.

"어머니는 얼굴이 영 아니던데…… 넌 정말 예쁘구나……"

"고마워, 오빠. 그렇지만 후짱은 아주 멋진 사람이야. 사쿠라는 도저히 따라갈 수 없어."

"사쿠라? ……너, 이름이 사쿠라야? 역시 내 그럴 줄 알았지."

소녀는 틀림없는 벚나무의 요정이다. 텔레비전에 나오는 애송이들하고는 차원이 다르다고 시게루는 생각했다.

"어머니는 뭘 하고 있니?"

"후짱은 우연히 중학교 때 선생님을 만났어. 봐, 저기."

소녀는 작은 나뭇가지처럼 가느다란 손가락으로 로비의 창을 가리켰다. 어머니가 창가 소파에서 미우라 선생과 이야기를 나누고 있다.

"웩! 말도 안 돼, 네 어머니가 미우라 선생의 제자라니! 우왓, 믿을 수가 없어."

"응, 믿을 수 없는 일이지만 사실이야. 홋카이도의 산골짜기 분교에서 선생님 한 명 학생 한 명, 단둘이서 수업을 했대. 정말 어떻게 이런 우연이 다 있담."

"……하기야, 여긴 무슨 일이 일어나도 이상하지 않은 호텔이니까. 그렇다 하더라도 정말 무서울 정도의 우연이네."

"응. 그렇지만 오빠, 우연으로 설명되지 않는 일은 없는 법이야."

이애, 어딘가 좀 이상한데, 하고 시게루는 생각했다.

말투 하나하나가 너무도 연극적이다. 몸짓에서도 어린애다운 군더더기를 찾아볼 수 없다. 그런 몸짓이 소녀를 인간과 동떨어진 요정처럼 보이게 한다.

소녀는 벚나무 가지를 바라보며 작게 한숨을 토해냈다. 긴 속눈썹을 깜빡인다. 저 멀리 봉우리 아래로 잠겨가는 저녁 햇살이 투명한 피부를 환하게 비춰주고 있다.

"너, 몇 살이야?"

"이번에 중학교 이학년. 그런데 학교에는 잘 안 가."

"에? 왜? 벌써부터 농땡이 치면 곤란한데."

"연극 연습 때문에……"

역 대합실에서 터무니없이 큰 소리로 발성연습을 하던 소녀의 모습이 떠올랐다. 그 순간, 시게루는 소녀의 모든 것을 알아버린 것 같은 느낌이 들었다.

왜일까. 마치 앨범을 보기라도 한 듯 소녀의 십삼 년간의 인생이 뇌리에 떠오른 것이었다. 아마도…… 하고 시게루는 생각했다.

아마도 이애는 어머니가 남몰래 낳은 아이일 것이다. 아버지는 필시 유명한 배우일 테고, 이애도 언젠가는 배우의 길을 걸을 것이다. 마치 봄이 오면 꽃이 피어나는 것처럼, 확실하게 정해진 미래의 길을 이애는 걸어갈 것이다. 그래서 학교에도 가지 않고, 작은 새의 지저귐 같은 목소리로 악을 쓰고, 연극 대사처럼 말을 하고, 또 그런 생활에 조금도 의구심을 품지 않고 있는 것이다.

그런 생각을 하는 순간, 시게루의 가슴은 종을 치듯이 울렁거렸다. 도대체 왜 이러는 걸까. 이런 기분은 태어나서 처음이다.

"저어, 나……"

"왜 그래, 오빠?"

"나, 팬이 돼도 괜찮을까?"

소녀는 적절한 말을 찾으려는 듯 꼭두서닛빛 하늘을 올려다본 다음, 천천히 얼굴을 돌리며 활짝 웃었다.

"나, 불량한 놈이긴 하지만, 여자 꽁무니만 따라다니는 그런 놈은 아냐. 그래서 이런 감정을 어떻게 표현해야 할지는 잘 모르지만, 네가 좋으니까, 그냥 팬이 되고 싶은데……"

"고마워, 오빠. 사쿠라는 정말 기뻐. 오빠는 내 첫번째 팬이야. 잘 부탁해."

도대체 내가 왜 이런담. 가슴이 두근거리고 등이 스멀거린다. 머리가 어떻게 된 게 아닌가 생각하면서, 시게루는 결국 어울리지 않게 눈물을 흘렸다.

"왜 그래, 오빠?"

한텐 소매로 눈두덩을 훔치면서 시게루는 느낀 그대로 말했다.

"나도 몰라. 여태 불량한 친구들과 어울려 다니며 싸움질만 했는데, 여자라고는 머리에 물들이고 화장한 날라리들밖에 모르는데, 아무래도 네가 좋아진 것 같아. 웃지 마, 이 자식."

이애는 필시 아이돌 스타가 되어 텔레비전이나 영화에 출연할 것이고, 그때는 이미 나를 잊어버리고 말 것이라는 생각이 들었다. 나는 야쿠자이므로 더이상 가까이 접근해서는 안 된다, 라고 시게루는 생각했다. 만일 구로다 대장이라면, 분명히 거리를 두었을 것이다.

"나중에 사인이나 하나 해줘. 평생 소중하게 간직할 테니까."

시게루는 소녀를 뒤로하고 정원을 떠났다.

문득 작은 새의 날갯짓 같은 소리가 들리는가 싶더니, 소녀의 아름다운 얼굴이 가까이 다가왔다. 그러고는 가느다란 팔로 목을 감았다.

"고마워요, 오빠."

멍하니 서 있는 시게루의 볼에 입을 맞추고, 소녀는 바람에 날리는 꽃잎처럼 달려가버렸다.

19

하나자와 가즈마는 저녁노을에 물든 지배인실에서 오랫동안 고민에 잠겨 있었다.

호텔 경영에 대한 일은 아니다. 손님은 적지만 어쩌다 찾아오는 단체손님은 모두 의리가 있어서, 터무니없는 숙박비에 불평을 하기는커녕 돌아가는 길에는 반드시 두꺼운 사례금 봉투를 놓고 간다.

그래서 오히려 같은 규모의 다른 호텔에 비하면 매상이 훨씬 많다.

불건전한 매상고이기는 하다. 그러나 장부상의 경영 실적은 확실히 매우 건전하다.

하나자와 지배인이 고민하고 있는 것은 핫토리 마사히코 요리사의 처우에 관해서이다.

핫토리는 서른다섯이라는 젊은 나이에 크라운 호텔의 요리장으로 근무할 정도로 업계의 에이스 대접을 받았다. 세계 최대의 호텔 체인인 크라운 호텔의 수백 명이나 되는 요리사 중에서도 가장 장래가 촉망되던 인재였다.

총요리장은 일찍이 그의 재능을 간파했다. 일본 요리계의 권위라 할 수 있는 총요리장은 엄격하기로 소문난 인물로, 한 번도 제자를 칭찬한 적이 없다. 요리사는 장인이라는 것이 그의 지론이다.

그 명망과 권위 때문인지, 뒤를 이를 제자는 좀처럼 나오지 않았다. 그가 칠십다섯의 나이에도 불구하고 계속 이사직을 유지하며 은퇴하지 못하는 이유는 오직 하나, 후계자가 없기 때문이다.

총요리장은 십 년도 더 전부터, 핫토리 마사히코야말로 자신의 후계자에 합당한 인물이라고 결정해두고 있었다. 그래서 많은 선배들보다 먼저 핫토리를 유럽으로 유학 보내고, 귀국하자마자 호텔 그룹의 간판이라 할 수 있는 아카사카 크라운 호텔의 요리장으로 발탁했던 것이다.

복잡한 사정들이 있었다고는 하지만, 결국 제 손으로 애제자를 내친 격이 된 총요리장의 마음은 얼마나 괴로웠을까.

크라운에 입사한 이래로 계속 창가만 지키는 호텔맨이었던 하나자와 가즈마는 총요리장과 일면식도 없었다. 그러나 호텔이 무엇인지를 누구보다 잘 아는 그로서는, 후계자를 잃은 늙은 장인의 고뇌가 얼마큼 커다란 것인지 너무나 잘 알 수 있었다.

요리는 호텔의 꽃이다. 그리고 일류 호텔의 주방은 요리문화의 핵심이다.

늙은 총요리장의 전화 목소리가 귀에서 떨어질 줄 몰랐다.

'하나자와 군, 부탁하네. 자네가 핫토리를 설득해주게. 이제 와서 돌아오라고 말하는 것도, 자네에게 중개를 부탁하는 것도 체면이 서지 않는 일이란 것은 잘 알고 있네. 그러나 호텔 경영자 측에서 어떻게 생각하건 간에, 핫토리가 돌아오지 않으면 나의 육십 년 요리 인생은 이대로 허무하게 끝나고 말아. 아냐, 단지 개인적인 문제라고 할 수도 없는 일이지. 내가 선대로부터 이어받은 전통의 불꽃이 꺼지고 마는 거야. 지금 나는 그 책임이 얼마나 무거운 것인지 절실히 느끼고 있다네. 하나자와 군, 제발 부탁하네. 머리 숙여 사정하고 싶은 심정이야. 부디 자네가 그를 좀 설득해줄 수 없겠나?'

아마도 그 순간, 그 엄격하고 오만한 총요리장은 집무실 책상에서서 요리사 모자를 벗어들고 정말로 머리를 숙였을 것이다. 거대한 호텔 안에서 유일하게 손님에게 머리를 숙이지 않는, 유일하게 그럴 필요를 느끼지 않는 인물이, 병든 몸으로 그 자랑스런 요리사

모자까지 벗어들고 고개를 숙이고 있는 것이다. 하나자와는 끝내 대답을 하지 못하고 수화기를 놓았다.

생각다 못해, 하나자와는 가지 주방장을 불러들였다.

가지 주방장은 하나자와가 가장 다루기 힘든 인물이다. 일류 호텔의 총지배인과 총요리장의 묘하게 껄끄러운 관계는 이 호텔에서라고 예외가 아니다.

부하 중의 한 사람임에는 틀림없지만, 주방은 침범할 수 없는 성역이다. 따라서 총요리장은 유일하게 지배인의 권위가 이르지 못하는, 일종의 성자라 할 수 있다.

게다가 가지 주방장은 선대 경영자 시절부터 근무해온 고참 스태프가 아닌가. 그리고 명인이라는 이름에 어울리는 대단한 요리인이다. 입 밖에 내어 말은 하지 않지만, 하나자와는 그만한 솜씨를 가진 주방장을 여태껏 본 적이 없다. 명인에 대한 경외감이 하나자와를 더 위축시키고 있었다.

가지 주방장은 미간에 주름을 잡고 시무룩하게 지배인실로 들어섰다.

"무슨 일입니까, 지배인. 지금 바쁜 시간대인데."

이 표정은 누군가와 닮았다. 그래…… 하나자와는 문득 생각이 났다.

크라운 호텔의 총요리장의 표정과 비슷하다. 근엄하고 오만하고 자부심 강한 얼굴이.

"아, 바쁜데 미안합니다. 자, 여기 좀 앉으시죠."

주방장은 기둥시계를 힐끗 바라보더니, 탐탁지 않은 표정으로 소파에 앉았다.

"사실은 말입니다, 주방장. 핫토리에 관한 일인데요."

험악한 표정이 한층 더 험악해졌다.

"아, 이야기는 들어 알고 있습니다. 크라운에서 돌아오라고 한다면서요."

"그렇습니다. 저, 만일에 말입니다. 만에 하나 핫토리가 가버린다면, 주방에 무슨 지장이라도 있을까요?"

주방장은 기가 차다는 듯 하나자와를 쳐다보았다. 무슨 바보 같은 소리를 하느냐는 표정이다.

"이보쇼, 지배인. 핫토리가 얼마나 대단한 요리사인 줄은 당신도 알고 있잖소?"

"물론 잘 알지요."

"그런 사람이 빠져서 지장이 생기지 않는 주방은 없을 거요. 이런 산골짜기 호텔에서 그런 보석을 썩히는 건 정말 아까운 일이긴 합니다. 하지만 주방을 지휘하는 내 입장에서 보자면, 평생에 한 번 만날 수 있을까 말까 한 사내란 말이오."

하나자와는 거짓말을 못 하고 협상이란 것을 모르는 성격이다. 고민하던 것을 있는 그대로 주방장에게 말하기 시작했다.

"사실은 말입니다, 주방장. 크라운 호텔의 총요리장에게서 세 번이나 연락이 왔습니다."

핫토리를 어떻게 하면 좋을지 개인적으로 주방장에게 물어보고 싶었다. 핫토리를 보내는 것은 호텔의 손실임에 틀림없다. 그러나 그의 재능은 사회의 이익이다. 호텔은 공적인 그릇, 이라는 뚜렷한 신념을 가진 지배인의 마음은 흔들리고 있었다.

이야기를 다 듣고 난 다음, 가지 주방장은 조용히 말했다.

"우린 장인이오, 지배인."

말뜻을 새겨볼 여유도 주지 않고 주방장은 말을 이었다.

"장인에게는 장인의 자부심이란 게 있는 법이오. 한번 쫓겨난 주방으로 다시 돌아간다는 것은 말도 안 됩니다."

"알아요, 그건 저도 잘 알죠."

"크라운 호텔도 문제가 많소. 도대체가 제멋대로란 말이오. 만일 돌아오게 하고 싶다면 거기에 맞는 자리를 내놓아야지. 이를테면, 그 총요리장 자리를 핫토리에게 내주겠다면 또 이야기가 달라지지. 그 나이에 천하의 크라운 호텔 그랑 셰프로 만들 만한 배짱이 있다면 말이오."

가지는 큰 소리로 웃었다. 그러나 다음 순간, 그 얼굴은 심각하게 굳어버렸다.

"주방장, 크라운 호텔의 총요리장도 그런 말을 하더군요."

"……뭐라고요?"

"핫토리가 돌아오면 이사직과 동시에 총요리장 자리를 주겠다고 합니다. 벌써 임원회의에서 결정되었다고 해요."

가지 주방장은 미간에 주름을 잡고 창밖의 저녁 경치를 바라보았다.

"그놈이? ……핫토리가 천하의 크라운 호텔을 지휘한다, 천황 폐하의 식단을 짠다, 만찬회 메뉴를 정한다, 그놈이……"

핫토리 마사히코는 도마 위에 놓인 가지 주방장의 칼을 집어들었다.

"셰프, 안 돼요. 주방장이 보면 큰일나요."

젊은 요리사가 놀라서 외쳤다.

"이야, 언제 봐도 정말 멋진 칼이야…… 치요즈루 고레히데. 도대체 일본에 이런 칼이 몇 자루나 있을까?"

"글쎄요, 교토의 요정에 가보처럼 전해져 내려오는 게 하나 있다고는 하는데, 그냥 보기만 할 뿐이지 사용하지는 않는다고 하더군요. 실제로 이런 칼로 생선을 다듬는 사람은 우리 주방장밖에 없을 겁니다."

또 한 자루, 니혼바시의 가게 쇼윈도에 있는 것을 핫토리는 본 적이 있다. 한번 꺼내서 보자고 했더니 아무리 아카사카 크라운 호텔의 핫토리 셰프라 해도 안 된다고, 그 가게 주인에게 보기 좋게 거절당한 적이 있었다.

막부 말기의 도공 조운사이 쓰나토시가 폐도령 후에 만든 천하일

품 '치요즈루' 란, 그 정도로 보물이다.

정말 멋진 물건이다. 이것에 비하면 파리에서 산 졸링겐 따위는 장난감 수준이다.

교토의 일류 요정의 주방장조차 선반에 모셔두고 사용하지는 않는다. 유서 깊은 철물점에서는 '비매품' 으로 쇼윈도에 장식만 해두고 있다. 치요즈루가 몇 자루나 더 있는지는 모르겠지만, 아마도 그것들도 하나같이 비장품으로 간직되어 있을 것이다.

그것을 다룰 수 있는 주방장은 없다. 누구든 그 칼의 힘에 굴복하고 만다.

파리에서 입수한 졸링겐 식칼도 자유롭게 사용할 수 있기까지 수년의 세월이 필요했다. 가게에 진열된 강인한 철과 예리한 칼날이, 자신을 사용할 자를 선택하는 것이다.

가지 주방장은 그야말로 명인 중의 명인이라고 핫토리는 생각했다. 치요즈루를 자유자재로 사용할 수 있는 가지 주방장은, 치요즈루에게 선택받은 유일한 요리인임이 분명하다.

"알고 계세요, 셰프? 주방장이 그 칼로 돔을 요리하면요, 그놈은 제 살점이 뜯겨나가는 것도 몰라요. 살을 다 발라내도 눈을 끔뻑거리고 있다니까요. 입 안에서 살점이 움직인다는 말은 좀 기분 나쁘지만 사실인걸요."

몇 번이나 눈으로 확인한 사실이다. 눈부신 칼질에 매혹당했다는 정도의 말로는 부족하다. 마치 마술이나 기적을 보는 것 같았다.

갑자기 주방장의 고함 소리가 터져나왔다.

"뭘 하고 있어, 핫토리! 네놈이 그걸 잡으려면 아직 십 년은 더 있어야 해!"

제자들은 모두 거북처럼 목을 움츠렸다.

"아, 죄송합니다, 주방장. 구경하다보니 그만……"

주방장은 핫토리의 손에서 치요즈루를 빼앗아들더니 조심스럽게 칼날과 칼잡이를 닦아냈다.

"대체 무슨 생각을 하는 거야? 일 좀 잘한다고 기어오르지 말라고."

"딱히 그런 생각은……"

주방장은 독수리같이 날카로운 눈으로 핫토리를 노려보았다.

"대단하시더군, 핫토리."

지배인에게 불려간 것은 분명 크라운 호텔 건 때문이다, 하고 핫토리는 직감했다. 주변머리 없는 지배인은 들은 그대로 주방장에게 전했을 것이다.

"흥, 요리학교를 나와서 크라운 호텔 주방을 거쳐 파리의 레스토랑에서 수업을 마치고 이런 산골짜기 주방에 와서 좀 쉴까 했더니 문화훈장까지 받은 총요리장의 눈에 들어서 돌아오라고 부른단 말이지. 당장 짐 꾸려서 도쿄로 가버려. 사람 놀리는 것도 정도가 있는 거야."

핫토리는 화가 나기 앞서 슬펐다. 이 늙은 주방장을 마음 깊이 존경하고 있다. 고작 일 년이라는 짧은 기간이었지만 가지 주방장은 크라운의 주방이나 파리의 레스토랑 못지않게 많은 기술들을 자신에게 가르쳐주었다. 아직 배울 것이 한참 남아 있다.

"주방장, 나는……"

말로는 표현할 수 없는 감정이 가슴에 가득 차올라, 핫토리는 눈물을 글썽였다.

무엇을 어떻게 표현해야 좋을지 몰랐다. 몸으로 기억한 것을 어떻게 말로 표현할 수 있을까.

당신은 어떻게 그렇게 많이 친 소금 맛을 없애버릴 수 있는 건지.

당신이 만드는 요리는 어떻게 그렇게 향기롭고 달콤할 수 있는 건지.

당신이 만드는 죽은 어떻게 쌀알 하나하나가 병사들처럼 같은 규격으로 줄을 설 수 있는 건지.

당신은 어떻게 반년씩이나 소금에 절여놓은 채소를 방금 밭에서 뜯은 것처럼 싱싱하게 만들 수 있는 건지.

당신이 칼로 자른 생선, 고기, 채소는 어떻게 계속 숨을 쉬고 있는 건지.

당신이 만든 음식은 어떻게 입에 들어가는 순간 모든 사람을 미소 짓게 만드는 건지.

어떤 무뢰한이라도 회 한 점, 채소 한 조각 남기지 않고 다 먹어치우는 것은, 어째서인지……

"……뭐야, 자네. 왜 울고 난리야? 내일 당장 쫓겨날 중도 아니고, 조금 야단맞은 게 그렇게 억울해?"

"그런 게 아니라……"

핫토리는 사람들의 눈길도 의식하지 않고 고개를 숙였다.

"난, 주방장을 무시한 적은 한 번도 없습니다."

가지 주방장은 입술을 씰룩이며 쓴웃음을 지었다.

"알았어, 핫토리. 젊은이들 앞에서 이런 꼴 보이는 건 좋지 않아. 자네는 이놈들과는 근본이 달라. 언젠가는 천하의 크라운 주방에서 재능을 꽃피울 자네가, 이런 온천 호텔 주방에서 야단맞은 것 정도로 풀이 죽어서야 어디 말이나 돼?"

주방장은 그렇게 말하고 핫토리의 어깨를 향해 수건을 던졌다.

"주방장, 난, 유명해지고 싶은 마음은 추호도 없습니다."

"자네가 그러고 싶지 않아도 주위에서 그렇게 만들어줄 거야."

부끄러움 때문에 온몸이 가려울 지경이었다.

"그렇지 않아요. 난, 어머니가 일찍 돌아가신 후 아버지와 살면서 매일 밥을 지어야 했습니다. 아버지와 형과 동생들이 즐거워하는 모습을 보고 싶어서 매일 열심히 밥을 지었어요. 그래서…… 어떻게 하면 맛있는 걸 만들 수 있을지만 생각했어요. 이름을 날릴 생각은 절대로 없습니다. 천황 폐하의 식단이나 만찬회 음식 같은 건, 사실은 난, 만들고 싶지 않아요."

가지 주방장은 한숨을 쉬고 한마디 중얼거렸다.

"핫토리…… 자네는 역시 천재야."

20

해가 저물고, 고갯마루 낙엽송 위에는 붉은 보름달이 떠올랐다.

스위트룸의 넓은 테라스. 가든 세트에 걸터앉아 나는 일 년 중 가장 내가 좋아하는 봄날 저녁의 어둠에 잠겨 있었다.

바람은 술렁대고, 습기 찬 밤기운이 무척 상쾌하다. 가까운 숲에서 부엉이가 울고, 저 먼 산봉우리 위로는 은하수가 흐르고 있다.

기요코와 미카는 내가 있는 테라스 쪽의 동태를 살피면서 저녁을 먹고 있다.

밥이 목에 넘어가지 않는다는 말이 비유가 아닌 현실이라는 것을 비로소 깨달았다. 지난 며칠 동안 나는 거의 식사다운 식사를 하지 못했다.

아마 누가 봐도 내가 내일의 심사결과 발표를 앞두고 긴장하고 있는 것으로 보일 것이다. 그러나 술렁이는 마음은 그 때문이 아니다. 도미에는 지금쯤 어디서 뭘 하고 있을까. 그런 생각만 해도 입술은 굳어버리고 목은 막혀버린다.

저녁식사에 손도 대지 않는 나를 위해, 셰프가 최고급 와인과 오르되브르를 가져다주었다.

작은 목제 샐러드볼에 향기로운 봄나물과 엷게 썬 마늘 안주가 놓여 있다. 그냥 그것뿐인데, 와인을 한 모금 머금자 식욕을 느끼게 되는 것은 또 무슨 이유일까.

봄나물 한 젓가락을 집어 입 안에 넣는 순간, 나는 드레싱의 맛과 나물 향기의 멋진 조화에 나도 모르게 입을 딱 벌리고 말았다.

"아…… 이 맛. 과연 달인의 솜씨야."

핫토리 셰프는 와인을 테이블 위에 놓고 자부심을 상징하는 셰프 모자를 벗더니 정중하게 머리를 숙였다.

이 요리사와 언젠가 한 번쯤 이야기를 나눠보고 싶었다. 예전에는 텔레비전 요리 프로그램에 자주 나오곤 했다. 저서도 많다고 한다. 나와 비슷한 나이에 그 유명한 아카사카 크라운 호텔의 요리장을 역임했으니, 달인이라기보다도 천재라 해야 할 것이다.

도대체 어떤 사연이 있어 이런 산골짜기 호텔 주방에 온 걸까. 여기서는 타인의 과거를 묻는 것이 금기시되어 있으므로 캐물을 수는 없다. 그렇지만 너무도 신기하면서 또한 이상한 일이다. 설마 흉악범일 리는 없겠지.

와인으로 목을 적시고 다시 봄나물을 입에 넣으면서, 나는 고개를 끄덕이며 음, 하고 감탄의 소리를 냈다. 기름으로 튀긴 마늘 슬라이스와 나물의 화음은, 그야말로 바이올린과 비올라의 선율 같았다.

"먹는 사람이 소리를 내면 아직 요리가 멀었다는 증거라고 합니다."

그러면서 셰프는 씁쓸하게 웃었다.

"그건 무슨 말입니까?"

"정말 맛있는 음식은 먹는 순간 말도 안 나오고 홱 돌아버립니다. 웃음이 마구 솟구쳐 오르고요."

과연, 그럴지도 모른다. 셰프는 나를 웃게 만들지 못한 자신의 음식 솜씨를 부끄러워하듯 테이블 곁에 고개를 숙이고 서 있다.

"크라운 주방에 들어갔을 때 스승께서 그렇게 말씀하셨지요. 제 요리를 먹은 분들은 한결같이 칭찬을 해주시지만, 전 아직 사람을 웃게 만들지는 못합니다."

"스승이라면 어느 분을 말하는 거죠?"

"크라운 호텔의 총요리장입니다."

"아, 그 문화훈장을 받은……"

유명한 그 노장 요리인의 이름을 내가 입에 담는 순간 핫토리 셰프는 바늘에 찔린 것처럼 얼굴을 찡그렸다. 나는 눈앞에 있는 이 젊은 요리사가, 호텔을 찾아오는 다른 손님과 마찬가지로 어떤 깊은 슬픔을 간직하고 있다는 것을 알아차렸다.

나는 화제를 바꾸었다.

"이런 맛있는 음식을 만들 수 있다는 것은 솜씨라든지 기술의 문제가 아니라, 어떤 감성적인 비결이 있기 때문이 아닌가 싶은데요. 즉, 장인의 영역을 넘어선 정신적인 무언가가……"

아, 하고 셰프는 둥근달을 쳐다보며 잠시 생각에 빠졌다.

"비결이라 할 수 있는지는 모르겠지만, 어릴 적부터 제가 가족들의 식사를 만들었거든요……"

"오호, 역시 대단히 감성적인 이야기가 아닙니까."

"남자들만 사는 집이다보니 어쩔 수 없었지요. 새어머니가 들어오는 건 불편할 것 같아서 싫었으니까요. 그래서 아버지에게 돌아가신 어머니가 만든 음식만큼 맛있는 걸 해드리자는 생각을 했습니다. 어머니는 요리를 좋아하셔서 책이라든지 요리 메모를 많이 남겨주셨는데, 초등학교 시절부터 공부는 제대로 하지 않고 그걸 보면서 열심히 음식을 만들었죠."

"과연, 그 결과 이렇게 된 거군요."

나는 문득, 이 남자는 지금도 아버지나 형제를 위하는 마음으로 계속 요리를 하고 있는 게 아닐까란 생각이 들었다. 비결이라고 하는 걸로 봐서 본인도 그런 느낌을 알고 있을 것이다. 정신적인 경지 정도가 아니라 지극히 갸륵한 마음이다.

"매일 아버지와 형제의 도시락을 만들었지요. 간식으로 케이크도 구웠습니다. 그래서 요리학교에 들어갔을 즈음에는, 선생이 깜짝 놀랄 정도로 뭐든 다 할 수 있게 되었어요."

그런 진솔한 이야기를 들으면서 나는 참담한 기분에 사로잡혔다. 어딘가 나와 닮은 점이 있다는 생각이 들었던 것이다.

고독한 소년이었던 나는 늘 이야기를 꿈꾸며 내 멋대로 그려본 파라다이스를 노트에 끼적였다. 그 결과, 소설가가 되었다.

나의 행위는 현실로부터의 도피이며, 셰프의 행위는 현실 그 자체이다. 그러나 필요에 따라 그렇게 되었다는 것만은 똑같다.

정말로 뛰어난 작품은 그것을 누리는 사람을 감탄케 하는 것이 아니라 웃게 만든다. 행복하게 만든다.

나는 소중한 것을 깨달은 듯한 느낌이 들었다.

방에서 기요코와 미카의 웃음소리가 들려왔다. 나는 뒤를 돌아보며 아내와 딸을 나무랐다.

"어이, 버르장머리 없이 밥 먹다가 왜 웃고 난리야? 밥을 먹든지 웃든지 둘 중 하나만 해."

예, 하고 두 사람은 다시 행복한 웃음을 터뜨리기 시작했다.

핫토리 셰프는 내 얼굴을 바라보며 웃었다.

"바로 저겁니다, 선생님. 이곳 주방장은 정말 명인입니다. 아무리 깊은 사연을 품은 손님이 오더라도 식사 때만 되면 호텔이 온통 웃음바다로 변하잖습니까."

듣고 보니 그런 것 같기도 하다.

지금까지 사방으로 도미에를 찾았다. 그러나 고민만 하고 있다고 해결될 문제가 아니지 않은가.

"선생님, 와인이나 샐러드보다는 주방장의 음식을 드셔보세요. 반드시 웃음이 터져나올 겁니다."

핫토리 셰프는 달빛에 하얀 옷을 비추면서, 밥상을 손가락으로 가리켰다.

대연회실에서는 두루마기 차림의 야쿠자들이 배고픈 것도 잊고 온갖 아이디어를 짜내고 있었다.

중앙에 새하얀 천으로 덮은 다다미가 가로로 두 장 놓이고, 양측으로 방석이 가지런히 배치되자, 그럭저럭 고색창연한 노름판이 완성되었다.

"그럼 오야붕, 리허설을 해보시죠."

구로다가 말하자 나카조 오야붕은 천천히 두루마기를 벗고 기모노에서 한쪽 팔을 불쑥 빼냈다. 화려한 문신을 드러내며 금테 안경 속에서 눈을 날카롭게 번득인다.

"홀, 짝, 다 들어왔습니다. 자, 갑니다. 이의 없으시죠?"

오른손에는 주발, 왼손에는 두 개의 주사위를 잡고 오야붕은 구로다와 오소네를 노려본다.

"가시죠!"

두 사람이 낮은 목소리로 대답했다.

"자, 갑니다!"

오야붕의 두 손이 움직였다. 그와 동시에 두 개의 주사위가 허공을 날았다.

"형님, 안 들어갔어요!"

나카조 오야붕은 주발 안을 들여다보고 저 멀리 날아가버린 주사위를 바라보며 겸연쩍게 휘파람을 불었다.

"형님도 이제 늙으셨군요. 종전 직후에는 사쿠라회 최고의 나카봉이었던 형님이…… 아, 무상한 세월이여. 이러다간 손가락이 몇 개 더 있어도 모자라겠어."

"이른 봄이여, 벚꽃 피는……"

"얼렁뚱땅 넘어가려 하지 마세요, 형님. 도대체 주사위는 어디로 가버린 거야?"

우욱, 하고 나카조 오야봉은 진퇴양난에 빠진 짐승처럼 신음을 뱉어냈다.

"그럼 쓰토무, 네가 해봐."

"엣! 무슨 그런 농담을요. 내가 얼마나 서툰지는 형님이 누구보다 잘 아시면서."

"그럼 아키라, 네가 해."

주사위를 주우러 간 구로다는 너무 놀라 펄쩍 뛰어오르다 그만 대들보에 머리를 찧고 말았다.

"오야붕, 그렇게 간단히 말씀하시지 마세요. 홀짝도박이라고는 옛날 영화를 비디오로 본 것뿐이라고요."

"아, 맞아. 그런 영화가 있었지. 옛날이 그립구먼."

"그리워하고만 있을 때가 아닙니다. 도대체 갑작스럽게 홀짝도박을 기획한 것 자체가 말이 안 되는 소리라고요."

구로다가 말한 대로다. 홀짝은커녕 마작이나 바카라*도 이미 선

* 카드놀이의 일종.

진 업계에서는 시대에 뒤떨어졌다고 거들떠보지도 않는다. 요즘 들어서는 인터넷을 통한 카드 노름이 유행하고 있다.

"하지만 오십이 년 전에 유행하던 도박을 해야 하는 상황이라서……"

세 사람은 동시에 유리알처럼 맑은 오마타의 눈동자를 떠올리고는 참담한 심경에 빠졌다.

벌써 기억 속에서 퇴색해버린 홀짝도박으로는, 아무리 그럴듯하게 형식을 갖추어도 석방 기념 자리에 어울릴 것 같지 않다.

"그렇다면? ……잠깐, 숙부가 말씀하셨잖아. 홀짝이건 화투건 간단한 걸로 하자고. 화투, 쪼기다!"

오, 하고 구로다와 오소네는 쾌재의 탄성을 질렀다.

"그게 좋겠어. 화투가 폼도 나고, 쪼기라면 젊은것들도 금방 배울 수 있을 테니까."

쪼기는 아주 간단하다. 화투 두 장을 들고 그중 높은 패를 내는 것이 전부다.

"잠깐, 잠깐만요, 형님."

오소네는 웃음이 터져나오는 입을 억지로 다물고 불안스럽게 말했다.

"쪼기도 오랫동안 손도 대지 않았잖습니까. 에, 그러니까, 1월이 솔이고 2월이 매화, 3월이……"

"3월은 벚꽃, 아니었던가?"

"아뇨, 벚꽃은 4월입니다. 3월은 흑싸리."

"이 멍청이, 흑싸리가 어떻게 3월이야?"

"벚꽃은 4월에 피잖습니까."

커다란 얼굴을 마주 대고 열심히 생각하는 세 사람의 이마에는 어느새 굵은 땀방울이 맺히기 시작했다.

"오야붕, 6월은 비였던가요, 홍돼지였던가요."

"글쎄, 6월은 모란이었던 것 같은데."

"무슨 말을 하는 겁니까, 형님. 모란은 9월이죠."

"아냐, 아냐, 9월은 달 보는 계절이니까 보름달, 아냐, 똥이었던가, 단풍?"

"단풍은 11월이잖아요. 그렇다면 역시 비는 6월인가……"

구로다가 사무실로 달려가서 화투를 가져왔다. 자리 위에 화투를 펼쳐두고 곰곰이 생각해본다. 그러나 생각하면 할수록 화조풍월의 교양도 사계절 개념도 별로 없는 세 사람은 착란을 일으킬 뿐이었다.

"……본가에 전화해서 물어볼까요? 오야붕."

"으음, 그건 안 돼. 도박계 야쿠자로서의 양식 자체를 의심받을 수도 있어. 게다가 전화했는데 본가에서도 모르면 어떡할 거야."

"어쩔 수 없군요."

오소네가 무슨 대단한 결단이라도 내린 듯한 표정으로 얼굴을 들었다.

"경시청에 물어볼까요? 익명으로 목소리를 변조해서 물어보면 되지 않겠습니까. 조직범죄 담당 고참 형사라면 알고 있을 겁니다."

꽤 심각한 표정의 오소네의 얼굴을, 오야붕과 구로다는 어이없다는 듯 바라보았다.

"역탐지장치를 가동하면 어떡하죠, 숙부?"

나카조 오야붕은 구로다의 진지한 얼굴을 짝, 하고 손바닥으로 쳤다.

"잡새에게 도박꾼의 룰을 묻는 도박계 야쿠자가 어딨어? 네놈에게는 도박꾼의 자긍심도 없단 말이냐!"

두 사람은 차가운 표정으로 오야붕을 바라보았다.

그때 여급들이 필리핀어로 시끄럽게 떠들면서 복도를 지나갔다. 손에는 식기를 가득 담은 쟁반을 들고 있다.

세 사람은 동시에 서로의 얼굴을 바라보았다.

"오야붕. 좀 품격이 떨어지기는 하지만 기왕에 이렇게 된 것, 모두 한자리에 모여서 바로 시작할 수 있는 도박이라면……"

"음, 나도 방금 그런 생각을 했어. 뭐니 뭐니 해도 그것만큼 간단한 도박은 없지."

오소네는 비로소 인간의 경지를 넘어선 뻐드렁니를 드러내고 웃었다.

"친치로린!*"

"사오륙 갓파기!**"

"핀조로***, 고조로****!"

인간이란 무엇이든 열심히 생각하면 풀리는 법이라고, 세 야쿠자는 손을 모으고 서로를 축복했다.

"좋아, 그렇게 결정한 이상 이제 문제없어. 어이, 아키라. 주방에 가서 사발을 있는 대로 다 가지고 오라고 해. 오마타 숙부는 연세도 있고 하니 손놀림이 매끄럽지 못할 테니까, 땀 흘려도 미끄러지지 않게 사발로 하자고."

예입, 하고 구로다는 복도를 달려갔다.

"에, 그리고 우선 기본 룰을 정해야지. 어이, 쓰토무. 사쿠라회의 공통 룰이란 게 있었나?"

그런 것을 정해왔을 리는 없지만, 어느 사무실이고 젊은이들 셋만 모였다 하면 시작하는 도박이니만큼 간토 사쿠라회에서 기본적으로 통하는 룰이 있기는 하다.

"예입, 우선 갓파기는 선이 다 먹고, 사오륙은 배로 먹고, 일이삼은 배로 내고, 핀조로, 고조로는 세 배로 갑니다."

"흠. 핀조로와 고조로는 열 배로 하지."

"여, 열 배요! 그건 너무 심한데요."

---

* 사발에 주사위 세 개를 넣어 흔들 때 나는 소리에서 유래한 도박의 명칭.

** 4, 5, 6이 나오면 선이 판돈을 다 먹는 것.

*** 주사위 세 개가 나란히 1이 나오는 것.

**** 주사위 세 개가 나란히 5가 나오는 것.

나카조 오야붕은 한쪽 팔을 벗은 두루마기를 가다듬더니, 갑자기 도박꾼의 목소리로 바꾸어 말했다.

"안 돼. 그렇게 정해두어야 마지막에 오마타 숙부가 대박을 터뜨릴 수 있을 것 아냐? 눈도 좀 침침하신 것 같던데."

잠시 생각한 후, 오소네는 고개를 끄덕였다.

21

구스보리 도도메는 기술자답게 커다란 손으로 수화기를 들고 목소리를 낮췄다.

"어떻게든 할 테니 걱정 마. 그런 것 갖고 일일이 전화를 하면 어떡해?"

아내는 울먹이는 목소리였다. 아마도 이자를 독촉하는 사채업자나 수금하러 온 도매상 사람들에게서 심한 말을 들었을 것이다.

"어떻게든 한다니, 정말 괜찮은 거야? 어음 결제일이 내일모레야. 이천만 엔이라고. 알고 있어?"

"그럼, 알고 있고말고. 내가 누군데, 설마 부도를 내겠어?"

"당신 정말 제정신이야? 이런 때에 생판 모르는 사람하고 온천이라니. 그 이상한 할아버지하고 같이 있는 거지?"

구스보리는 뒤를 돌아보았다. 오마타 노인은 마치 장식품처럼 동그마니 앉아 텔레비전을 보고 있다. 무릎을 모으고, 어깨를 움츠리고, 유리알처럼 맑고 빛도 없는 눈동자로 코미디 프로그램을 쳐다보면서 노인은 하하하, 하고 공허한 웃음을 터뜨렸다.

마치 간수에게 감시당하면서 텔레비전을 보는 듯한 모습이었다.

"……당신, 거기서 어디로 가버리는 건 아니지? 자식하고 어머니하고 나까지 다 버리고 가버리는 건 아니겠지?"

아내의 목소리는 애절했다.

"멍청이. 말도 안 되는 소리 좀 하지 마. 전화 끊어."

"여보, 제발 부탁이야. 쓸데없는 생각 하면 안 돼. 회사가 쓰러졌다고 가족들마저 뿔뿔이 흩어질 수는 없어. 나도 열심히 노력할게."

구스보리는 대답하지 않고 수화기를 내려놓았다. 이틀 후로 다가온 어음 결제가 거의 불가능하다는 것은 잘 알고 있다. 어쩌면 나는 이 불쌍한 노인을 핑계로 현실로부터 도망치려 하고 있는 건지도 모른다. 자신도 느끼지 못하는 이런 불온한 마음을 아내는 꿰뚫어보고 있는 건지도 모른다.

부도를 각오한 경영자가 상식으로는 이해하기 힘든 이상한 행동을 한다는 것을 구스보리는 경험을 통해 알고 있다. 최근 들어 불경기를 맞이한 건축업자들 중에서도 그런 사람을 많이 보아왔다.

갑자기 해외여행을 가기도 하고, 몇 년이나 소식이 없던 친구 집에 갑자기 나타나기도 하고, 단골 술집에서 정신을 잃을 정도로 술을 마시기도 한다.

돈을 여기저기서 빌릴 대로 다 빌려서, 은행이나 거래처에서도 버림받은 끝에 거의 사고정지 상태에 빠져버리는 것이다.

그러고 보니 남은 돈을 탈탈 털어 경마장에 간 것도, 빈털터리가 되어 낯선 노인을 따라 여행을 떠난 것도 그런 기묘한 행동과 다를 바가 없다.

오마타 노인이 들고 다니는 거금이 구스보리는 목이 바짝바짝 탈 정도로 탐이 났다. 그러나 오십이 년씩이나 징역생활을 하고 출옥한, 세상 물정도 전혀 모르는 노인에게 돈을 빌려달라고 할 수는 없는 노릇이다.

구스보리는 어두운 창에 얼굴을 비춰보았다. 비참한 얼굴이다. 퉁퉁하게 살이 찌긴 했으나 돈에 쪼들려 지칠 대로 지친, 비굴하고 무기력에 빠진 얼굴이었다.

"많이 기다리셨습니다. 식사하세요!"

밝은 표정과 목소리로 필리핀인 여급이 저녁상을 들고 왔다.

오마타 노인은 방석 위에서 빙글 몸을 돌리고는 방바닥 위에 정좌했다.

"이거 참 고맙소이다. 잘 먹겠습니다."

여급은 노인의 동작을 곁눈으로 살펴보고 이상하다는 듯 웃었다.

"손님, 석방이군요."

"에?"

"석방 말예요. 서, 억, 방. 어디서 나왔어요? 아마시리? 니가타?

구로바네?"

"아, 아아, 석방 말이군. 예이, 짐작하신 대롭니다. 바로 어제 후주에서 나왔지요."

"그러세요. 다행이네요. 후주는 엄격하다고 하던데."

마치 손님에게 여정을 묻는 듯한 말투였다. 야쿠자 오야붕이 경영하는 곳이라고는 하지만 엄청난 경영 콘셉트를 가진 호텔이다. 구스보리는 내심 감탄하지 않을 수 없었다.

"내가 석방된 사람이란 걸 어떻게 아셨소이까?"

"알아요. 지명수배자는 불안해 보이고, 내일 출두할 사람은 긴장해 있고, 석방된 사람은 멍하니 얼이 빠져 있으니까요."

"그런가. 나도 멍해 보이시오?"

"네. 그리고 석방된 사람은 밥 먹을 때도 똑바로 앉아서 미안한 표정을 지어요. 아직도 징역을 살고 있는 거죠."

여급은 목각인형 같은 작은 얼굴을 활짝 펴고 깔깔거리며 웃었다. 티끌 하나 없는 너무도 천진난만한 웃음이었다.

"저는 여급 대장, 아니타라고 합니다. 잘 부탁해요."

"엣, 대장이 손수 식사를 가져다주시다니, 정말 몸 둘 바를 모르겠소이다."

금고를 열고 돈다발을 꺼내려는 오마타 노인의 손을 구스보리는 있는 힘을 다해 찍어눌렀다.

"왜 이러시나? 아무리 여자라고 해도 대장이 이렇게 수고를 하는

데, 성의 표시 정도는 해야지."

"그게 아냐, 아니라니까. 팁으로 백만 엔은 너무 많아. 한 장이면 돼. 그래, 이걸로 됐지?"

"어허, 세상에 이런 구두쇠 같은 놈이 다 있나."

"구두쇠가 아니라니까! 정말 징역 노망이 들었는지, 원. 자, 언니, 이거 받아."

아니타는 고개를 숙이고 팁을 받아들더니 입술을 모아 만 엔짜리 지폐에 키스를 했다.

"봐, 할아범. 이러면 되는 거야. 이제 알겠어?"

노인은 고개를 갸웃하며 이상하다는 표정으로 생각에 잠겼다.

"그런가. 그렇다면 우에노 역 매점 할망구에게 백만 엔을 준 건 좀 심했었나. 그래, 그래서 기차에서 물건 파는 아가씨도 수레째 놔두고 가버린 건가……"

오마타는, 우에노 역에서는 작은 술 한 병과 전기구이 오징어 하나에 백만 엔, 차내에서는 『아사히 예능』이라는 주간지 한 권에 백만 엔을 지불했던 것이다.

"자, 어서 드세요. 일품요리예요. 우리 주방장은 일본 최고랍니다. 많이 드세요, 손님. 이 음식을 먹는 사람은 다 행복해져요."

여급이 나간 다음, 구스보리는 밥상을 보고 눈을 휘둥그레졌다.

직업상 접대 자리 음식에는 익숙하지만, 이것들은 도저히 이런 산골짜기 온천 호텔의 요리로 보이지 않았다. 젓가락을 들기 전에 구스보리는 잠시 동안 멍하니 그림처럼 아름다운 밥상을 감상했다.

옻칠한 나무 밥그릇. 고체 연료로 덥혀지고 있는 그릇에는 돔과 버섯, 봄나물, 잣.

도자기 접시에는 방어구이. 생강과 연뿌리가 곁들여져 있다.

상 맞은쪽에는 대구와 다시마, 새우.

금빛 식기에는 붕어조림, 죽순, 민물장어, 매실에 머위를 곁들인 호박색 국.

뚝배기에는 산나물과 버섯이 보글보글 끓고 있다.

대형 건설업체의 담당자를 접대하는 일류 요정에서도, 이렇게 그림에나 나올 듯한 멋진 요리는 나오지 않는다.

"……이게, 저녁, 밥인가?"

"으, 대단해. 마치 일본 최고의 요정에 온 기분이야."

빨간 옻칠을 한 술잔을 들자 손이 바르르 떨렸다. 몇천만 엔짜리 보석을 손가락에 낀 것 같은 느낌이었다.

노인의 눈동자에 눈물이 맺혔다. 등을 곧게 펴고 어깨는 움츠리며 오마타 노인은 잔을 들 생각도 않고 고개를 숙였다. 낮은 울음소리를 내면서 눈두덩을 손가락으로 누른다.

"할아범…… 울 것까지는 없잖아. 왜 그래, 옛날 생각이라도 나?"

노인은 어린애처럼 고개를 가로저었다.

"그게 아냐, 구스보리. 난 오십이 년간 거친 감옥 밥만 먹어왔어. 살아서 이런 음식을 먹을 수 있으리라고는 생각도 못 했지. 꿈만 같네그려."

"정말 다행이야, 할아범. 오래 살고 볼 일이지. 자, 우선 한잔 들어."

노인은 절을 하듯이 고개를 숙이고 잔을 높이 치켜들었다. 너무도 우아하고 품위 있는 요리였다. 젓가락을 대기가 아까울 정도였다.

"맛있을까. 보기에만 그럴듯한 건 아니겠지."

구스보리는 주저주저하며 국그릇에 입을 갖다댔다. 맛있다. 아니, 그게 아니다. 도대체, 이건……

방어구이를 입에 넣는 순간, 노인의 유리알 같은 눈동자에 빛이 되살아났다.

그리고 두 사람은 동시에 정체를 알 수 없는 환희에 사로잡혔다. 의미도 이유도 없이 배 저 안쪽에서 치솟아오르는 환희였다.

구스보리와 오마타는 잔과 수저를 든 채 잠시 큰 소리로 웃었다.

"하하핫, 그런데 할아범, 도대체 당신은 무슨 죄를 지었던 거야?"

술과 요리가 어찌할 바를 모르던 두 사람의 마음을 열어젖혔다. 구스보리는 웃으면서 묻고, 오마타 야이치도 웃으면서 대답했다.

"하하핫, 듣고 놀라지 마시게나. 사람을 죽였어. 살인이지."

"웩! 정말이야, 할아범? 무시무시한 사람이군."

"오해하지 말게. 내가 사람을 죽인 데에는 그만한 이유가 있었어. 듣고 싶나?"

"듣고 싶고말고! 의리? 아니면 도박장의 알력다툼?"

무슨 이유에서인지 건설이나 건축 관계자는 이런 유의 이야기에 약하다. 논픽션 주간지의 애독자는 대부분 야쿠자도 경찰도 아닌 그들이다. 아마도 힘이 곧 정의인 육체중심사회와, 의리에 기초한 인간관계가 만들어낸 취미일 것이다.

"하하핫, 그런 영화 같은 이야기가 아닐세. 난 말이야, 우리 구역 안의 약한 사람, 가난한 사람들을 아무 이유도 없이 헌병들이 때리고 발로 차는 것을 봐줄 수가 없었어."

"우왓, 굉장해! 그럼 할아범이 때려죽인 사람이 군인이란 말이야?"

"당연하지. 다케바시의 헌병대에 뛰어들어가서, 우선 총을 든 보초의 팔을 일본도로 잘라버렸어."

"왓! 으으으으, 멋쟁이! 으악! 너무 맛있어."

"……먹으랴 들으랴 바쁘구먼. 그러고 나서 계단을 뛰어오르며 윗옷을 벗으려고 한쪽 팔을 빼내고 말이야……"

"으, 못 기다리겠어! 벗어, 할아범, 빨리 벗어!"

오마타 노인은 리퀘스트에 응하여 유카타에서 한쪽 팔을 빼냈다.

"오옷!"

구스보리는 외쳤다. 노인의 여윈 어깨에는 붉은 벚꽃 문신이 새겨져 있었다. 그러나 피부가 늘어진 탓에 언뜻 보기에는 매화 같기도 하다.

"할아범, 그게 뭐야? 매화?"

"매화? ……아, 매화가 아니고 벚꽃이라네."

노인이 두 팔을 벌리고 목을 천장 쪽으로 뻗자, 마치 쥘부채를 펼친 듯 붉은 벚꽃이 활짝 피어났다.

"오옷! 멋져, 멋져. 등도 좀 보여줘."

좋지, 하고 노인은 등을 돌렸다. 그러나 팔을 벌리고 고개를 천장 쪽으로 치켜든 탓에 문신은 시들어버린 매화, 아니 겨울철의 메마른 잡목림 같았다.

"엥? 뭐가 뭔지 도무지 모르겠는데. 할아범, 몸을 좀 움츠려봐."

이런저런 포즈를 생각하더니 오마타 노인은 무릎을 끌어안고 등을 둥글게 말았다.

흩날리는 눈 속에 멋들어진 야차신의 얼굴이 떠올랐다.

"오오, 이 아니 멋질쏘냐! 할아범, 옆구리도 좀 보여줘봐."

"좋지."

등을 둥글게 만 채 늘어진 뱃가죽을 앞으로 당기자, 야차신의 얼굴이 더욱 뚜렷해졌다.

"으음, 애석하지만 할아범, 상처가 너무 많아."

"어쩔 수 없어. 그 둘을 죽이는 동안 나도 벌집이 되었으니까. 목숨을 건진 것만도 용하지."

과연 오마타 노인의 등에는 지렁이가 기어가는 듯한 무수한 흉터가 있었다.

"그렇다고 내가 일부러 그놈들에게 등을 보인 건 아냐. 수많은 놈들이 한꺼번에 등뒤에서 달려드는 걸 어쩌겠나. 싸움에는 자신 있지만 등에 눈이 붙은 건 아니잖아."

구스보리는 잠시 노인의 등을 바라보았다. 문신의 색은 바래고 피부는 메말랐지만, 그것은 분명 사나이의 등이었다.

문득 돼지처럼 살찐 자신의 몸이 추하다는 생각이 들었다. 남 못지않게 고생도 했다. 그 고생이 나이를 먹으며 관록이 되었다. 그러나 눈앞에 있는 이 노인의 등에 비한다면, 참으로 추하게 늘어지고 게을러터진 몸이다.

구스보리는 웃음을 지우고 젓가락을 놓았다.

"으, 너무 힘들구먼. 이제 됐나?"

몸을 동그랗게 만 채 노인이 말했다.

"아, 미안해, 할아범. 좋은 걸 보여줘서 고마워."

후웃, 하고 숨을 몰아쉬고 오마타 노인은 정면으로 돌아앉았다.

"왜 그래, 구스보리? 지저분한 것까지 같이 보였나?"

"아니, 그런 게 아니고……"

구스보리는 가슴이 터질 것 같았다. 이 노인이 대체 누구고 어떤 인간인지 자세히는 모른다. 아는 것이라곤 고작 구스보리가 태어나기 훨씬 전에 이 남자는 정의를 위해 목숨을 걸었다는 것, 그리고 오십이 년간을 회색 벽 속에서 살아왔다는 것이다. 그것이 단 한 번밖에 없는 그의 인생의 모든 것이다.

"할아범은 후회하지 않아?"

"뭘?"

"사람을 죽인 것 말야."

"왜 내가 후회하나? 그냥 순간적으로 화가 치밀어 저지른 일이 아니야. 사나이 가슴으로 깊이 생각하고 또 생각해서 각오한 후 행동에 옮긴 일이란 말일세. 만일 그때 목숨이 아까워서 눈을 감아버렸다면 그후 오십이 년의 인생이 얼마나 괴로웠겠나."

이 얼마나 명쾌한 해답인가. 노인의 표정에는 허풍도 거짓도 없었다. 구스보리는 자신의 비천함에 혀를 깨물었다. 이 노인이 일 분이라도, 일 초라도 더 오래 살아주면 좋겠다고 진심으로 생각했다.

"그런데 말이야, 구스보리."

밥그릇에 입을 갖다대고 하하핫, 하고 웃더니, 오마타 노인은 기쁜 표정으로 이렇게 말했다.

"아까 나한테 인사를 하러 왔던 젊은이들이 말이야, 내 석방 기념으로 도박판을 벌여준다는군. 이 얼마나 기쁜 일인가. 눈물이 나올 것 같구먼. 괜찮다면 자네도 같이 가는 게 어때?"

"오, 그것 참 재미있겠는데. 그렇지만 프로 도박꾼들 사이에 내가 어떻게 끼나."

"괜찮네. 오늘은 어차피 젊은이들뿐이니까 별것 아닐 거야. 밥 먹고 나면 가자고."

어차피 나는 질 게 뻔해, 하고 구스보리는 씁쓸하게 웃었다.

22

저녁상을 둘러싸고 앉자, 단풍나무실의 주연은 다시금 계속되었다.

대연회실에서는 다른 행사가 열린다기에 열 명의 편집자들의 술상이 단풍나무실로 옮겨진 것이다. 산해진미가 가득 차려진 화려한 상에 각자의 안주를 앞에 놓고 보니 꽤 넓은 크기의 방도 좁게 느껴졌다. 게다가 사람들은 벌써 취할 대로 취해 있다.

오기와라 미도리는 끝자리에 놓인 자신의 작은 상을 창가로 옮기고, 마치 봉건시대의 여자처럼 다소곳이 앉아 식사를 했다. 그러자 겨우 어느 정도의 여유가 생겼다.

사실은 이런 사람들과 어울려 술을 마시고 싶지는 않다. 모두 대형 출판사의 엘리트들이라 이렇게 같이 앉아 있어도 홍일점이라기보다 못 올 데 온 듯한 느낌이 더 강했다.

오카바야시 가즈오의 건배 제의로, 술자리는 다시 성대하게 시작했다. 근사한 음식이 더욱 사람들의 흥을 돋워, 여기저기서 웃음소리가 터져나오는 가운데 방 안의 분위기는 점점 무르익어갔다.

미도리는 트레이드 마크인 검은 테 안경을 벗어, 유카타 소매로 두꺼운 렌즈를 닦았다.

어쩌다 이런 사람들과 같이 여기까지 오게 된 걸까. 미도리는 창가에서 둥근달을 바라보며 생각했다.

내일 밤, 일본문예대상의 심사가 쓰키지의 요정에서 열린다. 후보에 오른 작가와 담당 편집자들이 어딘가에 함께 모여 발표를 기다리는 것은 예년과 다를 바 없다.

그 장소를 이 온천 호텔로 정한 것은 너무도 기도 선생다운 아이디어다. 수상이 결정되면 지금 취재 여행중이라는 핑계를 대고 선생이 세상에서 제일 싫어하는 기자회견을 피할 수 있다. 만일 낙선하면 이 자리에서 그대로 낙선 위로파티를 열면 된다. 어느 쪽이든 낯을 가리는 성격의 선생에게는 좋은 장소이다.

그러나 결과는 거의 나온 것이나 다름없다. 내일 참가하는 심사위원들의 십중팔구는 기도 고노스케의『애수의 카르보나라』에 표를 던질 것이다. 그것을 이미 알고 있기 때문에, 미도리는 다른 사람과 함께 이곳까지 오고 만 것이다.

도쿄에서 전화가 걸려오고 수상 소식이 텔레비전 뉴스에 보도되는 그 순간, 담당자의 한 사람으로서 함께 만세를 외치고 싶었다. 그랑프리 에디터가 된 오카바야시 가즈오와 만감을 담은 악수를 나누고 싶었다.

"어이, 오기와라!"

오카바야시가 상석에서 미도리를 불렀다.

"왜 그 뒤에 숨어 있고 그래? 도대체가 음침하단 말이야. 멍하니 달이나 바라보고 있질 않나. 설마 자네,『의리의 황혼』이 수상했으면 하고 바라는 건 아니겠지?"

"아뇨, 그런……"

미도리는 고개를 숙였다. 사실은 며칠 전부터 꿈꾸는 소녀처럼 그런 상상만 하고 있었다.

"그런 생각은 꿈에도 하지 않아요. 농담으로라도 그런 일이 일어날 리 없잖아요."

사람들은 웃었다. 『의리의 황혼』이 후보작으로 오른 경위는 벌써 출판계에서 유명한 에피소드가 되어 있었다. 삐딱한 성격의 오가사와라 기요카제 선생이 『애수의 카르보나라』에 대한 평가가 너무 높은 것에 반발해 일부러 다른 후보작을 내민 것이다.

"기요카제 선생 성격도 참 고약해. 후보가 되었다는 것만으로도 단세이 출판사는 위고 아래고 할 것 없이 호들갑을 떨고 있잖아. 이렇게 우리한테 끼어서 따라다녀야 하는 자네가 딱하지."

하긴 그렇다. 그러나, 결코 이 사람들한테 끼어서 따라다니는 것은 아니다.

"저도 기도 선생님 담당인데……"

사람들은 다시 웃음을 터뜨렸다. 미도리가 슬퍼진 것은 이 사람들의 야유 때문이 아니다. 기도 선생이 일본문예대상 작가가 되고 나면, 다시는 단세이 출판사에 원고를 주지 않을 것이라는 생각이 들었기 때문이다. 아마 말도 붙일 수 없을 것이다. 문단 파티에 모인 사람들 틈에서, 점점 멀어져가는 선생의 얼굴을 가만히 지켜보는 것에 만족해야 할 것이다.

잔뜩 취한 오카바야시는 『애수의 카르보나라』의 클라이맥스 한 구절을 낭랑하게 읊기 시작했다. 마치 이야기꾼 같은 어투로, 주인공 신문기자와 바이올리니스트가 달콤한 키스를 나누는 장면을 이야기한다. 오카바야시는 그러는 사이 한층 더 흥분했고, 사람들은 갈채를 보냈다.

문득, 오기와라 미도리는 박수를 치던 손을 멈췄다. 취기를 타고 흘러나오는 오카바야시의 빠른 대사가 선생의 원작과 토씨 하나 틀리지 않고 똑같다는 사실을 알았기 때문이다.

대단하다는 생각이 들었다. 그리고 동시에, 그가 누구보다도 내일의 심사결과를 두려워하고 있다는 것도 깨달았다. 오카바야시가 대낮부터 줄곧 술을 퍼마시고 있는 것은 결코 그가 말하는 '전야제'를 위한 것이 아니었던 것이다.

미도리는 더이상 견딜 수 없어 자리에서 일어섰다.

"죄송해요, 오카바야시 씨. 속이 안 좋네요. 좀 취했나봐요."

방을 나설 때, 문득 심각한 표정으로 바뀐 오카바야시의 얼굴이, 마치 이렇게 말하는 것 같았다.

'넌 좋겠다. 느긋할 수 있어서.'

옥상은 새파란 달빛으로 가득했다.

살랑거리는 바람, 봄내음을 담은 계곡의 밤기운이 미도리의 서늘한 마음을 부드럽게 감싸주었다.

구석에 있는 통나무 벤치에, 덧옷을 걸친 그림자 하나가 웅크리고 있었다. 꼼짝도 하지 않고 저 멀리 시선 아래로 펼쳐진 마을의 불빛을 바라보고 있다.

마치 저 수많은 불빛 가운데 그리운 사람 하나를 찾고 있는 듯한 깡마르고 슬픈 등이었다.

"선생님."

주저하면서 이름을 부르자, 기도 고노스케는 별로 놀라는 기색도 없이 얼굴을 돌려 이쪽을 바라보았다.

"아, 여긴 웬일이야?"

언제나 날을 바짝 세우고 있는 기도 선생도 가끔 이렇게 딴 사람 같은 말투를 쓸 때가 있다. 그럴 때마다 문득, 사실 이 사람의 본성은 상냥한 게 아닐까 하는 생각이 든다.

"좀 취해서요. 선생님은 왜 혼자 이런 데 계세요?"

"아무것도 아냐. 그냥 별을 보고 있었어. 이래봬도 소설가잖아."

미도리는 밤하늘을 올려다보았다. 하늘 가득한 별들이 산등성이에 둘러싸인 계곡 위를 덮고 있었다.

"다들 안절부절못하고 있어요. 선생님도 역시 그러세요?"

순간 무슨 말인지 모르겠다는 듯 미도리를 바라보더니, 기도 선생은 긴 머리카락을 쓸어올리며 웃었다.

"아니, 그런 건 아냐. 내일 일은 아무래도 좋아."

"아무래도 좋다니요?"

선생의 표정에는 거짓도 허세도 없었다. 갈 곳 잃은 소년 같은 그 얼굴을 의아하게 바라보며, 미도리는 벤치 끝에 걸터앉았다.

"자네 좀 여윈 것 같은데. 밥은 제때 잘 먹고 있어?"

그렇게 말하면서 선생은 덧옷을 벗어 유카타를 입은 미도리의 등에 걸쳐주었다. 눈동자가 촉촉이 젖어 보이는 것은 달빛 탓일까.

내일부터는 이제 이렇게 이야기를 나눌 기회도 없을 것이다. 그런 생각이 들자, 달빛에 물든 이 옥상이 이별의 무대처럼 느껴졌다.

"어이, 오기와라."

"예."

"자네는 외동딸이라고 했지? 아버지 어머니 다 건강하셔?"

"덕분에요. 두 분 다 선생님의 팬이세요."

선생은 흔들리는 마을의 불빛을 가만히 바라보며 콧소리를 냈다.

"단세이 출판사 같은 데는 빨리 그만두고 시집이나 가. 자넨 꽤 예쁘고 성실하니까 좋은 가정을 꾸릴 수 있을 거야."

미도리는 덧옷의 옷깃을 끌어당기며 몸을 숙였다. 그렇게 해야 할 나이라는 것은 알고 있지만, 존경하고 좋아하는 기도 선생의 입에서 그런 말을 듣고 싶지는 않았다.

"그런데, 선생님."

"응."

"제 소원 하나만 들어주실래요?"

선생은 그러라는 듯이 눈을 살며시 감았다.

"이제 절대로 원고 달라는 소리는 하지 않을게요. 그런 말 할 수 있는 처지도 아니고요. 전, 시집은 안 가도 좋지만, 『의리의 황혼』은 계속 출판해서 팔고 싶어요. 우리 출판사는 규모가 작아서 광고도 제대로 못 하고 개정판도 못 내지만, 그 작품만은 정년이 될 때까지 계속 찍어서 팔고 싶어요. 안 될까요?"

선생은 마치 신탁을 들은 듯이, 가만히 눈을 깜빡였다.

"……자넨 정말 멋진 여자야."

생각지도 않은 말에 미도리는 가슴이 두근거렸다. 선생의 입가에는 평소의 그 시니컬한 미소는 조금도 엿보이지 않았다. 입술을 단정하게 움직이며 진솔한 목소리로 이렇게 말했다.

"오기와라, 나도 내 본심을 들려줄까? 대신 아무에게도 말하지 마."

"예, 말하지 않을게요."

"웅변사에서 낸 『애수의 카르보나라』, 그건 엉터리야."

"네? ……엉터리, 라뇨?"

"사이비라는 거야. 난 오직 상을 타고 싶어서 그걸 썼을 뿐이야. 과거의 수상작품 경향을 분석해서 노리고 쓴 거라고. 그런 건 아무 가치도 없어."

미도리는 충격을 받았다. 선생은 계속 정색을 하고 말을 이었다.

"다들 좋은 소설이라고는 생각하겠지. 그러나 그것뿐이야. 하룻밤만 지나면 다 잊어버려. 독자의 인생관이나 가치관에 아무런 영향도 끼치지 못해."

"그렇지 않아요. 그 작품은 정말 대단한 걸작이에요."

"아냐, 본인인 내가 하는 말이니까 틀림없어. 나 자신이 인정하는 걸작은……"

미도리는 눈을 꼭 감았다. 귀를 막고 싶은 심정이었다.

"자네가 쓰게 해준 『의리의 황혼』이야."

두 사람을 실은 벤치가 저 먼 별 하늘을 향해 둥실 떠오르는 기분이었다.

"그건 품위 없는 소설이긴 하지만, 거짓도 없어. 나의 혼 그 자체라 할 수 있지. 읽을 만한 사람이 읽으면, 그 감동이란 『애수의 카르보나라』와는 비교도 안 돼. 독자의 가치관을 멋지게 바꿔버리지."

"……그럼, 기요카제 선생님은……"

"그래. 괜히 다른 사람 의견에 반발해서 『의리의 황혼』을 추천한 게 아냐. 기요카제 선생은 문단에서도 알아주는 이단아이지만, 최고의 평론가이기도 해."

미도리의 무릎이 덜덜 떨리는 것은 결코 추위 때문은 아니었다. 『의리의 황혼』에 대한 자신의 애착은, 결코 환상이 아니었다.

"오카바야시도 아마 그걸 눈치채고 있을 거야. 아니, 다들 잘 알고 있어. 그러니까 일부러 자네를 바보 취급하고 놀리기도 하는 거야. 그놈들은 모두 자네를 두려워하고 있어. 『애수의 카르보나라』가 워낙 광고를 때려대는 바람에 그 그늘에 가려서 전혀 평가받지 못하고 있지만, 『의리의 황혼 PART9—눈보라 속의 맹세』는 명실상부한 걸작이야."

솟구치는 감정을 말로 표현할 수 없어 미도리는 몇 번이고 고개만 끄덕였다. 저도 모르게 일본웅변사의 권위에 휘말려들고 말았다. 그래서 『의리의 황혼』을 읽었을 때의 감동도 개인적인 취향에 지나지 않는다고 생각했었다.

"그럼, 저는……"

"그래. 혹시, 아니, 아마도 이번에 그랑프리 에디터가 되는 것은 오카바야시가 아니라 자네일 거야."

미도리는 몸을 부르르 떨었다. 『의리의 황혼』이 일본문예대상 후보에 올랐다는 말을 들었을 때의 회사 모습이 가슴에 되살아났다.

편집부 직원들은 모두 못 박힌 듯 서서 꼼짝도 못했다. 교열 담당 아저씨들도 이제야 노력이 결실을 보았다며 소리내어 울었다. 사장은 계단에서 발을 헛디뎌 발목을 삐었고, 전무는 팬티를 올리는 것도 잊은 채 화장실에서 뛰어나왔고, 상무는 금연파이프에 불을 붙였다가 켁켁대며 기침을 했다. 건너편 라면집에 배달을 시켰더니 만두 서비스까지 같이 나왔다.

전쟁 때의 폭격으로 군데군데 타버리고 거품경제 시절 싼 값에 넘어갔던 낡은 사옥이, 환희의 함성으로 흔들거렸다.

"난 모든 힘을 쏟아부었어, 그 소설에."

선생은 혼잣말처럼 중얼거리고는 벤치에서 일어섰다. 별이 가득

한 하늘을 배경으로 우뚝 선 선생의 얼굴은 더없이 부드러웠다.

"그런 소중한 작품을 왜 제게……"

조금 당혹스럽다는 듯한 표정으로 선생은 대답했다.

"난 출신 성분이 별로 좋지 않아서 말이야. 나도 모르는 사이에 이름만 앞서 알려지는 바람에 이런 작가가 되어버렸지만, 옛날 단세이 출판사의 복도에서 포르노소설 원고를 끌어안고 앉아 있었던 때를 아무래도 잊을 수 없어. 여러 가지 일도 있었지만, 난, 그 당시에는 정말 성실했었지."

"그 은혜를 갚으려고요……?"

"멍청이, 그게 아냐. 난 나를 위해서만 일해. 내게는 단세이 출판사의 그 낡은 빌딩이 잘 어울려."

"저, 열심히 할게요. 언제까지고 『의리의 황혼』을 팔게요."

미도리는 있는 힘을 다해 그렇게 말했다. 선생은 깡마른 손으로 미도리의 얼굴을 감싸더니, 볼을 타고 흘러내리는 눈물을 손가락으로 닦아주고 눈두덩에 가만히 입을 맞췄다.

"고마워, 오기와라. 그 작품은 자네가 쓰게 만들어준 거야."

그때, 갑자기 적막한 공기를 뚫고 이상한 소리가 들려왔다. 두 사람은 깜짝 놀라 자리에서 펄쩍 뛰어올랐다.

"아, 에, 이, 우, 에, 오, 아, 오! 카, 케, 쿠, 케, 코, 카, 코! 아, 이 얼마나 아름다운 달밤인가. 천금과도 바꿀 수 없는 저 달빛의 유혹에 방을 나와 방황하고 있는데, 신의 섭리인가 아니면 운명의 장난인가, 거기 계신 분은 혹시 나의 로미오, 아니, 나의 주 기도 고노스케 선생이 아니신지요. 아, 이것이 꿈이라면 언제까지고 깨지 말았으면. 이게 현실이라면, 아아, 나는 이 세상에서 가장 행복한 여자. 제발 그대여, 저 달을 따라 한 걸음만 옮겨주시지 않으시겠는지요. 고귀한 그 모습을, 방황하는 이 오필리아 앞에 보여주지 않으시겠는지요."

여자는 종종걸음으로 벤치 곁으로 달려오더니, 유카타 앞섶이 벌어지는 것도 개의치 않고 털썩 무릎을 꿇었다.

"……선생님, 이 사람 누구예요?"

미도리는 눈을 가늘게 뜨고 물었다.

"모, 몰라. 누구야, 당신은?"

"어쨌든 방해가 된 것 같으니 전 이만 실례하겠습니다. 정말 감사했습니다."

"기, 기다려, 오기와라! 왠지 무서워. 혼자 가버리지 마."

오기와라 미도리를 잡으려는 기도 고노스케의 허리띠를, 여자의 하얀 손이 올가미처럼 덥석 붙들었다.

"우왓! 대체 누구야, 너는? 이 여우 눈, 이 사각턱!"

여자는 기도 고노스케의 허리를 끌어당기며 몸을 일으키더니, 갑자기 악귀처럼 달려들어 그 입술을 훔쳤다.

23

새순이 돋아나는 숲은 달빛에 감싸여 곤히 잠들어 있다.

때로 부엉이의 날갯짓 소리만이 정적을 깨뜨린다.

오쿠유모토 수국 호텔, 통칭 '프리즌 호텔'의 밤은 아무 일도 없는 듯 조용히 깊어가고 있었다.

그러나 세상의 상식과는 지극히 동떨어진 이 호텔의 밤에 아무 일도 일어나지 않았을 리 없다. 눈을 부릅뜨고 창을 엿보도록 하자.

삼층 스위트룸 후지산실에서는, 자매로 보이는 귀여운 두 명의 소녀가 공기놀이를 하고 있다.

옆방 삼나무실. 우유병 바닥같이 동그란 안경을 걸치고 푸석푸석한 머리카락을 아무렇게나 뒤로 묶은 여자가, 여행지에까지 들고 온 장편 포르노소설 교정지에 빨간 볼펜으로 열심히 표시를 하고 있다.

그리고 그 옆방 단풍나무실과 노송나무실. 곤드레만드레가 된 남자들이 처참한 모습으로 깊은 잠에 빠져 있다. 그러나 그중 홀로 등나무 의자에 앉아 멍하니 생각에 잠긴 남자 한 명이 보인다. 아폴론상처럼 단정한 얼굴에는 불안과 초조가 역력하다.

이층. 서쪽 단풍실에서는 밤의 어둠 속에서 보아도 몹시 아름답지만 어딘가 좀 모자라 보이는 부인이, 온천 만두를 먹으면서 마치 사전을 읽는 것처럼 심각하게 『주부의 벗』 잡지를 읽고 있다. 페이지를 넘길 때마다 울다가 웃었다가 여간 바쁜 게 아니다.

그 옆의 국화실. 방금 전까지만 해도 즐거운 듯 열심히 이야기를 나누고 있던 노인과 중년 남자의 모습이 보이지 않는다. 거실의 금고 문이 빼꼼 열려 있다. 두 사람은 어디로 가버린 것일까.

203호 싸리나무실. 우연히 옛 친구를 만난 시골 선생과 주간지 기자가 옛 이야기를 꽃피우고 있다. 조금 전까지만 해도 또다른 우연으로 조우한 단역 배우가 있었지만, 목욕을 하겠다며 방을 나가더니 소식이 없다.

어디로 가버렸을까…… 아, 저기 옥상의 벤치에서 생판 처음 만나는 소설가와 엉켜 있다. 귀를 기울여보니 새의 울음소리와도 같은 환희의 신음이 들려온다.

이 소설가의 사랑하는 아내는 분명 단풍실에서 『주부의 벗』을 읽고 있지 않았던가.

곤란하다. 이건 곤란하다. 아내는 『주부의 벗』을 다 읽고 시계를 보았다. 남편과 딸은 어디로 가버렸을까, 하고 혼잣말을 하고 있다. 딸이야 똑 부러지는 아이라 걱정할 게 없지만, 소설가 남편은 어디서 혼자 목이라도 매면 큰일이다. 찾으러 나가지 않을 수 없다. 이상한 영감을 받고 계단을 뛰어올라간다. 틀림없이 옥상에 남편이 있다는 것을 확신하고 있는 듯하다.

결과를 지켜보는 건 너무 처참하니 여기서 잠시 눈을 돌리기로 하자.

일층. 한텐을 입은 소년과 히스패닉계 외국인이 열심히 로비 청소를 하고 있다.

사무실에서는 안주인이 바느질을 하고 있고, 그 곁에는 손재주 없는 지배인이 다운되어버린 컴퓨터 모니터 앞에 멍하니 서 있다.

안으로 들어간다. 노래방 '굴레' 에는 아무도 없다. 카운터를 사이에 두고 바텐더 조와 프랑켄슈타인 야스가 언쟁을 벌이고 있다. 프로레슬러 자이언트 바바와 안토니오 이노키 중 누가 더 강한지 말다툼이 한창이다. 이러다 주먹다짐이 벌어지지나 않을까 걱정스럽다.

더 안쪽에 위치한 주방에서는 젊은 요리사들이 저녁식사 뒷정리를 하고 있다. 주방장과 셰프는 야식 준비에 여념이 없다. 간단한 수프와 오차즈케 정도인데도 두 명인의 표정에는 긴장감이 감돈다.

주방으로 이어지는 작은 방에서는 여급들이 필리핀어로 뭐라고 열심히 떠들어대고 있다.

그렇다면 그 외의 사람들은 도대체 어디로 가버린 걸까? 대욕탕에도 노천탕에도 사람 그림자라고는 없다.

오, 대연회실이 시끌시끌하다.

다다미를 두 장 겹치고 그 위에 새하얀 천을 깐 고색창연한 노름판을 둘러싸고 있는 사람들. 간토 사쿠라회 기도 패밀리의 오야붕 기도 나카조. 동 조직의 중간 보스 겸 호텔 부지배인인 구로다 아키라. 기도 나카조의 동생뻘인 오소네 쓰토무 오야붕과, 과격파 오소네 일가의 젊은이들 몇 명. 그리고 이층 국화실 손님 두 명이 가담했다.

어수룩해 보이는 중년 남자는 벌써 돈을 잃었는지 표정이 어둡다. 그 곁에 동그마니 앉은 노인 곁에는 산처럼 지폐가 쌓여 있다. 그러나 그 표정에는 전혀 기뻐하는 기색이 없고, 눈동자는 유리알처럼 맑고 우울하다.

이렇게 하여 겉으로는 아무 일도 없다는 듯, 프리즌 호텔의 밤은 깊어간다.

"혀, 형님…… 아무리 그래도 그렇지, 너무 심하게 밀어주는 게 아닙니까? 오마타 숙부, 주사위를 던질 때마다 사오륙과 갓파기밖에 나오질 않아요. 그럭저럭 천만 엔은 나간 것 같다고요."

오소네는 나카조 오야붕의 귀에 대고 속삭였다.

"시끄러…… 어차피 석방 도박이잖아. 어디서 불평을 하고 난리야."

"그러면서 형님도 아까부터 계속 천 엔씩만 걸잖습니까. 이러다간 판이 깨질 것 같아서 우리 쫄따구들이 마구 배팅하다가 코피 터지고 있어요."

"뭐 어때. 더 팍팍 걸어봐. 판은 얼마든지 돌아가잖아."

"그럼 형님이나 더 거세요. 왜 우리 쫄따구들만 걸어야 합니까."

나카봉 역을 맡은 구로다가 어깨를 잔뜩 치켜올리며 낭랑한 목소리로 외쳤다.

"자, 오소네 숙부. 판이 돌아갑니다. 일거에 만회할 찬스."

오소네는 금박 씌운 뻐드렁니를 꽉 깨물고 도박판으로 몸을 돌렸다. 오래오래 선을 잡고 있던 오마타 숙부가 져서 이제야 선이 돌아온 것이다. 으랏차, 하고 기합을 넣더니 오소네는 두루마기에서 한쪽 팔을 뽑아냈다.

"자, 간다 간다! 오마타 숙부, 걱정일랑 접어두시고 마음껏 오십쇼, 마음껏."

오마타 숙부는 팔짱을 끼고 잠시 생각에 잠겼다. 돈다발을 건 것은 오소네의 쫄따구들이었다.

"엣, 뭐야 이건! 하필이면 내가 선을 할 때 왜 이렇게 많이 거는 거야! 왓, 형님, 왜 백만 엔이나 걸고 그러십니까? 아까는 천 엔씩만 걸더니!"

나카조 오야붕은 대답도 하지 않고 큿큿 웃었다. 한 사람이 오래 선을 잡다가 다음으로 넘어가면 대체로 큰돈을 거는 것이 도박의 기초 상식이다.

"큿큿, 자네가 너무 죽을 쑤고 있는 것 같아서 좀 보태주려고 말이야. 큿큿큿……"

"젠장. 정 그렇다면 나도 생각이 있지. 반드시 사오륙을 띄우고 말겠어. 자, 숙부. 얼마든지 오십쇼, 얼마든지, 왕창!"

"좋지. 그럼 나도 가겠네."

탁, 소리를 내며 오백만 엔 다발이 놓였다.

"윽……"

오마타 숙부의 표정은 굳세다. 그 옛날 '도박의 귀재 야이치' 라는 명성에 걸맞은 관록이 배어 있다.

오소네는 내심 움찔하면서도 재빨리 판돈을 살펴보았다. 띠로 묶여 있는 백만 엔 다발이 여섯 개, 십만 엔씩 접은 다발이 열 개, 합이 칠백만.

아까 정한 법칙상 핀조로 또는 고조로가 나오면 열 배를 줘야 한다. 그러면 칠천만. 4, 5, 6 또는 2, 3, 4, 6이 나오면 두 배, 천사백만. 사오륙 갓파기는 선이 다 먹는다. 먼저 주사위를 굴리는 선이 절대적으로 유리하다.

단, 고금동서의 친치로린 공통 룰에 따르면, 1, 2, 3이 나오면 군말 없이 두 배를 지불해야 한다.

사발을 향하여 주사위를 던져올리는 순간, 불길한 예감이 뇌리를 스쳤다.

오소네는 기합을 넣으며 주사위를 흔들었다.

"사오륙 갓파기, 핀조로 갓파기!"

그러나 그 목소리는 다른 사람들의 기합 소리에 눌려 들리지도 않았다.

"일, 이, 삼!"

집단염력의 효과가 나타난 것일까. 사발 바닥에는 1, 2, 3이 나란히 나타났다.

오소네는 옴팡눈을 화들짝 뜨고 금이빨을 드러낸 채 바위처럼 그 자리에서 굳어버렸다. 구로다는 돌덩어리가 되어버린 오소네를 대신해 재빨리 배당금을 나눠주었다.

"자, 선이 바뀌었습니다. 봉을 돌립니다. 오야붕, 선입니다. 원칙대로 백만이 삼백만 엔으로 변신했으니 일격을 날릴 찬스가 왔습니다."

나카조 오야붕은 경제계의 야쿠자답게 믿음직스러운 눈으로 판을 둘러보았다.

한순간에 천사백만을 날려버린 오소네는 그 자리에서 돌처럼 굳어버렸다. 골육상잔에서 승리한 쫄따구들은 한숨 돌렸고, 혼자 대박을 터뜨린 오마타 숙부 앞에는 다시 돈다발이 쌓였다.

오마타 야이치는 계속 가자는 표정이었다.

"패스!"

오야붕이 외쳤다. 갑자기 판에서 열기가 빠져나갔다.

"오야붕. 패스라니요. 이게 무슨 애들 카드놀이인 줄 아십니까? 자, 마음 굳게 먹고 선을 잡으세요."

"해봐, 나카조. 난 조금만 걸 테니까."

야이치가 격려했다.

"예, 예이. 숙부께서 그러시다면 잡겠습니다. 자, 간다, 간다. 너도 가고 나도 가고, 우리 인생 한번 가면 막 가는 인생, 먹어야 선이지, 자, 간다, 으랏차!"

나카조 오야붕이 전통적이고 원시적인 도박장의 구령을 붙이자, 오마타 야이치는 삼백만 엔 돈다발을 불쑥 앞으로 내밀었다.

"우웩! 숙부, 약속이 다르지 않습니까. 조금만 오겠다고 하셨잖아요!"

"그러니까 아까보다 적은 삼백만이지."

일단 받겠다고 한 이상 받아야 하는 것이 도박장의 규칙이다.

"……에, 숙부. 이런 말씀 드리고 싶지는 않지만 그래도 할말은 해야겠습니다. 에, 그러니까 아까부터 삼백 오백씩 마구 던지시는데, 오백이라면 말입니다, 요즘 시세로 벤츠 C급 정도는 가볍게 살 수 있는 액수란 말입니다. 파제로 슈퍼 엑시드도 살 수 있는 큰돈이라고요."

급한 마음에서라고는 하지만 조잡하기 이를 데 없는 비유였다. 오십이 년 동안 소비생활이라고는 전혀 해보지 못한 오마타 야이치의 금전 감각은 더욱 혼란스러워졌다.

"에? ……아, 그렇구먼. 전쟁에 져서 인플레이션이 심해졌을 테니 액수는 많아도 얼마 안 될 줄 알았는데, 그렇구먼, 올림픽 때문에 세상이 조금 살기 좋아진 모양이지…… 미안하이, 그렇다면 일단 백만만 빼도록 하지."

아무도 그 이상의 설득을 하려는 사람은 없었다. 이마에 진땀을 흘리면서 나카조 오야붕은 주사위를 흔들었다.

“자, 간다 간다! 괜찮아, 너희들! 승부에는 의리도 인정도 없는 거야, 엉!”

백만을 빼내기는 했지만, 마치 신이 돌봐주기라도 하는 듯 운이 좋은 오마타 야이치가 이백만이라는 큰돈을 걸자 나카조는 어울리지 않게 벌벌 떨고 있었다. 도박판에서 잔뼈가 굵은 오소네와 그 졸따구들이 심상치 않게 긴장하는 오야붕의 모습을 놓칠 리 없다. 모두 자기 앞에 있는 돈이란 돈은 다 긁어 배팅에 나섰다. 일단 노름판이 벌어지면 의리고 뭐고 없는 법이다.

“왜, 왜 이래, 너희들! 내가 일이삼이라도 낼 줄 알아? 웃기지들 마. 무슨 수를 써서라도 핀조로를 내고야 말 테다!”

오야붕은 땀에 젖은 사발을 들어올린 채 판돈을 헤아려보았다. 천만을 넘는 큰 승부다. 핀조로가 나오면 일억, 4, 5, 6이 나오면 이천만. 폭력방지법 이후로 어려워진 조직의 사정을 생각하면, 이건 하늘에서 돈이 떨어진 거나 다름없다.

긴장하지 않을 수 없었다. 그 순간 혈압은 이백 가까이 올라가고, 온몸에서 구슬땀이 뚝뚝 흘러내렸다.

“사오륙 갓파기, 핀조로, 고조로!”

“이이일, 이이이, 사아암!”

나카조 오야붕의 기합은 군중의 고함 소리를 압도할 정도였지만, 기합이 너무 들어가는 바람에 그만 사고가 터지고 말았다.

주사위가 사발 안에 들어가지 않은 것이다.

“왓! 터졌다! 선의 실수, 두 배다, 두 배!”

비정한 룰이다. 고금동서를 막론한 친치로린의 룰에 따르면, 주사위가 사발에서 튀어나갔을 경우에는 무조건 판돈의 두 배를 페널티로 지불해야 하는 것이다.

예상하지 못한 실책을 저지른 나카조 오야붕은 엉거주춤 선 상태에서 오줌을 질금하고 말았다.

오줌을 지린 선을 대신해 구로다가 돈을 배당했다.

“구, 구로다!”

“예입, 무슨 분부라도 있으십니까, 오야붕.”

“별채로 가서 금고에 있는 돈 다 가지고 와. 몽땅!”

오야붕의 눈에서 불꽃이 일었다.

“엣? 있는 대로 다요?”

“그래. 지난번에 신용조합 사건으로 일억 따먹은 것 있잖아. 다 가지고 와.”

“오야붕…… 이러시면 곤란합니다. 아무리 석방 기념 도박이라고는 하지만 그렇게 열이 올라서야……”

“시끄러! 잔말 말고 가져오라면 가져와!”

평소 온화한 성격인 오야붕의 서슬 퍼런 닦달에 구로다는 예잇! 하고 외치면서 별채를 향해 달렸다.

그런 큰 승부가 두 번 계속된 다음, 대연회실에는 음산한 침묵이 찾아들었다.

나카조 오야붕은 흰자위를 번득이며 낮게 울리는 목소리로 중얼거렸다.

"자, 계속합시다. 손님 여러분, 선이 졌습니다. 봉을 돌립니다."

형편에 맞게 깔짝깔짝 돈을 걸고 있던 구스보리 앞으로 사발과 주사위가 돌아왔다.

"……저, 난 별로 돈이 없으니까 그냥 넘어가도 되는데요."

"아니오, 그냥 하시오."

오야붕의 목소리에는 악마와도 같은 강압적인 힘이 들어 있었다.

"이렇게 된 이상 돈이 완전히 떨어질 때까지 하는 겁니다. 하늘 하나에 땅 여섯, 극락에 올라가건 지옥으로 떨어지건 끝장을 봐야 하지 않겠습니까. 그렇죠, 숙부?"

나카조 오야붕은 그렇게 말하고 두루마기에서 한쪽 팔을 빼냈다.

24

낯선 여자의 품안에서 허우적대면서도 나는 도미에 생각만 하고 있었다.

깡마른 몸에 어울리지 않을 만큼 풍만하고 부드러운 가슴이었다. 이 여자가 대체 누구인지, 왜 내게 안기려 하는 건지, 그런 건 아무래도 좋았다. 행방불명된 도미에 생각에서 한순간이라도 벗어날 수만 있다면 신의 가슴에라도 매달릴 것이다.

그러나 도미에의 모습은 내 뇌리에서 한순간도 떠날 줄 몰랐다. 오히려 낯선 여자의 가슴은 먼 옛날 두 손으로 만졌던 도미에의 따스한 가슴을 떠올리게 했다. 어머니의 가슴이 아니다. 그건 틀림없는 도미에의 가슴이었다.

'그런 일이 있었던가.'

나는 여자의 어깨 너머로 펼쳐진 별 하늘을 바라보았다.

그렇다, 그것은 어머니가 젊은 남자와 도망친 직후인 초가을의 일이었다.

나는 학교에서 받은 가정통신문을 손에 든 채, 오랫동안 공장이 내려다보이는 사다리에 걸터앉아 망설이고 있었다. 공장주의 집안에 일어난 갑작스런 불상사 때문에 좁은 마을 공장 안은 무거운 침묵에 휩싸여 있었다. 매일 아침부터 저녁까지 한 번도 밝은 웃음소리가 들려오지 않았다.

사다리를 한 단 내려와서 다시 고쳐앉아, 나는 전쟁 때 반쯤 타버린 창 너머 풍경을 절망적인 눈길로 바라보고 있었다. 뒤틀어진 유리창 너머로 크림색 전철이 몇 대나 지나갔다.

오랜 시간이 흐른 후 이윽고 결심을 굳힌 나는, 사다리 계단을 내려가 아버지 곁에 섰다. 그리고 등사기로 찍은 가정통신문을 재봉틀 위에 올려놓았다.

"다음주에 학부형 회의가 있어."

아버지는 내 쪽을 힐끗 바라보더니 아무 말 없이 다시 재봉틀을 밟기 시작했다. 굳은살이 박여 두툼해진 장인의 손가락 끝이, 그때만큼은 추하게 보였다.

"학기 초니까 빠지지 말고 나와야 한다고 선생님이……"

뒤도 돌아보지 않고 내뱉는 아버지의 대답이 나를 놀라게 했다.

"그런 건 도미에더러 가달라고 해."

어머니가 없어지고부터 도미에는 공장에 나오지 않고 집안일만 하고 있었다. 그것은 어쩔 수 없는 일이었다. 그러나 어머니 대신 취사와 세탁을 하고 있는 도미에가 어머니 대신 학부형 회의에까지 나오리라고는 꿈에도 생각지 못했다.

"싫어. 절대로 안 돼!"

아버지는 대답 대신에 갑자기 내 머리에 꿀밤을 먹였다.

다음주, 도미에는 정말 학교에 왔다. 못생긴 얼굴에 피에로 같은 화장을 하고 허수아비나 입을 법한 기모노를 입고서는, 복도에서 마주친 청소 아저씨에게까지 머리를 조아렸다. 도미에가 교실 뒤에서 잘 차려입은 다른 애들의 학부형들 틈에 섞여 수업을 참관하고 있다는 생각을 하자 나는 너무 부끄러워 한 시간 내내 얼굴도 들 수 없었다.

선생님과 개별면담을 하기 위해 도미에와 나란히 앉았을 때, 나는 갑자기 이렇게 말했다.

"어머니가 바빠서 못 오신다 그래서, 누나가 왔어요."

담임은 우리집 사정을 알고 있었을 것이다. 선생님은 나의 성적을 칭찬해주고는 밖에서 기다리라고 말했다. 그러고 나서 도미에와 담임 선생님은 대체 어떤 대화를 나누었는지는 모른다. 십오 분 정도 지난 후에 교정으로 나온 도미에는 무척 곤란한 표정이었다.

돌아오는 길에 도미에는 상냥한 목소리로 나를 타일렀다. 어머니가 돌아올 때까지는 내가 대신할게. 고짱도 그렇게 알고, 하고 싶은 말 있으면 뭐든지 해주렴.

심한 도호쿠 지방 사투리로, 그렇게 말했다.

생각해보면, 그때 도미에는 아직 스물도 안 된 아가씨였다. 어머니는 영원히 돌아오지 않았다.

내가 도미에의 가슴을 만진 것은 그로부터 며칠 후였다. 도미에가 어머니를 대신한다는 것은 내 화를 돋웠다. 그후로 며칠 동안 나는 아무 이유도 없이 도미에를 자로 때리기도 하고, 사다리 위에서 물을 끼얹기도 하고, 덧문을 여는 도미에의 손이 문틈에 끼게 일부러 문을 잡아당기기도 했다. 도미에가 만든 된장국 안에 바퀴벌레를 슬쩍 집어넣은 적도 있었다.

도미에는 화를 내지 않았다. 그저 슬픈 눈으로 나를 바라볼 뿐이었다. 도무지 화를 내지 않는 도미에가 더욱 꼴 보기 싫어, 나는 어느 날 못된 짓을 하고 말았다.

도미에의 방에 몰래 기어들어가, 도미에의 죽은 어머니가 남긴 유일한 유품인 나팔꽃무늬 유카타를 가위로 싹둑싹둑 잘라버린 것이다.

저녁 식탁을 정리하고 설거지를 끝낸 도미에는 자기 방에 들어가 그 처참한 광경을 보았다. 나는 문틈으로 도미에가 망연자실하며 유카타 조각을 가슴에 끌어안고 흐느껴 우는 모습을 엿보았다.

"고짱?"

도미에는 우는 와중에도 인기척을 느끼고, 애달픈 목소리로 나를 불렀다.

"나, 아무 짓도 안 했어. 고짱이 화낼 일은 절대로 하지 않았어."

아냐, 네가 내 어머니인 척 폼을 잡는 게 꼴 보기 싫은 거야, 하고 나는 속으로 외쳤다.

"넌 내 엄마가 아냐. 빨리 없어져버려!"

문을 열고 분명히 나는 그렇게 외쳤다. 도미에는 내 팔을 잡고 방 안으로 끌어들였다.

"너, 어디 가고 싶어도 갈 데도 없지? 다들 그러더라. 도미에에게는 가족도 친척도 없고 돌아갈 집도 없다고. 그러니까 집단취직으로 온 놈들이 다 가버려도 너만 여길 떠나지 못하고 있는 거잖아. 여기서 나가. 나가버려!"

그런 저주의 말을 정면으로 받아들이며 눈 하나 깜빡이지 않고 나를 물끄러미 바라보는 도미에의 그 슬픈 눈동자를, 나는 평생 잊을 수 없을 것이다.

도미에는 바르르 떨면서 나를 끌어당겼다.

"그래, 때릴 테면 때려봐. 아버지에게 이를 테니까. 공장 사람들에게도 다 말할 거야."

도미에는 작은 나를 한 손으로 끌어안은 채 전혀 상상도 하지 못한 행동을 했다. 단추를 풀어헤치고 블라우스를 벗더니, 브래지어를 풀어 양가슴 사이로 내 얼굴을 끌어안은 것이었다.

"난 고짱을 절대로 때리지 않을 거야. 나무라지도 않아. 화도 안 내. 하지만 고짱이 마음에 들지 않는다면 나를 때려도 돼."

분명히 그렇게 말했었다. 그리고 그로부터 삼십 년 동안, 도미에는 정말로 단 한 번도 나를 나무란 적이 없었다.

아버지가 돌아가시고 난 후로 도미에와 나는 단둘이서 오늘날까지 살아왔다.

낯선 여자의 가슴에 묻혀, 나는 놀라지도 발정도 하지 않은 채, 그저 멍하니 도미에의 부재만을 한탄하고 있었다.

가슴에 구멍이 뻥 뚫린 듯한 이 상실감을 그 누가 알 수 있을까.

도미에는 기어이 어딘가로 가버린 것이다.

"여어보오, 어디 있어요오. 목매면 안 돼요오오!"

엄마 목소리다. 무슨 말인지는 잘 못 알아듣겠지만, 엄마는 때로 오페라 가수 같은 목소리로 아버지를 찾곤 한다.

미카는 자리에서 일어섰다.

"엄마가 아버지를 찾고 있어. 미카도 같이 찾아볼 거야."

언니도 텔레비전 앞에서 몸을 일으켰다. 스위치를 끄려다 다시 한번 화면을 바라보았다.

"미카 짱, 잠깐만. 이 장면만 좀 보고."

여덟시 사십오분. 텔레비전 화면에는 포도대장이 악인들을 응징하는 클라이맥스 장면이 나오고 있었다.

"와, 멋져. 우리 엄마도 고스기 긴고의 팬이야. 악당들을 응징할 때마다 박수를 쳐."

언니는 대답하지 않고 무릎을 꿇은 채 텔레비전 앞에서 화면을 뚫어져라 바라보고 있었다. 포도대장이 부채를 홱 집어던지며 멋지게 폼을 잡자, 언니는 기도하듯 두 손 모아 박수를 쳤다.

"언니도 고스기 긴고의 팬이야?"

"아냐."

언니는 도자기 인형 같은 가느다란 턱을 가로저었다.

"팬이 아니라. 저 사람, 우리 아빠야."

"엣, 정말?"

"응. 한 번밖에 만나지 못했지만."

언니는 노래와 춤과 연기를 배우고 있고, 가끔 텔레비전의 엑스트라로 출연한다고 한다. 이제 곧 피터팬 오디션이 있다고 한다. 역시 그 아버지에 그 딸이라고 미카는 감탄했다.

그러고 보니, 이 언니는 얼굴이 네모진 어머니와는 조금도 닮지 않았지만 눈썹이 가지런하고 눈이 동그란 것이 저 포도대장하고 너무도 닮았다.

악인을 응징하는 장면이 끝나자, 언니는 스위치를 끄고 몸을 동그랗게 웅크리더니 깊이 한숨을 내쉬었다.

"여어보오. 어디 계세요오."

엄마의 목소리가 복도에서 멀어져간다. 미카는 언니와 함께 방에서 나왔다.

"무슨 일이라도 있니? 미카 짱."

"아니. 별다른 일은 없어. 우리 아버지는 소설가니까, 혹시 자살을 하거나 정사라도 하면 안 된다고 엄마는 늘 걱정해."

"정사?"

"뜻은 잘 모르겠지만, 부인이 아닌 여자와 같이 죽는 거래. 소설가들은 모두 외로움을 잘 타니까 그렇게 죽는 경우가 많대."

"미카 짱 아빠도 외로움을 잘 타니?"

"잘은 몰라도 아마 그럴 거야. 고양이나 미카를 품에 안지 않으면 잠을 못 자. 목욕도 못 하고, 아침 똥도 못 누고. 그리고 밤중에 자주 울어."

엄마의 목소리가 계단을 올라간다. 미카는 언니의 손을 끌고 그 목소리를 따라간다.

아버지는 지금 무척 외로울 거라는 생각이 들었다. 일본문예대상 발표에서 아빠가 우승할지도 모르는 이 상황에서, 도미에 할머니가 어디론가 가버렸기 때문이다. 미카도 학교에서 좋은 성적을 받으면 엄마와 아버지, 할머니에게 보여주고 싶은데, 그런 상을 보여줄 사람이 없으면 얼마나 외로울까.

옥상으로 이어지는 어두운 층계참에서 미카는 엄마의 목소리가 들려오는 위치를 알 수 있었다. 엄마는 오페라 가수 같은 목소리로 소리지르며 달빛이 휘영청 밝은 옥상으로 나섰다.

"여어보오, 여어…… 보오…… 여, 어, 보……"

엄마는 그 자리에 돌처럼 우뚝 섰다. 입을 벌린 채 고개를 약간 기울이고 멍하니 달빛 아래 선 엄마의 모습은, 마치 밤의 정원에 외로이 서 있는 비너스상 같았다.

"후짱……"

언니도 그렇게 중얼거리며 비너스가 되어버렸다.

미카는 물속에서 눈을 깜빡이듯, 어둠 속을 뚫어져라 바라보았다. 옥상 한구석의 벤치 위에서 아빠와 낯선 여자가 키스하고 있었다.

무슨 일일까. 미카는 뭐가 뭔지 알 수 없었다.

"엄마. 아버지가 정사하려고 해요. 빨리 말려요."

엄마는 마치 보아서는 안 될 유령이라도 본 사람처럼 몸을 부르르 떨더니 옷자락을 휘날리며 계단을 뛰어내려갔다.

미카는 가위에 눌린 듯 꼼짝도 할 수 없었다. 갑자기 언니가 무릎을 꿇었다. 그러고는 두 손을 가슴에 모으고 무대에 선 배우처럼 낭랑한 목소리로 외친다.

"아, 이 무슨 망측한 풍경이란 말인가. 방울져 떨어져내릴 것 같은 달빛 아래 서로의 가슴을 끌어안고 잠보다 더 달콤하게 입 맞추는 저 사람은 분명 나의 어머니. 이 무슨 업으로 그 연유를 물을 용기도 일지 않는단 말인가. 그대 또한 한 아이의 부모라면 이 딸 앞에서 한마디 변명이라도 해주시오."

벤치 위의 두 사람은 화들짝 놀라 몸을 일으켰다. 아버지는 마치 장난치다 들킨 아이처럼 베실베실 웃고, 여자는 천천히 벤치에서 몸을 일으키더니 언니 쪽을 향해 두 손을 벌렸다.

"아, 이 얼마나 순진한 아이인가. 어머니의 불륜을 보고 이렇게 사시나무 떨듯 몸을 떨다니. 그 마음 마치 눈과 같이 순수하구나. 변명을 해보라 하지만 나이가 들수록 이 어미 마음은 어두운 밤보다 더 깊단다. 단 한마디, 이것은 불륜이 아니라는 것만은 말하고 싶구나. 이 모든 것은 내 사랑하는 딸, 너의 영광을 위한 것이니."

"영광을 위해? ……뭐야, 그게?"

아버지는 멍하니 벤치 위에 서 있는 여자를 올려다보았다.

"……이거 왠지 살벌한데. 내가 왜 당신 딸의 영광을 위해 강간당해야 해? 잠깐…… 그렇다면 그냥 술에 취한 행동이 아니었단 말이지."

여자는 가볍게 벤치에서 뛰어내리더니 유카타 앞섶이 풀어진 것도 개의치 않고 바닥에 머리를 조아렸다. 대사는 갑자기 셰익스피어에서 사극에 나오는 시골 여자 쪽으로 흘러갔다.

"제발 부탁드리옵니다. 평생 단 한 번의 부탁이옵니다. 세상에 그 이름도 찬란하신 기도 고노스케 선생님에게, 이렇게 몸과 마음을 바쳐 부탁드리옵나이다."

"뭐, 뭐야, 왜 이래! 무섭잖아. 그 눈 치켜뜨지 마. 턱에서도 힘 좀 빼고."

"부디, 제 딸아이 하루노 사쿠라를 피터팬 무대에 설 수 있게 해주십시오. 절대로 선생님의 명성에 흙칠할 실력은 아닙니다. 제발, 선생님이 힘이 되어주신다면 백골이 흙이 되어도 그 은혜 길이길이 잊지 않을 것을 맹세하옵나이다."

아버지는 참으로 딱하다는 듯 여자의 등을 내려다보고 있다.

"힘이 되어달라니…… 난 그런 힘 없어. 당신이 생각하는 만큼 대단한 사람이 아니라고."

그 순간, 언니가 달려나갔다. 두 사람 앞에 서서 언니는 보통 여자아이의 목소리로 힘차게 외쳤다.

"그만둬요, 후짱! 사쿠라는 누구의 힘도 빌리지 않아요. 열심히 노력해서, 정말 열심히 노력해서 반드시 오디션에 합격하고 말 거예요. 사쿠라는 반드시 피터팬이 될 거예요. 누구에게도 지지 않아요!"

25

"대장, 이 아니라, 지배인님! 찬스야, 찬스!"

하나자와 지배인은 절망적인 표정으로 컴퓨터 화면에서 얼굴을 들어올렸다. 시게루가 사무실 문에 기대서 있다. 눈썹은 이제 완전히 자랐고 학교도 빠지지 않고 잘 다니고 있지만, 여전히 지성미라고는 눈을 씻고도 찾아볼 수 없다.

"갑자기 큰 소리 좀 내지 마. 누가 어디서 무엇을, 왜 어떻게 찬스라는 건지, 알기 쉽게 설명해봐."

"엣? ……아, 그렇지. 에, 그러니까, 기도 선생이 갑자기 울트라맨 흉내를 내면서 슈웃! 하고 복도를 뛰어갔어. 이건 분명 조증 상태에 들어갔다는 말이잖아. 그래서 찬스라는 거야, 찬스!"

"……음…… 상상이 안 가는데…… 그래서, 무슨 찬스?"

"그러니까, 미우라 선생님과 약속했잖아. 기도 선생에게 원고를 읽어달라고 말해주겠다고. 기분 좋을 때에 맞춰 소개해보겠다고 낮에 약속했잖아."

그러고 보니 그런 일이 있었지, 하고 지배인은 의자에서 일어섰다. 기도 선생은 하루에 세 번은 로댕의 생각하는 사람이 되기도 하고, 울트라맨이 되기도 한다. 방금 전만 하더라도 선생은 옥상에서 로댕의 생각하는 사람이 되어 있었는데, 슈웃! 하고 외치며 복도를 달렸다고 하니 확실히 찬스는 찬스다.

"좋아, 이제 됐어. 미우라 선생을 바로 소개하도록 하자."

지배인은 서둘러 이층 싸리나무실로 향했다. 기도 선생의 방은 건너편 스위트룸 단풍실이다.

"방이 가까워서 좋네."

"응. 내가 미리 그럴 생각으로 싸리나무실을 배정했지."

"과연, 빈틈이 없어, 대장! 앗, 실수. 지배인님!"

"당연하지. 빈방이라고 아무렇게나 배정하는 건 아냐. 미우라 선생님이 오늘밤 투숙하는 이유를 생각해보면, 바로 곁에 있는 싸리나무실이 제격이지."

싸리나무실을 노크하기 전에 지배인은 시계를 보았다. 밤 열시. 밤부터 아침 시간에 걸쳐 집필하는 기도 선생에게는 더없이 적절한 시간이다.

방에는 미우라 선생과 또 한 사람, 우연히 만난 옛 친구라는 단풍나무실 손님이 옛 이야기를 나누느라 정신이 없다.

"실례합니다. 저, 지금이라면 기도 선생님을 소개할 수 있을 것 같습니다만."

단풍나무실 손님이 의아한 표정으로 눈을 들어올렸다. 미우라는 겸연쩍은 듯 반백 머리를 긁적였다.

"이거 정말 면목이 없군. 사실은 기도 고노스케 선생이 여기 머문다는 말을 듣고 말이야, 내가 쓴 소설을 읽어봐달라고 부탁할까 해서……"

"뭐, 그런 일이 있었나? 그러고 보니 자네는 학창 시절부터 작가 지망생이었지. 이거 정말 우연에 우연이 겹치는군. 사실은 내가 지금 『주간시대』에서 기도 선생의 에세이를 담당하고 있거든. 그럼 내가 한번 주선해볼까."

미우라 선생은 깜짝 놀라면서 낡아빠진 가죽가방을 끌어당겼다. 그러고는 꽤나 고심해서 쓴 듯한 원고 뭉치를 꺼내어 탁상 위에 올려놓았다.

"그런 배경이 있었군. 옛날 이야기를 나누는 데 정신이 팔려 정작 자네가 여기 온 이유는 묻지 않았구먼. 그랬군, 기도 선생이란 말이지."

지배인은 두 사람의 대화를 들으면서 문득 불길한 예감에 사로잡혔다. 이 호텔은 손님끼리의 우연한 만남이 자주 일어난다. 그리고, 그것은 늘 '우연한 만남' 으로는 그치지 않는다.

그때 복도 쪽에서 몇 사람의 손님이 지나갔다. 기도 선생의 부인과 딸. 그리고 후지산실에 머물고 있는 배우 모녀. 무슨 일이라도 있는지 모두 입을 꽉 다물고 장례식에 참석한 사람처럼 침통한 표정이다. 네 사람은 구석진 단풍실로 들어갔다.

"어이, 시게루. 도대체 어떻게 된 거야? 무슨 일이라도 있었어?"

"에, 그러네요. 도대체 두 가족이 왜 함께? 뭐, 가족동반 여행객들끼리 어쩌다 친해진 거겠죠."

"……이봐, 무조건 긍정적인 쪽으로만 해석하면 안 돼. 그렇다면 저런 침울한 표정은 뭐야? 모두 유령 같은 표정이었다고. 봐, 복도에는 아직도 음침한 공기가 떠돌고 있잖아. 분명 좋지 않은 일이 벌어졌을 거야. 아아아, 불길한 예감이 든다."

말릴 틈도 없이 이마이 히데타로와 미우라 선생이 방을 나섰다.

"자, 잠깐만 기다리십시오. 제가 먼저 정찰을……"

이마이는 지배인을 밀치면서 여유롭게 어깨를 툭툭 쳤다.

"아, 그런 일이라면 지배인님이 굳이 나서서 소개해주실 필요 없습니다. 나와 기도 선생은 매주 목조르기에다 발걸기를 주고받는 사이거든요, 하하하핫."

"아뇨, 그런 게 아니라 어쩐지 좋지 않은 예감이 들어서요."

"하하핫, 괜찮아요, 괜찮아! 결정적인 순간이 오면 내가 필살기 십자조르기로 한방에 결판내버릴 테니까요. 어이, 미우라, 가자구!"

이마이는 주간지 기자답게 듣기에는 그럴듯하지만 안일하기 짝이 없는 방책을 늘어놓고는, 밖에서 봐도 무겁게 가라앉아 있는 분위기의 단풍실 문을 두드렸다.

"선생님! 이마이입니다. 잠깐 소개드릴 사람이 있어서 그러는데, 괜찮겠습니까?"

이마이와 미우라 선생은 다른 차원의 입구로 빨려들어가듯 스위트룸 안으로 사라졌다.

"대, 대장. 따라가. 만일 무슨 일이라도 벌어지면 큰일이야."

지배인의 등뒤에서 시게루는 마른침을 꿀꺽 삼켰다.

그즈음, 대연회실은 처참한 아수라장으로 변해 있었다.

우연히 복도를 지나가던 안주인은 문틈으로 도박장을 엿보다가 기절초풍하고 말았다. 야쿠자의 여자로서, 또한 프리즌 호텔의 안주인으로서 어지간한 일에는 눈도 깜짝하지 않지만, 이 도박장의 상황은 도저히 그냥 보고 넘어갈 수 없었다.

"사, 오, 육!"

"일, 이, 삼!"

일순 목소리가 잦아들고, 달그락 하고 주사위 구르는 소리가 들려왔다.

"갓파기이이이이!"

"일, 이, 사아아아암!"

문신을 그대로 드러내고 있는 사내들의 등에서 김이 무럭무럭 피어오르고 있었다.

"나와라, 나와라, 핀조로오오오!"

"안 나왔다아아아!"

한숨이 터져나왔다. 구로다가 재빨리 판돈을 분배한다. 백만 엔짜리 돈다발이 날아다닌다.

"자, 잠깐, 당신, 잠깐."

안주인은 벌벌 떨면서 구로다를 손짓해 불렀다.

"뭐어야!"

땅을 울리는 저음으로 으르렁거리면서 다가오는 남편의 얼굴은 아수라상 그 자체였다.

"대체 무슨 짓을 하고 있는 거예요? 연회실을 다 태울 것 같은 이 열기는……"

"시끄러, 여자는 물러가 있어."

"물러가고 싶어도 갈 수가 없어요. 이건 절대로 정상이 아냐. 무슨 큰일이 벌어진 것 같아요."

"그럼, 물론 큰일이 벌어지고 있지. 이런 도박은 총장급 도박판에서도 찾아볼 수 없을 테니까. 판돈이 무려 일억 오천만 엔이라고."

"일, 일억! 억억! 다, 당신은 나카봉이죠, 네? 맞죠? 설마 같이 도박을 하는 건……"

"처음에는 나카봉이었지만 강제적으로 가담하게 돼서 지금은 도저히 발을 뺄 수가 없어."

"뺄 수가 없다니, 이겼어요, 졌어요?"

"별것 아냐. 오백만 정도 꼴아박았어."

"오, 오백만! 당신, 월급이 얼만 줄이나 알아요? 기본급 삼십만, 위험수당 십만, 총 사십만에서 세금하고 연금하고 재형저축 빼면 실 수령액은 고작 삼십이만 팔천 엔이란 말예요!"

"야쿠자의 여자가 이런 일로 잔소리를 하면 어쩌자는 거야?"

"오야붕은? 나카조 씨는 어떻게 됐어요?"

"에, 그러니까 그게, 일억 중에 팔천만은 날아갔어. 오소네 숙부는 사오천만 날아갔고 거기다 일억이 빚으로 남았으니, 이대로 가면 거의 재기불능이 아닐까 싶은데."

안주인은 겁에 질린 눈길로 구로다의 어깨 너머 도박장을 엿보았다. 나카조 오야붕은 평소의 지적인 풍모로 볼 때는 상상도 할 수 없었던 짐승 같은 얼굴로, 옷 밖으로 빼낸 두 팔을 우주소년 아톰처럼 치켜들고 있다. 한편 오소네는 초조하게 연신 담배를 빨아대면서 전신에서 무럭무럭 김을 뿜어내고 있다.

단 한 사람, 징역 노망이 들었다던 오마타 노인만은 변함없이 유리알 같은 눈으로 판을 멀뚱히 바라보고 있다. 그러나 그 무릎 앞에는 자그만 몸매를 반이나 숨겨버릴 정도의 거대한 돈다발이 흙더미처럼 쌓여 있었다.

"설마……"

"그래. 오마타 할아버님 혼자서 다 딴 거야. 운인지 실력인지, 아, 이제 와서 그런 건 생각하기도 싫지만 말이야."

"쓸데없는 말인지는 모르겠지만 나이도 있고 하니 무리하게 하면 안 돼요. 적당한 선에서 그만두도록 하세요."

"적당히 그만둘 생각이었다면 벌써 그만두었어야 했어."

구로다는 방문을 닫고 자리로 돌아왔다.

"자, 아직 밤은 길고 깁니다. 돈이 모자라는 사람은 얼마든지 말씀하십쇼."

문득 구로다는 오마타 숙부 외에 또 한 사람이 돈을 따고 있다는 것을 알았다. 오마타 숙부와 동행한 정체불명의 사나이. 어수룩하지만 사람 좋아 보이는 구스보리라는 남자. 분명히 돈도 얼마 없었는데 벌써 무릎 앞에 사오백만이 쌓여 있다.

저 자식이, 하고 구로다는 생각했다. 그러고 보니 이 남자는 처음부터 오마타 숙부의 뒤꽁무니만 졸졸 따라가고 있지 않은가. '도박의 귀재 야이치' 라는 별명을 가진 오마타 숙부의 배팅은 그야말로 절묘하여, 선이 딸 것 같으면 배팅을 줄이고 질 것 같으면 과감하게 건다. 거는 돈은 적지만 오마타 숙부의 배팅이 정확한 만큼 사내는 착실히 돈을 따고 있다.

구로다는 곁눈질로 구스보리를 노려보았다.

"손님, 이 판은 오마타 숙부의 석방 기념 도박판입니다. 그런 분의 꼬리를 밟으며 따라가는 건 좀 심하지 않은가 싶소만."

핫, 하고 사내는 몸을 움츠렸다. 그 대신에 오마타 숙부가 웃으며 말했다.

"어허, 그렇게 딱딱하게 굴 것 없네. 보통 사람도 종종 전문가 틈에 끼어 도박을 하지 않는가. 딸 만한 사람을 가려서 올라타는 건 당연한 일이지. 구스보리, 다른 건 신경 쓰지 말고 당신이 생각한 대로 가면 되는 거야."

도박판의 주인공이 그렇게 말하자 구로다는 더이상 대꾸할 수 없었다.

"자, 벼락부자 선이다. 왕창 오라구, 왕창."

오마타 숙부는 온화한 미소를 머금은 채 주사위를 돌리면서 손님을 불렀다.

단풍실에 들어서는 순간, 하나자와 지배인은 할말을 잃고 말았다.

방 안 공기는 무겁고 분위기는 심각했다. 탁자를 둘러싸고 있는 모든 사람이 불상처럼 눈을 반쯤 내려뜨고 입을 다물고 있다.

기도 선생, 부인, 따님, 하루노 후부키 님, 사쿠라 님, 그리고 방금 들어온 이마이 히데타로 님과 미우라 선생까지 모두 말을 잃고 앉아 있다.

"죄송합니다. 저는 이애를 스타로 만들고 싶은 일념에 그만……"

하루노 후부키가 불쑥 한마디 내뱉자, 기요코는 그 아름다운 얼굴을 일그러뜨리더니 그만 어흐흑 하고 울음을 터뜨리고 말았다.

기도 선생은 무척이나 당황한 듯하다.

"그런 게 아니라고 하잖아, 기요코. 울지 마. 울지 말라니까."

"어떻게 울지 않을 수 있어요? 그렇다면 왜 당신은 이 여자가 하는 대로, 내가 잘못 본 게 아니라면, 상당히 적극적으로……"

"그건, 저기, 취기 때문에, 아니, 차려준 상을 받지 않으면 남자의 체면이 좀……"

"분해요!"

기요코는 갑자기 탁상 위의 주물 재떨이를 들어 기도 선생의 머리를 내리쳤다.

선생은 앗! 하고 비명을 지르면서 방바닥에 얼굴을 묻더니 꼼짝도 하지 않았다. 그러나 다들 선생의 죽은 척하는 연기에 익숙한지 아무도 신경 쓰지 않았다.

어쨌든 각자의 평소 캐릭터를 생각하면 상상도 할 수 없는 장면이다. 대체 무슨 일이 벌어진 건가, 하는 생각에 지배인은 눈앞이 캄캄해졌다.

"자, 자, 부인. 폭력은 안 됩니다, 폭력은. 제 얼굴을 봐서라도 침착하고 냉정하게 이야기를 해주세요."

바로 그 순간 지배인은 깜짝 놀라 눈길을 돌렸다. 이마이의 뒤에 무릎을 꿇고 앉아 있던 미우라 선생이 갑자기 어깨를 들썩이며 흐느껴 울기 시작하는 것이었다.

"후부키, 너 어떻게 그런 짓을…… 이 선생님은 가슴이 찢어질 것 같구나. 몸만은 소중히 하라고, 몸이란 여자의 보물이니 소중히 해야 한다고 그렇게 말했건만. 네가 언제부터 그렇게 엉덩이 가벼운 여자가 되어버렸단 말이냐."

하루노 후부키는 몸을 움츠리며 고개를 떨구었다.

"……죄송해요, 선생님. 그 동안 정말 여러 가지 일들이 있어서…… 정말 말 못 할 사연들이 너무 많아서……"

"그것도 변명이라고 하니? 이 선생님은 말이야, 너를 그렇고 그런 별볼일 없는 배우로 만들려고 셰익스피어를 가르친 게 아냐. 넌 이제 오필리아를 맡을 자격이 없어. 선생님은 네가 유명해지지 않아도 좋으니, 칠십이 되어도 오필리아 대사를 읊을 수 있는 배우가 되기를 바랐어. 이십 년 동안 오로지 그것만 빌고 또 빌었단 말이야."

지배인은 도대체가 뭐가 뭔지 도무지 알 수 없었다. 기도 선생이 얼굴을 치켜들었다.

"그런데, 당신은 누구십니까?"

"아, 저는……"

이마이 히데타로는 미우라를 감싸려는 듯 손을 벌렸다.

"아, 소개가 늦었습니다. 이 사람은 저의 대학 동창인데. 이름은…… 햄릿이죠."

이마이는 빙긋 웃으며 원고 뭉치를 탁상 위에 올려놓았다.

"한번 읽어주시겠습니까, 선생님? 이 친구가 쓴 소설인데, 아마 꽤 괜찮을 겁니다."

26

전생에 무슨 죄를 지었기에 이런 꼴을 당해야 한단 말인가.

도대체 내가 무슨 잘못을 저질렀단 말인가.

물론 나는 성질도 급하고 기분 내키는 대로 살아가는 삐딱한 남자지만, 다름아닌 나 자신이 누구보다도 그런 사실을 잘 알고 있지만, 오늘밤에 일어난 일에 한해서 말한다면 이렇게 많은 사람에 둘러싸여 욕을 얻어먹을 정도로 나쁜 짓을 한 기억은 없다.

가만 듣고 있자니 이 사람들의 어처구니없는 논쟁은 사건의 본질과 아무런 관계도 없지 않은가. 나의 성격, 나의 일, 마침내는 나의 작품론에 이르기까지 끝도 없이 논쟁이 팽창돼가고 있다.

한밤중에 탁상에 둘러앉아 기요코, 미카, 정체불명의 여우 눈 여자와 그녀의 예쁘장한 딸, 지배인, 프런트맨, 『주간시대』의 이마이 히데타로, 게다가 그 친구라는 시골 선생. 모든 사람들이 마치 내가 그 자리에 앉아 있다는 것을 잊은 듯 입에 게거품을 물고 '기도 고노스케에 대하여' 논하고 있다.

내가 끼어들어 변명 한마디 할 틈도 없을 정도로 그들은 흥분하고 있다. 오랜 시간 그렇게 하는 동안, 나는 문득 내가 얼마나 불행한 사람인지를 느끼게 되었다.

혹시 나는 '기도 고노스케'라는 살아 있는 인간이 아니라, '작가 기도 고노스케'라는 물체가 아닐까. 아내에게나, 자식에게나, 나를 아는 모든 사람에게.

그렇다면 사건에 대한 설명은 간단하다.

여우 눈 여자에게 악의는 없었다. 우연히 바람 쐬러 나왔던 옥상에 사랑하는 오브제 '기도 고노스케'가 놓여 있었다. 그래서 그녀는 인형을 사랑하는 기분으로 나를 안았고 키스했다.

한편 오브제의 정당한 소유권자인 기요코와 미카는 있어야 할 장소에 오브제가 없다는 것을 발견하고 찾으러 나섰다. 여우 눈 여자의 아름다운 딸도 미카도 수색에 협력했다. 그녀의 딸은 사랑하는 엄마가 자신이 아닌 오브제를 사랑하는 데 질투를 느끼고 충격을 받았을 것이다.

지배인과 이마이와 프런트맨은 사건과는 관계없이 그저 소설가 지망생인 시골 선생을 나에게 소개하기 위해 찾아왔다가 논쟁에 끼어들었다.

나는 오브제이므로 그들에게 나의 의사 따위는 아무런 문제도 되지 않는다. 논의해야 할 문제는 단 한 가지. 나의 존재에 대해서이다.

나는 거기까지 생각하고 어처구니가 없어져 자리에서 일어나 창가의 등나무 의자에 앉았다. 역시 나의 의사와는 아무 관계도 없이 사람들의 논쟁은 이어지고 있다.

나의 대표작은 무엇인가. 인격과 작품은 어떤 관계가 있는가. 연재 에세이 「황야의 건달」에 나타난 나의 일상생활은 어디까지가 진실이고 어디까지가 허구인가. 재능이란 어디서 오는 것일까. 『애수의 카르보나라』의 속편인 『애수의 페스카토레』는 언제 발표될까.

지겹다.

나는 휴대폰을 꺼내 도미에의 아파트로 전화를 걸었다. 공허한 신호음만 들려온다. 도미에가 사라진 이후로 나는 밤이고 낮이고 삼십 분마다 번호를 눌러댔다. 그러면서 언젠가 꼭 올 도미에의 연락을 기다렸다.

도미에. 내 어머니인지, 아버지의 후처인지, 어쩔 수 없는 인연으로 얽힌 할망구인지, 그런 건 아무래도 좋았다. 그녀에 대해 지금 내가 확실히 말할 수 있는 것은, 도미에는 결코 나를 오브제로 생각하지 않는, 이 세상에 단 하나뿐인 존재라는 것이다.

내가 이렇게 도미에의 부재에 흔들리는 이유도 바로 그것이다.

노크 소리가 들리고 주방장과 셰프가 야식을 가져왔다.

포타주 수프와 샌드위치, 거기에 산나물 죽. 어딘가 어울리지 않는 조합이지만 그 향기는 조금도 혼탁한 곳 없이, 마치 무지개처럼 화사하게 방 안을 밝혀주었다.

"여기에 모여 계신다고 해서 간단한 야식을 마련했습니다."

주방장이 죽을 그릇에 퍼담는다.

"호박 포타주입니다. 야식이라 간단히 컵에 담는 게 좋을 것 같아서요."

셰프가 그 곁에 무릎을 꿇고 마치 경쟁이라도 벌이듯 수프를 따른다.

매일 밤 이렇게 멋진 야식을 가져다주는 두 요리사에게 나는 늘 이상한 느낌을 받는다. 그들이 팔에 냅킨을 걸치고 정성들여 만든 음식을 담은 그릇을 떠받쳐들고 다가올 때면, 늘 차분하고 경건한 의식을 거행하는 듯한 느낌에 사로잡히는 것이다. 밤중에도 벗지 않는 새하얀 옷이 경건한 수도사의 제복처럼 보인다.

주방장이 내 앞에 김이 모락모락 나는 그릇과 젓가락을 내려놓았다.

"난 됐어. 먹고 싶지 않아."

장인답게 잘 갈무리된 주방장의 눈이 온화한 반달 모양으로 바뀌었다.

"내일 심사 결과가 마음에 걸리는 모양이시죠?"

"……그런 게 아냐. 그 따위 건 아무래도 좋아."

"그럼 왜 하루 종일 침울해 계십니까."

"전화가 안 돼."

다시 버튼을 누르는 나의 손가락을 주방장은 뚫어져라 바라보았다.

"이런 한밤중에 도대체 어디로 그렇게 전화를 하시는 겁니까?"

"자네는 몰라도 돼."

나를 올려다보는 주방장의 눈동자에 슬픔이 가득 찼다. 나는 고개를 돌려 별들이 가득한 밤하늘을 바라보았다.

"당신들은 왜 이렇게 하나같이 쓸데없이 간섭하길 좋아하는 거야? 나에 대해 아무것도 모르는 주제에. 어디 사는 누구에게 무슨 생각으로 전화를 거는지 알지도 못하면서!"

주방장은 밤의 창에 비친 내 얼굴을 응시했다.

"그렇습니까. 손님에게 이렇게 야식을 내는 게 쓸데없는 간섭일까요? 그렇다면 지금까지 삼십 년 동안 저는 무슨 일을 해왔단 말씀이십니까."

"제발 날 그냥 내버려둬. 아무도 내 심정 몰라. 가만 좀 내버려두란 말이야."

그럼 그러죠, 하고 주방장은 유리 테이블 위에 그릇을 놓고 방을 나갔다.

한밤중의 사제들이 사라지자 사람들의 대화도 잠시 끊어졌다. 모두 입을 다물었고, 지배인과 그 아들 프런트맨도 찍 소리 하나 내지 않고 죽을 먹고 수프를 마시고 있었다.

그렇게 떠들썩하던 공기를 침묵으로 바꿔버리는 이 맛은 도대체 무엇인가. 나는 그릇을 잡고 죽을 먹기 시작했다. 산나물과 바다의 향기가, 갑자기 계절이 눈앞에 열리듯 입 안으로 퍼져나갔다. 이 맛은 깊이 쌓인 눈에 덮인 겨울 산골마을의, 아직 눈에는 보이지 않는 봄 그 자체다.

죽을 먹으면서 나는 울었다.

어떤 사람들에게 찬사를 들어도, 부와 명성을 얻는다 해도, 내가 쓴 이야기는 주방장이 만든 한 그릇의 죽에도 미치지 못한다.

대연회실의 열기는 더욱 고조되어갔다.

펄펄 날아다니는 만 엔짜리 지폐는 이미 화폐로서의 가치를 상실하여, 그저 '후쿠자와 유키치 얼굴이 그려진 종잇조각'에 지나지 않았다.

누구 하나 그것으로 밥을 사서 먹는다든지, 옷을 산다든지, 해외여행을 한다든지 하는 구체적인 생각은 하지 않았다.

그러나 참가자 중 단 한 명, 조금이나마 금전 감각이 남아 있는 사람이 있었다. 별볼일 없는 내장공사회사 사장 구스보리 도도메였다.

혼자서 독주를 계속하는 오마타 야이치, 통칭 오마타 숙부의 꼬리에 붙어 야금야금 긁어들인 돈이 천만 엔에 달했을 때, 그는 내심 '이걸로 급한 어음은 막을 수 있겠다' 는 생각을 했다. 천오백만 엔이 되었을 때는 '이제 월말 임금까지 줄 수 있다' 고 생각하고, 이천만 엔이 되었을 때는 '이제 자재 값도 갚을 수 있다' 고 생각하며 웃었다.

확실히 말해 별로 욕심이 없는 성격이다. 하지만 바로 그런 성격 때문에 거품경제 때도 돈을 못 벌었고, 거품이 가라앉자 직격탄을 맞고 말았다.

그런 오랜 역경의 세월이 가져다준 교육적 효과 때문에, 이런 분위기 속에서도 유일하게 금전 감각을 유지할 수 있었던 것이다.

나카조 오야붕이 비극적인 1, 2, 3을 내고 하늘을 올려다보며 탄식한 뒤에, 잡고 싶은 마음이 추호도 없던 선이 자신에게 돌아왔다.

욕심이 없는 그는, 이천만 엔을 벌었으니 이제 보신에 주력해야겠다고 작정하고 있었다. 다른 사람들이 험악한 눈길을 보냈음에도 불구하고, 선이 한 바퀴 돌 동안 줄곧 천 엔 이상은 걸지 않았다.

그렇다면 일부러 꾀병을 부리거나 화장실에 가는 척하면서 도망치는 현명한 방법도 있겠지만, 천성이 비겁한 것을 싫어하는 터라 그냥 자리를 지켰다.

무엇보다 무려 이천만 엔이 무릎 앞에 쌓여 있으니 하고 싶지 않아도 어쩔 수 없는 노릇이다. 게다가 모두들 그가 거의 무일푼으로 노름을 시작했다는 것을 알고 있다.

마음을 다잡고 사발을 앞으로 끌어당기는 순간, 구스보리는 사람들의 살기 띤 시선을 느꼈다.

"저어…… 가능한 한……"

말이 채 끝나기도 전에 돈다발이 날아들기 시작했다.

이미 평생에 걸쳐 갚아야 할 빚을 져버린 오소네가 미라처럼 핏기 가신 얼굴을 들어올렸다.

"가능한 한? 그 다음은 뭐야?"

"에, 아아, 아니 그게…… 가능한 한 적게 배팅하시라고, 저기, 설마……"

헹, 하고 오소네는 경멸 섞인 콧소리를 내뱉더니 백만 엔 위에 다시 백만 엔 다발을 더 올렸다. 불에 기름을 붓는 어리석은 실언이었다. 유일한 아군인 오마타 숙부를 제외한 모든 사람들이 동시에 헹, 하고 코 푸는 듯한 소리를 내더니 돈을 더 얹는 것이다.

구스보리는 어림짐작으로 계산해보았다. 절대 천만 엔 이하는 아니다. 1이 나오면 그 자리에서 천만 엔이 사라지고, 1, 2, 3이 나오면 가진 돈을 모두 내놓아야 한다.

"타, 타임……"

구스보리는 비틀거리며 일어서서 오마타 숙부를 복도로 불러냈다. 이미 억대의 돈을 손에 쥔 오마타 숙부는 거의 황홀경에 빠져 있었다.

"할아범, 나 이제 그만두고 싶어. 어떻게 좀 그만두게 해줘."

"그만두겠다고? 그건 무리야, 구스보리. 이렇게 돈을 따놓고 그냥 간다는 건 말도 안 돼."

"이건 할아범의 석방 기념 도박이잖아. 그런데 왜 안 된다는 거야?"

"석방 기념이건 뭐건 도박은 도박일세. 진 사람이 두 손을 들 때까지 우린 자리를 뜰 수 없어."

"저놈들이 물러설 리가 없잖아. 밑도 끝도 없이 돈이 나오고 있다고. 이러다간 언제 끝날지 기약도 할 수 없겠어."

"다 잃어봐야 본전인데 뭐가 겁나나? 없는 것까지 받아내려 하지는 않을 걸세. 딴 것 다 잃으면 머리를 숙이고 졌다고 선언하면 돼. 하룻밤 재밌게 놀았다고 생각하라고."

오마타의 말은 옳았다. 단, 구스보리에게는 너무도 수준 높은 정론이었다.

"나…… 어쩐지 불길한 예감이 들어. 선에서 일이삼이 나와서 단번에 빈털터리가 될 것 같은 느낌이 든단 말이야."

벌벌 떠는 구스보리의 얼굴을 바라보며 오마타는 한숨을 내쉬었다.

"어이, 사장. 오늘밤에 인생을 바꾸어볼 생각 없어?"

이 또한 수준 높은 주문이었다.

"그러니까, 여기서 그만두게 해달라는 거야."

"이 멍청이!"

오마타는 낮은 목소리로 나무랐다.

“이천만 엔에 꼬리를 내릴 정도로 네놈 인생이 그렇게 별볼일 없다는 소리냐?”

노려보는 노인의 눈동자가 형형히 빛나고 있다. 초점도 없는 유리알 같은 눈은 어디론가 사라져버렸다.

오마타는 목소리에 잔뜩 힘을 주고 말했다.

“어이, 까불지 마. 오십이 년의 징역생활은 그냥 공짜로 한 줄 알아? 난 그 동안 벽 속에서 수많은 사람을 만났어. 잘 들어. 네 인생은 네가 바꾸려 하지 않으면 바뀌지 않아. 가만있는데 하느님이 내려주는 행복 같은 건 있지도 않아. 운은 너 스스로 거머쥐는 거야.”

“……그, 그건 또 무슨 말입니까?”

오마타는 유카타 품속에 두 손을 넣은 채 뒤를 돌아보더니 방문을 닫았다. 그러고는 형형한 야쿠자의 눈으로 구스보리를 노려보았다.

“내가 이런 노름판을 벌인 것도 다 네놈을 위해서야.”

“나를 위해서?”

“그래. 오십이 년 동안 나는 세상을 떠난 아버지, 어머니, 아내, 모두에게 조금도 은혜를 갚지 못했어. 난 의리 없이 이대로 죽고 싶지 않아.”

“그게 왜 나를 위한 거란 소리야?”

노인의 눈에서 뜨거운 눈물이 번득였다.

"이것밖에는 은혜를 갚을 길이 없어. 마음 단단히 먹고 내 뜻을 받아주게."

그렇게 심각한 남자의 얼굴을 구스보리는 여태 본 적이 없었다. 노인은 결의한 듯 입술을 꽉 깨물었다.

"잘 들어, 사장. 누구에게도 말한 적 없는 도박의 오의(奧義)를 지금 가르쳐주지. 하나도 어렵지 않아."

"오의……?"

오마타는 천천히 고개를 끄덕였다.

"절대로 진다는 생각은 하지 말 것. 누가 뭐라 하든 나쁜 눈이 나온다는 생각은 절대로 하지 말 것. 사발 바닥에 사오륙 갓파기가 나오는 광경을 생생하게 떠올리는 거야. 그것만 생각해. 그러면 반드시 나오게 되어 있어."

그 말이 끝나는 순간 오마타의 표정이 풀어졌다. 눈동자의 색깔마저 유리알처럼 멍한 원래의 모습으로 돌아갔다.

마치 여우에 홀린 듯한 기분으로 구스보리는 방으로 돌아왔다.

"자, 배팅은 끝났습니다."

구로다가 팔을 뻗었다.

"일, 이, 삼!"

구스보리는 마음속으로 외쳤다. 사오륙 갓파기, 핀조로, 고조로. 그렇다, 나는 여태껏 늘 내 인생을 나쁜 쪽으로만 생각해왔다.

빨간색 숫자 1이 사발 바닥에 늘어서는 모양을 가슴속에 그리면서, 구스보리는 주사위를 흔들었다.

"핀, 조, 로오오오!"

―핀조로가, 나왔다.

27

봄날 아침이 밝아올 즈음, 핫토리 셰프는 시게루를 데리고 산으로 들어갔다.

산나물과 허브는 아침에만 뜯는다. 고갯길로 이어지는 뒷산은 녹은 눈 사이로 싹을 내미는 산나물의 보물창고였다.

문을 열고 산으로 들어서자 아름다운 소녀가 달려왔다.

"잠깐만요, 아저씨!"

청바지에 올이 굵은 스웨터를 입고 긴 머리카락을 뒤로 질끈 동여맨 소녀가 산길을 고무공처럼 튀어올라왔다. 핫토리는 마치 숲의 요정을 보는 듯한 느낌에 사로잡혔다.

"안주인께서 산나물 뜯는 데 따라갔다 오라고 해서요. 괜찮죠?"

아마 어른들 틈에 끼여 있느라 지겨웠을 것이다.

"괜찮긴 하지만 조심해야 해. 넘어져서 얼굴에 상처라도 나면 큰일이니까."

시게루가 꼴에 어울리지 않게 상냥한 목소리로 대답했다. 소녀는 가볍게 나무 사이를 헤치며 산길을 올라왔다.

"안녕하세요, 아저씨. 어제 수프 정말 맛있었어요."

"고마워. 정말 일찍 일어났구나."

"예, 난 매일 아침 다섯시에 일어나서 조깅이랑 유연체조를 해요. 그러고 나서 밥 먹을 때까지 소리내어 책을 읽어요."

"책?"

"예. 후짱, 아니 어머니가 옛날에 사용하던 대본이에요. 연습 삼아 소리내어 읽는 거예요. 이제 곧 피터팬 오디션이 있어서 연습 열심히 하고 있어요."

밝은 목소리와 가벼운 몸놀림은 그런 생활이 가져다준 선물일 것이다. 소녀는 머지않아 저 산꼭대기에서 아래로 달려내려올 봄의 메신저였다.

"어머니는?"

"방금 전까지 사람들과 이야기를 나누다가 그대로 잠들어버렸어요. 난 일찍 잠들었기 때문에 지금 일어난 거고요."

따스한 아침이었다. 잠시 올라가서 뒤를 돌아보니 호텔을 감싸는 숲 전체가 엷은 녹색으로 물들어 있었다. 이대로 며칠만 더 따스한 날이 계속되면 벚꽃도 만발할 것이다.

걸어가면서 시게루가 물었다.

"소문으로 들은 이야긴데, 셰프, 크라운으로 돌아간다면서요?"

지배인이 말했을까. 생각도 하기 싫은 말을 듣고 핫토리의 마음은 무거워졌다.

"난 가지 않아. 계속 여기 머물 거야."

"엣, 왜요? 믿을 수 없어. 크라운 셰프라면 몇백 명이나 되는 크라운 호텔 요리사의 대장인데, 그런 좋은 자리를 두고 왜 이런 데서 썩으려는 거죠?"

시게루의 소박한 질문에도 답할 말이 없었다. 왜 굳이 이곳에 머물려 하는 건지, 그 자신도 잘 알 수 없었다.

적어도 오기를 부리는 건 아니다. 이 산골짜기의 호텔은 크라운의 주방에서도, 샹젤리제의 레스토랑에서도 배우지 못한 많은 것들을 가르쳐주었다. 배워할 것이 아직도 많다. 아니, 무엇보다 자신은 이 호텔에 머무르는 불가사의한 사람들을 사랑하고 있다.

"어쨌든 난 여기 있을 거야. 가지 씨와 함께 계속해서 요리를 만들 거야."

스스로에게 다짐을 하는 듯, 핫토리는 그렇게 중얼거렸다.

쌓인 눈을 뚫고 올라온 머위 순을 따면서 능선으로 나아가자, 신비로운 여명이 세 사람을 감싸주었다. 산록을 뒤덮은 안개도 거짓말처럼 걷혔다.

"와, 멋져. 봄이 올라오고 있어!"

목소리와 몸매뿐만 아니라 마음까지 아름다운 소녀라고 핫토리는 생각했다. 작은 새의 지저귐을 들으면서 핫토리는 발아래 펼쳐진 산골짜기의 봄을 바라보았다. 멀리 보이는 마을은 꽃의 색으로 물들어 있다. 산봉우리는 아직 눈으로 덮여 있지만, 봄은 바로 눈 아래까지 다가왔다.

소녀는 얼어붙은 손바닥을 스웨터 소매에 감추고 요정처럼 춤추기 시작했다.

"정말 모르겠어요. 아저씨는 스타가 될 수 있는데도 왜 싫다는 거죠? 그건 솔직하지 못한 태도 같아요."

"맞아, 셰프. 생각해봐요. 오야붕이 되고 싶어도 될 수 없고, 소설가가 되고 싶어도 될 수 없고, 지도자가 되고 싶어도 되지 못하는 사람이 얼마나 많은데. 누구라도 그렇게 말할 거예요. 솔직하지 못하다고요."

핫토리는 못 들은 척하며 쌓인 눈 위에 쪼그리고 앉았다. 얼어붙은 흙을 만지고 있자니 어린 시절의 기억이 되살아났다. 다른 사람들처럼 어릴 적 뛰놀았던 추억도, 학문도, 애인도, 아무것도 없다. 기억에 남은 거라곤 부엌과 주방뿐이다.

아홉 살에 어머니가 돌아가셨다. 병원 침대에서 마지막으로 어머니는 이렇게 말씀하셨다.

'마사히코, 정말 미안하지만 앞으로는 네가 가족들 밥을 짓도록 해. 넌 손재주가 좋으니까, 부탁한다.'

마취 때문에 의식이 흐릿해진 어머니의 잠꼬대일지도 모른다. 그러나 핫토리는 그것을 유언으로 생각했다. 그로부터 그는 매일 주부가 되었다. 어머니가 남긴 요리 메모를 보면서, 어머니가 남겨주신 앞치마를 두르고 열심히 음식을 만들었다.

학교에서 돌아오는 길에 시장에 들러 재료를 사서 아버지와 형제들을 위해 요리를 했다. 그런 슬픈 습관이 결국 자신을 요리사로 만들고 만 것이다.

연립주택의 개수대는 키에 맞지 않아, 설거지를 할 때마다 받침대 위에 올라서야 했다. 식칼이 무서워서 과일칼을 쓰는 바람에, 생선 비늘이 벗겨지지 않아 울기도 했다.

단지 은인인 총요리장이 크라운으로 돌아오라고 한 거라면 아마 다시 생각할 여지도 있었을 것이다. 그러나 그랑 셰프의 후임이라는 말을 듣는 순간, 핫토리는 아무 말 없이 전화를 끊어버렸다.

명문 크라운 호텔의 총요리장은 이백 명의 요리사를 지휘한다. 천황 폐하 만찬회의 식단도 짠다. 일본의 모든 요리사 중 최고 권위로 군림하는 자리다.

난 아직 그런 직위에 앉을 정도가 못 된다. 키도 안 맞는 부엌에서 뒤꿈치를 세우고 서서 요리를 배운 내가 국빈을 대접하는 메뉴를 만들다니, 정상적이지 못한 동기로 시작한 요리로 천황 폐하의 식단을 짜다니 말도 안 된다.

"아저씨…… 왜 울고 있어요?"

어깨 너머로 건너다보는 소녀의 머리카락에서 향기로운 봄의 냄새가 풍겼다.

"어떻게 하면 좋을지 모르겠어. 아저씨 요리는 맛이 없으니까,

높은 사람들한테 먹게 할 수는 없어."

"자신이 없는 건 노력이 부족해서 그렇대요. 후짱이 그랬어요."

"노력은 했어. 이 아저씨는 열심히 했어. 늘, 어디서나 누구에게도 지지 않을 만큼."

"그건 정말 이상해요."

소녀는 핫토리와 나란히 쭈그리고 앉았다.

"난 열심히 노력했으니까 반드시 피터팬이 되고 말 거예요. 노력했기 때문에 자신 있어요. 피터팬이 될 자신이 있어요."

"아저씨는 너만큼 대단하지 못해. 입이 찢어져도 그런 말은 못 해."

눈물을 감추기 위해 핫토리는 두 손으로 얼굴을 가렸다. 손바닥에서 은은한 월계수잎 냄새가 풍겼다.

"그렇지만 호박 수프는 정말 맛있었어요. 머리가 이상해질 정도로 맛있었다구요."

"머리가 이상해질 정도로……?"

핫토리는 얼굴을 들어올렸다.

"한 입 먹고는 머리가 핑글 돌아버렸어요. 웃으면 실례일 것 같아서 고개를 숙이고 참았지만, 모두 킥킥거리며 웃었다구요. 알아요?"

구름을 뚫고 솟아오른 아침 해가 핫토리의 눈동자를 빨갛게 물들였다.

"샤나이 우는 맘 니는 몰라, 형제여, 우리는 의리에 살고 죽잣!"

국적불명의 〈의리의 형제〉 멜로디가 로비의 텅 빈 공간으로 퍼져 나가고 있다. 흥얼거리며 아침 청소를 하던 곤잘레스는 문득 이상한 느낌이 들어 뒤를 돌아보았다.

앗! 하고 몸을 번개처럼 돌리며 소파 뒤로 숨었다. 비자 기간이 끝난 이후로 늘 이렇게 신경이 곤두서 있다.

"앗, 오소네 숙부! 왜 그래, 어디 아파?"

창백한 얼굴에 허탈하게 어깨를 늘어뜨리고 로비 한가운데 멍하니 서 있는 사람이 있었으니, 다름아닌 오소네 쓰토무였다. 유카타 앞섶이 풀어진 것도 모르고, 그야말로 넋 나간 부랑자 꼬락서니다.

갑자기 무릎 관절을 푹 꺾으면서, 오소네는 죽어가는 사람처럼 힘없이 중얼거렸다.

"……일, 억, 일……억, 일……"

달려가서 일으키려는데, 대연회실 문이 열리면서 오소네 일가의 간부들이 하나 둘씩 비틀거리며 나오기 시작했다.

"오, 처언, 오, 배액……"

"사암, 처언, 마안……아……아."

"나는 망, 했다, 꼴, 았, 다……"

도대체 무슨 일이 있었나 하고, 곤잘레스는 겁먹은 발길로 복도를 가로질러 대연회실을 엿보았다.

마치 건조한 사막 같은 풍경이었다. 나카조 오야붕과 구로다, 오마타 숙부와 그의 동행이 머리를 맞대고 있다.

"아침부터 뭐 해요?"

반응이 없다. 쉬어터진 구로다의 목소리가 들려왔다.

"사, 오, 유우욱."

찌르르 하는 귀뚜라미 울음소리 같은 게 들렸다. 그 순간 구로다는 아앗! 하고 뒤로 벌렁 자빠졌다.

오야붕이 웃는다.

"큿큿, 수고 많았어, 아키라. 제법 잘 버텼지만 드디어 자네도 빵꾸야. 자, 이제 똥이나 싸고 잠이나 자라구."

"오야붕…… 너무 무정합니다. 천만만 더. 딱 한 번만 더. 이렇게 부탁합니다."

몸을 일으키고 구로다는 오야붕 발 앞에 엎드렸다.

"이거 왜 이래, 아키라? 이미 오천만을 넘었어. 더이상은 하지 않겠다고 약속했잖아."

"그렇지만 오야붕. 오천만, 오천만이란 말입니다. 상환불능입니다. 나폴레옹이라도 못 갚아요."

"파산한 은행 같은 소리 하지 마. 월급도 많으니까 오천만 정도는 가볍게 갚을 수 있어. 몸이 부서져라 열심히 일하면 돼."

"월급이 많다고요? 확실히 말씀드리겠는데, 제 월급은 실수령액 삼십이만 팔천 엔입니다. 그걸로 어떻게 갚으란 말입니까."

"그건 간단하지. 에, 그러니까, 이팔 십육, 일 올라가고 이이는 사…… 십삼 년만 공짜로 일하면 다 갚겠는데, 뭘."

아아, 하고 절규하며 구로다는 다시 쓰러져버렸다.

“그럼 오마타 숙부, 그리고 손님. 오소네 일가는 전원 항복, 우리 구로다도 저렇게 파산해버렸습니다. 이제 슬슬 주인공들끼리 본 게임으로 들어가는 게 어떨까요.”

살아남은 세 사람 주위에는 뭔지 잘 알아볼 수 없는 헌책 같은 것들이 잔뜩 쌓여 있었다.

근면성실한 오야붕이 아마 밤을 새워 공부라도 한 모양이다. 끝나기는 아직 먼 모양이니 대연회실 청소는 나중으로 미루자고 곤잘레스는 생각했다.

“굳세엔 그대에 매앵세에에, 어찌 잊으리이오오오, 샤나이이 가느은 기일을 누우가 마아그으릿!”

하얀 앞치마를 두르면서 주방장은 자리에서 일어났다. 평소의 그 엄격한 표정으로 로비 여기저기 막대기처럼 굴러다니는 오소네 일가를 노려본다.

“술 먹고 이런 데서 자면 감기 걸립니다. 방으로 돌아가서 편히 주무세요.”

인간으로서 긍지와 자부심도 잃어버린 야쿠자들은 시키는 대로 비실비실 바닥에서 일어나 계단을 올라갔다.

“다들 술을 잘못 마셨나? 하나같이 똥 밟은 표정들이구먼. 어이, 곤잘레스. 핫토리 못 봤어?”

“셰프, 시게루하고 산나물 잡으러 산에 갔어. 이제 올 거야.”

"응, 그랬군."

주방장은 후우 하고 한숨을 내쉬었다.

"아침부터 보이지 않아서 말이야. 내게 말도 없이 그냥 도쿄로 가버렸나 했지…… 흥, 그게 아니었군."

"셰프, 언제 가는데?"

"모르겠어. 하루라도 빨리 쫓아내야지, 뭐. 한심한 녀석. 계집애같이 구질구질 변명만 늘어놓고 통 갈 생각을 안 해."

주방장은 복대를 풀고 창을 향해 놓인 소파에 걸터앉았다. 멍하니 산을 바라본다. 갑자기 늙어 보이네, 하고 곤잘레스는 속으로 중얼거렸다. 가지 주방장은 선대 오너 때부터 삼십 년 동안이나 이곳에 살고 있다. 아직 결혼도 하지 않았다.

"난 또…… 아직 도쿄에 가지 않았단 말이지……"

봉우리 끝으로 올라오는 아침 햇살에 눈을 가늘게 뜨며 주방장은 쓸쓸히 중얼거렸다.

"아, 저기 온다."

핫토리 셰프는 시게루와 손님의 딸과 함께 석방 사쿠라 가지를 헤치며 걸어오고 있었다. 주방장의 표정이 갑자기 험악해졌다. 이크, 한바탕 소란이 벌어지겠는걸, 하고 곤잘레스는 생각했다.

"주방장, 싸우지 마. 셰프 나쁜 사람 아냐."

"시끄러워. 나쁘지 않아도 나쁘다는 말 듣고, 맛있어도 맛없다는 말 들으면서 솜씨를 키우는 게 요리사란 말이야. 입 다물고 있어."

짐작대로 핫토리 셰프가 장화를 벗는 순간 주방장은 성큼성큼 발걸음을 뗐다.

"핫토리, 네놈 대체 뭐 하는 거야!"

셰프는 멍하니 그 자리에 멈춰 섰다.

"뭐라니요, 산나물 뜯으러 갔다왔죠."

허리에 찬 바구니에서 집어낸 머위 순을, 주방장은 손바닥으로 쳐서 떨어뜨렸다.

"이런 짓, 네놈이 할 일이 아니잖아!"

"이런 짓이라니……"

멍하니 서 있는 셰프를, 주방장은 몸을 부르르 떨면서 꾸짖었다.

"몇 번 말해야 알아들어! 언제까지 이런 데서 어슬렁거리고 있을 거야, 엉! 크라운으로 돌아가, 돌아가라면 돌아가란 말이야!"

화를 내면서 주방장은 눈물을 흘렸다. 아니, 화를 내고 있는 게 아니다. 핫토리 셰프는 주방장의 꿈 그 자체인 것이다. 분명히 그런 거라고, 곤잘레스는 생각했다.

28

오카바야시 가즈오가 꿈속을 헤매다가 눈을 뜬 것은 정오가 가까워서였다.

"오카바야시, 잠깐 와봐."

창가의 등나무 의자에서 몸을 일으킨다. 기도 선생의 피로에 전 얼굴이 문틈으로 엿보였다.

도무지 일어날 생각을 않는 기도 담당 편집자들의 털북숭이 정강이를 옆으로 밀치고 오카바야시는 복도로 나섰다.

"자네에게 보여주고 싶은 게 있는데, 지금 좀 괜찮나?"

선생은 허리춤에서 원고 뭉치를 꺼냈다.

"오, 손으로 썼군요. 요즘 세상에 이런 건 보기 드문데요."

원고지를 한 장씩 반으로 접어 단단히 철해놓았다. 평소 워드프로세서 글자만 보아온 오카바야시는 그 원고에서 묘한 존재감을 느꼈다.

"피로하신 것 같은데 안 쉬십니까?"

"응. 그걸 읽다보니 그만 눈을 뗄 수 없어서 말이야."

두 사람은 피로 때문에 바위처럼 무거운 몸을 이끌고 로비로 내려왔다. 나른한 봄 햇살이 정원 쪽으로 열린 커다란 창을 가득 채우고 있었다.

화려한 비단 소파에 걸터앉아, 선생은 한숨처럼 담배연기를 뿜어냈다.

"손으로 쓴 원고가 그렇게 드물어?"

"그렇죠. 신인상 응모원고 약 천 편 가운데 구백칠십몇 개는 워드프로세서로 친 겁니다. 손으로 쓴 건 나이 든 사람들의 자서전 같은 것들인데, 보통 제대로 읽어보지도 않아요."

최근 들어 워드프로세서 원고가 비약적으로 증가하고 있다. 오카바야시가 막 입사할 당시만 하더라도 거의가 손으로 쓴 원고였다. 워드프로세서가 일반에 보급되지 않은 이유도 있었고, 소설만을 쓰기 위해 사용하는 사람은 더더욱 없었다.

그야말로 하루가 다르게 진화해왔다. 최근 십 년 동안 마치 어린아이가 걸음마를 배우고 말을 배우고 학교를 다니며 날로 성장하는 듯한 속도로 워드프로세서의 성능은 향상되었고 가격도 싸졌다. 지금은 편집부 어디서나 손으로 쓴 원고지는 찾아볼 수도 없다.

"잘 주무셨어요?"

나지막한 목소리에 고개를 돌려보니 오기와라 미도리가 벽가의 카운터에 앉아 커피를 마시고 있었다. 방금 온천을 했는지 머리카락이 젖어 있다.

"어이, 오기와라. 자네도 이리 와. 좋은 걸 보여줄게."

기도 선생이 부르자 미도리는 아니라면서 손사래를 쳤다.

"저는 어차피 방해쟁이니까 안 낄래요. 게다가 지금 처리해야 할 일이 좀 있거든요."

두 사람이 고개를 끄덕이며 등을 돌리자, 미도리는 서류봉투에서 원고를 꺼내 능숙한 솜씨로 교정을 보기 시작했다.

"선생님, 알고 계십니까? 단세이 노블스의 신기획 'SSS북스' 라는 놈 말입니다."

"뭐? 그게 뭔데."

"슈퍼 섹슈얼 시리즈의 약자예요. 표지는 포르노 비디오의 스틸 사진. 책에 래핑을 하고 헤어누드 사진을 곁들여서 오백 엔 균일가. 너무 저질이라고 도매상들이 판매를 거부하는 바람에 영업부에서 일일이 편의점이나 병원 매점을 돌아다니며 팔고 있다 합니다. 그런 일을 하는 편집자를 선생님 담당으로 붙이다니, 참 해도 해도 너무하는군요."

그렇게 말하면서 원고 표지를 여는 오카바야시의 표정이 갑자기 엄숙해졌다.

결코 달필은 아니지만 한 획 한 획에 정성을 들인 만년필 문자가, 네모 칸을 빼곡 메우고 있었다.

읽기 전에 페이지를 재빨리 훑어본다. 지운 글자도 고친 글자도 없다. 수정 부분도 수정액을 사용하지 않고 원고 칸에 맞게 종이를 잘라서 붙여놓았다.

"미우라 신이치…… 누구죠? 왠지 모르게 집념이 느껴지는 원고로군요."

기도 선생은 다 읽은 소설의 내용을 떠올리는 듯 눈을 질끈 감고 있었다.

"무명의 신인이야. 이 사람은 텔레비전도 나오지 않는 산골짜기 분교에서 소설을 썼다고 해. 집념으로 쓴 게 아냐. 아마 이 사람에게 즐거움이라고는 그것밖에 없었던 거야. 읽는 것과 쓰는 것밖에."

"간단한 플롯은 뭔가요?"

"홋카이도의 벽지에 부임한 젊은 교원이 하나뿐인 제자를 사랑하는 내용이야."

"엑, 롤리타 콤플렉스?"

기도 선생은 경멸 섞인 눈으로 오카바야시를 노려보았다.

"읽어보면 알아. 초등학교 육학년 소녀와 운동권 출신 청년 교사의 사 년에 걸친 생활을 담담하게 써내려간 내용이야."

"시대착오적일 듯한 느낌이 드는데요……"

"평가는 읽은 다음에 해. 적어도 나는 여태껏 이만큼 청순한 소설은 읽은 적이 없어. 이렇게 펄펄 살아숨쉬는 감성을 가진 작가도 본 적이 없고. 이 정도로 완벽하게 갈고 닦은 문장도 본 적 없다고."

오카바야시는 페이지를 펼쳤다.

『북방의 이별』 — 미우라 신이치

제목도 작가 이름도 너무 평범하다. 어디를 보나 빛을 보기 힘들 것 같은 느낌이다.

그러나 처음 몇 장을 읽고, 오카바야시는 자세를 고쳐 앉았다.

온천 마을이 내려다보이는 일곱 굽이 고갯길에 이르자, 하라다는 쓰러져 있는 나뭇등걸에 걸터앉았다.

이렇게 땀을 흘리는 것도 오랜만이다. 셔츠의 단추를 풀고 손수건으로 가슴을 닦으면서, 하라다는 땀을 뻘뻘 흘리며 탐문수사를 벌이던 젊은 시절을 떠올렸다.

"자, 점심이나 먹을까."

혼잣말을 중얼거리며 배낭을 내려놓고 역에서 산 도시락을 펼쳤다. 미지근한 녹차 캔을 딴다.

눈 아래 펼쳐진 풍경을 내려다보며, 이렇게 높고 험한 산길을 잘도 올라왔다고 스스로 감탄해본다. 요즘 들어 체력이 떨어져 개를 산책시키는 것도 힘들 지경이었는데 지팡이를 짚고 두 시간이나 산길을 걸어오다니, 자신도 믿을 수 없었다.

후주 형무소 앞의 느티나무 가로수 길에서 오마타 야이치를 전송한 후, 하라다는 줄곧 양심의 가책을 견딜 수 없었다. 진실을 고백하고 사과하지 못한 것은 팔십이 넘어도 버리지 못한 형사 근성 때문이었다. 그러나 남은 인생을 후회와 가책으로 보낼 수만은 없는 노릇이다. 아니, 그것보다는 단순한 착오로 오십이 년의 징역이라는 비극을 연출한 컴퓨터를 대신해 사과할 수 있는 인간은 자신밖에 없다고 생각했다.

간토 사쿠라회의 기도 나카조가 경영하는 호텔에 간다고, 오마타 야이치는 헤어지면서 말했었다.

경시청의 관료들과 교류가 있는 손자에게 부탁해서 '오쿠유모토 수국 호텔'의 소재를 알아냈다. 하라다는 그 길로 우에노에서 열차를 타고 초라한 산골짜기 온천 마을에 내린 것이다.

버스도 없었다. 택시는 승차를 거부했다. 어쩔 수 없이 역 앞 파출소로 가서 경찰 출신임을 밝히고 경찰차를 좀 내달라고 부탁했지만, 순경은 노골적으로 싫은 표정을 지었다. 경시청 출신이라면 관할서와 아무 관계 없다고 단호히 거절하는 것이었다.

따지고 보면 맞는 말이긴 하다. 아마도 말하기 힘든 어떤 사연이 있을 것 같다는 짐작을 하면서 하라다는 먼 산길을 터벅터벅 걷기 시작했다.

순경은 보통 남자 걸음으로 한 시간 정도라고 했지만 한 시간을 걸어도 산만 깊어질 따름이었다. 자신이 더이상 보통 남자가 아니라는 사실을 하라다는 산길을 걸으면서 뼈저리게 느꼈다.

틀니를 달그락거리면서 하라다는 천천히 도시락을 먹었다. 다리는 지팡이처럼 딱딱하게 굳어 있었다.

도대체 이 다리로 얼마나 더 걸을 수 있을지, 하라다는 일곱 굽이 고갯길 아래로 이어져 있는 산길을 내려다보았다. 아마도 지구를 몇 바퀴 돌 정도의 거리를 걸어왔을 것이다. 그리고 그 최후의 여정에 반드시 넘어야 할 이 산길로 들어선 것이다.

호텔까지 걸어갈 자신이 없었다.

오랜 시간을 들여 식사를 마치자, 하라다는 도시락통을 끈으로 묶어 배낭 안에 넣었다. 남은 반찬과 담배꽁초는 길가에 구멍을 파서 묻었다.

지팡이를 짚고 굽은 허리를 더 구부려, 하라다는 걷기 시작했다. 어쨌든 이것이 최후의 업무가 될 것이다.

한 걸음 뗄 때마다 수많은 이수라장의 기억이 되살아났다.

경시청에 봉직한 것은 1920년대 중반. 1930년대의 2·26사건*의 계엄령, 국민을 탄압하던 정책, 공습과 패전과 같은 역사적 사건들이 마치 어제 일처럼 생생히 떠오른다. 전후의 혼란, 매춘부 사냥, 적군파 색출, 도쿄 올림픽 경비, 과격파와의 대결, 삼억 엔 사건 탐문수사 등을 하면서 도대체 구두를 몇 켤레나 바꾸어 신어야 했던가.

자신은 늘 정의였다. 자신의 존재가 정의 그 자체이며, 세상의 부정을 바로잡는 것이 자신의 사명이라 믿으며 살아왔다.

단 한 번도 악을 간과하지 않았다. 일을 적당히 처리하는 것도 죄악이라고 생각했다.

사람들은 하라다를 '귀신 경찰' 이라고 부르며 다들 두려워했다. 수많은 표창장과 훈장을 받았다.

산길을 걸으면서 하라다는 메마른 입술을 깨물었다. 법률에 어긋나면 악이고 사람의 길에 반하는 것이 악이라면, 컴퓨터의 실수 또한 악임이 분명하다. 적어도 한 인간을 불행하게 만들었다. 이것은 죄악이다. 게다가 이제 와서 고칠 수도, 회복할 수도 없다.

길은 이제 발끝으로 지탱해야 할 정도로 가파르다. 지팡이를 잡은 손이 떨리고 때로는 허리가 꺾어질 것 같아, 하라다는 자갈길에

* 1936년 2월 26일에 일어난 쿠데타. 이 사건을 계기로 군벌의 힘이 더욱 강화되었다.

무릎을 꿇어야 했다. 늙은 심장이 불길한 굉음을 내기 시작했다.

일어서. 일어서야 해. 정의는 절대로 굴복하지 않는다. 나는 경찰이다. 모든 악을 내 손으로 박멸해야 한다.

비틀거리며 일어서자, 저 멀리 낙엽송 건너편으로 이상한 건물이 하나 나타났다.

소재지를 조회한 손자가, 역 앞 파출소 순경이, 택시 운전사가 입에 입을 모아 말하던 무서운 악의 소굴.

— 프리즌 호텔이다.

사무실 바닥 위에 꼼짝도 않고 누워 있는 구로다를, 하나자와 지배인이 힘차게 안아 일으켰다.

"……그냥, 내버려두시오, 지배인…… 나는, 나는 이제 끝장입니다……"

"무슨 약한 소릴 하고 그러나. 고작 돈 몇 푼 가지고. 마음을 굳게 먹어."

"돈 몇 푼이라고요? 남의 일이라고 그렇게 간단히 말하지 마십쇼. 오천만 엔이나 되는 거금이란 말입니다. 우리 오야붕은 겉으로는 통이 큰 것 같아도 돈 계산은 얼마나 철저한지 모르시는군요. 빌려준 돈을 얼마나 철저하게 받아 챙기는지, 내가 누구보다 잘 안단 말입니다."

"흠, 그런 성격은 나도 최근 들어 어렴풋이 느끼고 있다네. 그렇지만 구로다, 요즘 세상에 오천만 엔 빚은 그리 심각한 문제도 아닐세. 거품경제 때 눈알이 튀어나올 정도로 비싼 아파트를 샀다가 지금까지 빚에 쪼들리는 사람이 한둘이 아냐. 핫토리 셰프도 게이오선 다마 공동묘지 역에서 도보 이십 분 거리의 원룸 아파트를 삼천만 엔 주고 샀는데, 지금 월급의 반을 그대로 은행에 갖다바치고 있어. 게다가 지금 팔아봤자 고작 천오백만 엔밖에 안 된다는군. 하하하, 정말 웃기는 이야기지."

"……지배인, 도대체 나를 위로하는 거요, 놀리는 거요?"

구로다는 조금 제정신을 차리고 고개를 들었다. 그러나 벗은 등은 아직도 부르르 떨리고 있다. 지배인은 담요를 구로다의 어깨에 걸쳐주고 부드럽게 끌어안았다.

"……오야붕이 말하기를, 이팔 십육, 일 올라가고 이이는 사, 그러니까 십삼 년간 공짜로 일하면 다 갚을 수 있다더군요. 아아, 상환 계획까지 세워주시니, 고마워서 눈물이 날 지경입니다."

"걱정 마, 구로다. 자네는 건강해서 백 살까지는 충분히 살 수 있을 거야."

"글쎄요…… 별로 자신 없는데."

맞다, 하고 지배인이 손뼉을 탁 쳤다.

"좋은 생각이 있어. 이러면 돼."

주위에 신경을 쓰면서 귓속말을 하는 지배인의 아이디어를 듣는 순간, 구로다의 얼굴에 짙은 그늘이 깔렸다.

"자기 파산요? 내가?"

"그렇지, 십삼 년간 월급도 못 받고 일만 하는 상환 계획은 충분히 파산 대상이 될 수 있어."

"그건 말도 안 됩니다. 그럼 채권자는 뭐가 되는 겁니까. 그런 불효가 또 어디 있어요. 부하가 자기 파산 선고를 하고 오야붕이 채권을 포기한다는 건 상식적으로도 맞지 않습니다. 세상의 웃음거리가 되고 말걸요."

그건 그래, 하고 두 사람은 동시에 한숨을 내쉬었다.

창밖은 화창한 봄날 오후였다. 정원에서 크고 무성하게 가지를 뻗은 석방 사쿠라에 드문드문 꽃이 피어나기 시작했다.

프런트 문을 열고, 지배인은 로비를 엿보았다.

"야쿠자도 힘들지만 출판사 사람들도 꽤 힘든 모양이군. 저길 봐, 구로다. 다들 여기까지 일을 가지고 와서 저렇게 열심이야."

벽가의 바 카운터에서는 오기와라 미도리가 커피를 마시면서 빨간 볼펜으로 열심히 교정을 보고 있다. 유카타 차림의 여윈 등이 애처롭다.

바로 앞 소파에서는 오카바야시가 두툼한 원고를 읽고 있다. 두 사람은 저 자세로 두 시간 넘게 꼼짝도 하지 않고 있다.

구로다는 옷매무시를 가다듬으면서 말했다.

"그렇지. 오늘 저녁에 일본문예대상 심사 발표를 한다고 합니다. 고짱, 아니, 기도 선생이 수상하게 되면 바로 축하 파티를 열어야 하겠죠."

"그래서 다들 안절부절못하고 있는 거로군."

문득, 구로다는 팔짱을 끼고 천장을 올려보았다.

"잠깐만요, 지배인. 일본문예대상이라면 신문에도 크게 나고 텔레비전의 임시 뉴스에도 나오는 큰 사건이잖소. 그렇다면 이곳까지 신문이나 방송국 기자가 밀려들 게 아닙니까?"

그런 건 생각해보지도 않았다. 과연 수상이 확정되고 나면 기자회견은 정해진 코스다. 지배인은 초조해졌다. 산골짜기 온천 호텔이라고는 하지만 도쿄에서 차로 두 시간밖에 걸리지 않는 거리다. 사람을 싫어하는 기도 선생은 여기서 한 발자국도 움직이려 하지 않을 것이므로, 심사 종료와 동시에 매스컴 관계자들은 이곳으로 밀려올 게 뻔하다.

이 사태를 어떻게 한담, 하고 지배인은 얼굴을 찌푸리며 생각에 잠겼다.

29

오후 여섯시, 석방 도박의 이름을 빌려 시작한 친치로린 데스 매치는 드디어 최종 국면을 맞고 있었다.

살아남은 세 명의 경기자 중 도대체 누가 최종적인 승리를 거둘 것인지, 예측 불허의 승부가 벌어지고 있었다.

도박에서 이기기 위해서는 우선 '체력' 이 가장 중요하다. 그렇다면 제일 젊은 구스보리 도도메가 압도적으로 유리하다. 나카조 오야붕과는 아버지와 아들만큼 나이 차가 나고, 오마타 야이치와 비교하면 거의 손자뻘이다.

그러나 '체력과 근성' 이라는 요소로 예상을 해본다면, 세심하고 강건하며 야쿠자 경력 오십여 년에 달하는 현역 총회꾼 기도 나카조가 절대적으로 유리하다고 할 수 있다. 이런 점에서 오마타는 이미 기력을 다했고, 구스보리는 원래부터 자질이 없다.

그러나 도박에는 '기술' 이 필요하다.

오십이 년간의 공백이 있다고는 하지만 왕년의 '도박의 귀재 야이치' 의 주사위 흔드는 솜씨는 타의 추종을 불허한다. 그야말로 명인의 경지에 달해 있다.

이름만 번듯한 현대판 야쿠자 나카조 오야붕은 도저히 흉내도 낼 수 없는 경지일뿐더러, 구스보리에 이르러서는 더이상 말이 필요 없다.

그러나 잠깐. 도박의 승부를 가르는 가장 중요한 것은 '운' 이란 놈이 아닌가.

이런 요소들을 고려해볼 때 결과적으로 누가 더 유리한지는 도저히 짐작할 수 없는 노릇이다. 하긴 일반적인 기준으로 조금이나마 운이 강한 사람이라면, 이런 때 이런 장소에서 이런 큰돈을 걸고 친치로린 주사위판을 벌일 리 없겠지만.

"사아아아, 오오오오, 유우우욱."

"피이이인, 조오오오, 로오오오."

여태까지와는 달리, 절대 느낌표도 붙일 수 없을 만큼 맥 빠진 소리가, 대연회실 안을 외풍처럼 을씨년스럽게 떠다닌다.

세 사람은 이미 눈이 풀려 있고, 반응도 둔하다.

주사위를 던진 자세 그대로, 나카조 오야붕은 돌처럼 굳어버렸다.

"땡입니다, 오야붕."

"아무래도 드디어 빵꾸가 난 모양이로군, 나카조."

오마타 숙부가 길게 숨을 뿜어내자, 나카조 오야붕은 오른손으로 허공을 부여잡은 채, 그대로 뒤로 넘어가버렸다.

"이제 그만 해, 할아범. 뭐가 뭔지 잘 모르겠지만 우리 둘 다 부자가 된 것 같아."

살아남은 두 사람 주위에는 돈다발이 성처럼 쌓여 있었다.

"아닐세, 아직이야."

구스보리는 지겹다는 눈길로 오마타를 바라보았다.

"그만두자니까. 몸에 안 좋아…… 그렇지, 난 이천만 엔만 있으면 돼. 나머지는 할아범의 석방 축의금으로 낼게."

그 말이 떨어지기가 무섭게 오마타는 유카타 소매를 걷더니 두 손을 높이 치켜들고는, 그대로 구스보리의 얼굴에 주먹을 내리꽂았다.

"으악! 왜 이러는 거야?"

"시끄러워! 풀처럼 마르고 고목처럼 썩어도 이 오마타 야이치, 일반인에게 신세질 정도로 타락하진 않았어. 자, 어서 승부를 가려야지."

"몸에 안 좋다고 했잖아."

"흥! 몸은 이미 옛날에 버렸어. 빨리 흔들어, 이 문어대가리!"

성처럼 쌓인 이 돈은 최근 소동이 벌어진 주택담보융자 문제로 나카조 오야붕이 각 금융회사에서, 오소네 오야붕이 제약회사에서 강탈해온 것이다. 그런 의미에서 별 가치도 없는 돈이지만 지폐에 무슨 회사 이름이 적혀 있는 것은 아니므로 상관없다.

"그럼 이렇게 해, 할아범. 딱 한 판에 이걸 전부 거는 거야. 지건 이기건 한 판. 어때?"

"좋아. 부모도 없고 자식도 없어. 무조건 눈이 높은 쪽이 이기는 걸로 하지."

그렇게 말하면서 오마타는 허리를 반쯤 세우고 돈다발을 전부 판돈으로 걸었다.

"엣! 이게 뭐야! 아무리 그래도 그렇지 너무 심하잖아."

"일억 사오천은 돼. 이 정도면 한 달이고 두 달이고 놀면서 먹을 수 있을걸. 승부다, 승부!"

구스보리의 돈도 거의 비슷한 액수였다. 물론 한두 달 정도야 편히 지낼 수 있겠지. 구스보리는 멍해진 머릿속으로 생각했다. 솔직히 말해 이젠 돈이야 어쨌든 아무 상관 없었다. 일 초라도 빨리 이 아수라장을 끝장내고 싶을 따름이었다.

"좋아, 할아범. 정말 이 한 판으로 끝내는 거야. 따건 잃건 이 판만 하고 이제 그만 자러 가는 거야!"

구스보리는 돈다발을 노름판 위로 밀어올렸다.

"먼저 해. 여긴 부모도 자식도 없어. 사오륙은 그만두고, 똑같은 눈이 상, 비길 경우는 수가 높은 쪽이 이기는 걸로 하세, 됐지!"

구스보리는 주사위를 잡았다. 손이 떨렸다.

"자, 간다."

"정신 똑바로 차려."

건곤일척의 기합을 넣고 구스보리는 주사위를 흔들었다. 5, 2, 2. 높은 눈은 5인 셈이다.

"오호, 제법이로군. 엿차."

오마타는 사발을 들고 그 안에 숨을 불어넣었다. 한쪽 무릎을 세우고 두 팔을 걷었다.

그 순간, 구스보리는 자신의 눈을 의심했다. 그때 오마타의 가슴에 새겨진 시든 빨간 벚꽃이 일제히 꽃을 피우는 것을 보았기 때문이다.

오마타는 구스보리를 노려보며 도박계 야쿠자의 우렁찬 목소리로 말했다.

"손님, 승부로 간다! 지금 와서 새삼 소개하는 것도 뭣하지만, 세상의 도박장이란 도박장에서 최고의 이름으로 쳐주던 붉은 사쿠라 야이치가 바로 본관이올시다. 아무리 몸부림치며 울어도 하늘 하나에 땅 여섯, 주사위 놀음 같은 세상, 땡전 한 푼 남기지 않고 모두 긁어갈 테다!"

주사위를 흔드는 야이치는 결코 여든다섯의 노인이 아니었다. 그때 구스보리는 반세기의 시간을 넘어 되살아난 붉은 사쿠라 야이치의 강건한 모습을 보았던 것이다.

"승부웃!"

3, 3, 4. 눈 하나가 다른 주사위를 내려다보며 두 사람은 오랫동안 말이 없었다.

잠시 후 고개를 드는 구스보리 앞에는 늙고 시든 한 노인이 동그마니 앉아 있었다.

"흠, 이렇게 되고 말았구먼……"

"할아범, 당신……"

눈물이 맺히는 바람에, 노인의 모습이 좌우로 일그러져 보였다.

"할아범, 당신, 일부러 진 거지? 난 알아. 당신은 도박의 신처럼 내고 싶은 눈을 마음대로 내는 사람이잖아. 일부러 4를 낸 거야."

"시끄러. 4면 어떻고 5면 어때. 얼른 몽땅 챙겨서 가."

회색으로 시들어버린 문신이 슬펐다. 이 사람은 나에게 돈을 준 것이 아니다. 용기를 주었다. 그것을 깨닫는 순간 구스보리는 돈다발을 발로 걷어차고, 노인의 작은 무릎에 얼굴을 묻은 채 아이처럼 울었다.

오마타의 손바닥이 머리를 쓰다듬었다.

"네놈은 마음이 착해. 그러나, 사나이는 착한 마음만 가져서는 안 돼. 강하고 상냥하면서 참을성 있는 것이 진짜 사나이야. 자넨 아직 젊어. 정신 똑바로 차리고 진짜 사나이가 돼봐. 그러면 돈은 자네 뒤를 줄줄 따라오게 될 거야."

이 사람은 남자 중의 남자다. 구스보리는 노인의 무릎 위에서 몇 번이고 고개를 끄덕였다.

"자, 밤 벚꽃 구경이나 갈까? 날씨도 따뜻하니까 석방 사쿠라도 활짝 피었을 게야. 어때? 꽃놀이하면서 한잔 하는 게."

오마타는 그렇게 말하면서 뒤뚱거리며 자리에서 일어섰다.

바로 그즈음, 삼층 단풍나무실에서는 많은 사람들이 입을 굳게 다문 채 앉아 있었다.

중앙에는 무선 전화기가 한 대 놓여 있다. 실내의 공기가 이상할 정도로 팽팽해, 옆에 앉은 사람의 심장 고동 소리까지 들려올 정도였다.

사람들의 눈길은 수화기에 집중되어 있다. 진땀이 배어 있는 얼굴들.

창밖에서 들려오는 부엉이 날갯짓 소리에 모두들 등을 움찔한다. 방금 전 곤잘레스가 저녁을 어떻게 하겠느냐고 물으러 왔다가 몰래를 맞고 돌아갔다. 시간이 흐를수록 사람들의 호흡은 마치 세계의 종말을 맞이하는 것처럼 거칠어져갔다.

"……일곱시야…… 탈락인가……"

이마이 히데타로가 중얼거렸다.

"그럴 리 없어요…… 최종심사는 여섯시부터니까 아직 한 시간밖에 지나지 않았잖아요."

꿀꺽, 하고 마른침을 삼키며 오기와라 미도리는 대답했다.

"기도 선생은 어디 있어……"

"아까, 노천탕에……"

"……꽤 여유롭군."

"아냐, 안절부절못하다가 탕에 들어갈 수밖에 없었던 거겠지……"

"……이제 싫어, 이런 기분."

"나도, 미쳐버릴 것 같아……"

뿡, 하고 누군가 방귀를 뀌었다. 사람들은 일제히 어깨를 움츠리고 천장을 향해 머리카락을 쭈뼛 세웠다.

"누, 누구야? 양식도 없는 사람 같으니라고……"

"……죄송해요. 너무 긴장해서 그만……"

갑자기 무거운 침묵을 깨고 전화벨이 울렸다. 방귀 한 방에 머리카락이 쭈뼛 설 정도로 긴장해 있던 사람들은 제각기 비명을 지르고 자리에서 일어나 우왕좌왕할 뿐, 아무도 전화를 받으려 하지 않았다.

이마이가 용기를 내어 떨리는 손을 뻗었다.

"여보세요…… 예, 기도 선생님은 지금 목욕탕에 계십니다. 아닙니다. 공교롭게도 부인 분과 함께십니다. 용건을 말씀하시면 전해드리겠습니다. 저는 『주간시대』의 담당자 이마이 히데타로라고 합니다."

오기와라 미도리는 더이상 견딜 수 없어 창가로 다가가 귀를 쫑긋 세웠다. 몸은 꽃샘바람 맞은 벚나무 가지처럼 가늘게 떨리고 있었다.

영원히 계속될 것 같은 수초간을, 미도리는 눈을 질끈 감고 어금니를 깨물며 버텼다.

환성이 터져나왔다. 다행이다. 필시 오카바야시가 만든 『애수의 카르보나라』가 수상했을 것이다.

커튼을 부여잡고 풀썩 주저앉는 미도리의 어깨를 이마이가 잡아주었다. 만면에 미소를 머금고 속삭이는 그 말은, 미도리에게는 신의 목소리와도 같았다.

"오기와라, 축하해. 자네가 그랑프리 에디터야."

우레 같은 박수가 일었다. 뒤를 돌아보니 자리에서 일어선 편집자들이 천장이 떠나가라 박수를 치고 있었다.

"축하해, 오기와라!"

"정말 대단해. 드디어 한 건 했어."

"빨리 선생님께 전해드려. 네 입으로 말이야."

"미도리, 자네야말로 그랑프리 에디터야!"

미도리는 달려갔다. 무거운 강철문을 힘껏 열어젖히고, 긴 복도를 단숨에 달렸다. 꿈이 아니다. 이것은 꿈이 아니다. 나의 기도 선생님이, 단세이 출판사의 『의리의 황혼』이, 일본문예대상을 탔다!

구르듯이 계단을 뛰어내려가, 미도리는 로비가 내려다보이는 층계참에 우뚝 멈춰 섰다. 오카바야시가 자신을 올려다보고 있었다.

오카바야시는 활짝 웃으며 계단을 뛰어올라왔다.

"축하해, 오기와라."

오기와라는 대답할 말을 찾지 못하고, 오카바야시의 가슴에 얼굴을 묻고 울음을 터뜨렸다. 등을 감싸주는 오카바야시의 손바닥은 얼마나 따스하고 또 부드러운가.

"오카바야시 씨, 전, 전……"

"정신 똑바로 차려, 오기와라. 자네는 그랑프리 에디터잖아. 긍지를 가져. 이제 일본 최고의 편집자가 된 거야."

"나, 어떡해요. 어떡하면 좋죠. 뭘 먼저 해야……"

"좋아, 앞으로의 단계는 내가 가르쳐주지. 우선 목욕탕으로 가서 선생님께 보고드려. 잘 들어, 절대로 울지 마. 웃으면서, 축하합니다, 라고 말해. 알았지?"

자, 이제 가, 하고 오카바야시는 몸을 돌려 길을 열어주었다. 미도리는 달리면서 눈물을 닦고 소리 높여 울었다.

남탕의 주렴을 걷고 복도 끝에 이르자, 탕 쪽에서 선생의 흥에 겨운 노랫소리가 들려왔다. 애창곡인 〈무법자의 일생, 간이 부은 사나이〉다.

"나는야 태어나서 현해탄에서 자랐다네~"

"선, 선, 선생님!"

"입버릇은 더럽고 성질은 급하지만, 헉! ……무슨 일이야? 오기와라……"

호텔 안주인이 선생의 등을 밀어주고 있었다. 어딘가 닮은 두 사람은 동시에 얼굴을 돌렸다.

김이 서린 유황탕 안으로 뛰어들면서 미도리는 밝고 힘찬 목소리로 외쳤다.

"축하해요, 선생님! 『의리의 황혼』이 그랑프리예요!"

한 호흡을 두고, 에엣! 하는 부인의 놀라는 소리가 여탕 쪽에서 들려왔다.

그러나 선생은 조금도 놀라지 않았다. 입술을 약간 씰룩였을 뿐, 바로 고개를 돌려버렸다. 그리고 한층 더 소리를 높였다.

"불만도 미련도, 현해탄은 알고 있다! 버리고 싶은 슬픈 사랑의 추억도, 이별의 눈물도,"

"선, 선생님, 저……"

"사나이 깡다구 하나로, 무법천지 외로운 늑대처럼 달려랏!"

"저…… 축하, 축하드려요."

미도리는 뒷걸음질쳤다. 탕 전체를 뒤덮은 이 냉랭한 공기는 무엇인가. 절대로 타인이 범접할 수 없는 얼음 같은 세계 속에서 선생은 바락바락 악을 쓰고 있고, 안주인은 묵묵히 등을 밀어주고 있다.

"실례했습니다. 그럼, 나중에……"

미도리는 그렇게 말하고 목욕탕을 뒤로했다.

"……어머니, 이제 됐어."

미도리가 가버리자 나는 어머니의 손에서 벗어났다. 어머니는 기모노 소맷자락이 젖는 것도 잊고 가만히 앉아 있었다.

"나, 수상을 거부할 거야. 왜 그러는지 어머니는 잘 알겠지."

어머니는 거품투성이 손바닥으로 얼굴을 가렸다. 탕 안으로 뛰어든 다음, 나는 채찍이라도 휘두르듯 어머니를 질책했다.

"당신을 그랑프리 마더로 만들고 싶지는 않아. 축복받아야 할 어머니는 따로 있어. 도미에가 당신 때문에 모습을 감췄다면, 난 내 앞길이 막히는 한이 있어도 당신을 어머니라고 부르지 않을 거야. 당연하잖아?"

30

그날 밤 오쿠유모토에는 따스한 남풍이 불었다.

둥근 보름달이 봉우리 끝에서 모습을 드러내기 시작할 무렵, 낙엽송숲을 뚫고 폭음이 울려퍼지기 시작했다. 이윽고 어둠 속에서 모래먼지를 일으키며 소형 버스, 사륜구동 왜건, 대절 택시, 오토바이, 지프 등이 줄줄이 일곱 굽이 고갯길을 올라왔다.

"대장! 큰일났습니다. 드디어 올 것이 오고야 말았어요!"

안 그래도 무서운 상판을 미라처럼 구기며 프랑켄슈타인 야스가 사무실 안으로 뛰어들었다.

"대장! 기절하고 있을 틈이 어딨습니까? 드디어 본격적인 간토 침공작전이 시작됐다고요!"

"뭐, 뭐라고!"

눈에 보이지도 않는 빚의 무게에 눌려 꼼짝도 못하고 있던 구로다는 그 한마디에 번개처럼 몸을 일으켰다. 한 달에 한 번 있는 소방 훈련과 일주일에 한 번 있는 총격전 훈련 덕에 몸놀림은 아직 번개 같다. 재빨리 바닥을 차고 일어나 창에 붙어서서 상 아래서 무기를 꺼낸다. 유명 브랜드를 좋아하는 나카조 오야붕의 취향에 따라 오늘날 유행하는 토카레프 같은 양산품은 한 정도 없고, 죄다 '콜트 거번먼트' '월터-P38' '브라우닝 하이파워' 등 마니아들이 보면 침을 질질 흘릴 만한 무기들뿐이다. 게다가 칵테일과 권총만이 유일한 삶의 보람인 바텐더 겸 저격수 권총 조의 손에 의해 하나같이 삐까번쩍하게 손질되어 있다. 구로다는 브라우닝에 구 밀리미터 탄 열세 발이 든 탄창을 꽂아넣더니, 마이크를 잡고 차임벨을 마구 눌러댔다.

"업무 연락! 전 종업원, 업계 관계자 및 협객단체객은 지금 즉시 로비로 집합! 비상사태 스리!"

비상사태 원은 '유리창이 깨짐', 비상사태 투는 '잠입', 비상사태 스리는 '전투'라는 뜻이다.

비상배전반을 열고 스위치를 내리자 로비의 큰 유리창에서 방탄 셔터가 내려오기 시작했다. 노래방 '굴레'의 문을 발로 차며 권총조가 달려나왔다. 벌써 두 손에는 권총, 머리에는 붉은 두건, 허리띠에는 아이스픽과 나이프가 꽂힌 완전무장 차림이다.

세 사람은 현관 기둥 뒤와 프런트 카운터 안으로 몸을 숨겼다. 엔진 소음과 모래먼지가 가까워졌다.

"이것들 제법 끌어 모아 왔군…… 어이, 야스. 대체 얼마나 몰려온 것 같아?"

"예입, 대장. 방금 옥상에서 버드 워칭을 해본 결과……"

"……그 음침한 취미는 여전하구만."

"예입, 죄송합니다. 적외선 스코프로 보니 소형 버스 두 대, 왜건 세 대, 대절 택시 다섯 대, 그 외 승용차 네 대, 오토바이 열 대, 부엉이 세 마리, 날다람쥐 한 마리가 포착되었습니다. 정말 심각한 사태가 아닐 수 없습니다."

"으음…… 몰살작전이로군…… 일반 손님들이 안됐어…… 어이, 조. 넌 뭐가 그리 좋아서 이런 시국에 웃고 난리야?"

기둥 뒤에서 두 정의 권총을 들고 서 있는 권총 조는 먹잇감을 앞에 둔 귀신처럼 헤실헤실 웃고 있다. 그러나 그 웃음은 곧 사라졌다.

"대장, 큰일입니다. 정원 그늘에 사람이 하나 있습니다."

뭐! 구로다는 몸을 내밀었다. 불빛이 비치는 석방 사쿠라 아래에 사람 그림자 하나가 보였다.

"엣, 오마타 할아버지와 같이 온 사람 아냐? 안됐군. 제일 먼저 피투성이가 되겠어……"

헤드라이트가 산허리를 휘감아돈다. 그와 동시에 부드러운 필리핀어 소리와 함께 여급들이 계단에서 내려왔다. 어이없어하는 세 사람 앞을 지나 단정하게 현관에 꿇어앉는다.

"흐흑, 대장, 사나이 가슴에 눈물이 흐르는군요. 어차피 죽을 목숨, 구차하게 도망치고 싶지는 않다고 저렇게 목을 내놓는……"

"평소의 교육 성과가 나타난 거야. 아니, 그게 아냐. 그럴 리가 없지. 어이, 너희들! 거기서 뭐 하고 있어, 위험하잖아!"

여급 대장 아니타가 애교 있는 웃음을 띠며 얼굴을 돌렸다.

"아하하, 대장, 쏘면 안 돼요. 기습공격이 아니라니까요."

"뭐? ……아, 아니라고?"

"뉴스 속보에 나왔어요. 기도 선생, 그랑프리 먹었어요. 여기서 기자회견해요. 저 사람들 신문사와 방송국에서 온 거예요."

구로다와 야스는 서로 얼굴을 마주 보았고 권총 조는 그 자리에 털썩 주저앉았다.

하나자와 지배인이 복도를 달려왔다.

"앗, 왔다, 왔어. 구로다, 야스, 조, 빨리 권총 집어넣어. 그리고 여기에 금 병풍을 치고, 테이블과 마이크 갖다놔. 아니타는 오늘 묵으실 손님들을 체크하고."

지배인 말이 끝나기도 전에 현관 앞에 빛의 소용돌이가 일었다. 연달아 승차장으로 들어선 차에서 신문기자, 카메라맨이 뛰쳐나와 바쁘게 촬영기재를 챙긴다.

"어서 옵쇼!"

일제히 머리를 숙이는 여급들은 본 척도 않고, 보도진은 재빨리 플래시를 터뜨리며 현관 안으로 밀려들었다.

지배인이 외쳤다.

"구두, 구두를 벗어주세요. 저희 호텔은 온천여관입니다!"

거의 기습공격이나 마찬가지인 분위기였다. 공황상태에 빠져 발포할 뻔한 권총 조를 지배인이 겨우 뜯어말렸다. 로비는 갑자기 전쟁터로 바뀌었고, 촬영 포인트를 둘러싸고 아사히 신문과 요미우리 신문 기자들이 격투를 벌이기 시작했다. 텔레비전 방송국은 여기저기서 제멋대로 생중계를 시작하고, 갑자기 벽을 따라 접사다리가 숲속의 나무처럼 늘어섰다.

멍하니 서 있는 구로다 곁에서 리포터가 방송을 시작했다.

"스튜디오, 구메 씨? 여기는 올해 일본문예대상 수상이 결정된 기도 고노스케 씨가 머물고 있는 오쿠유모토 수국 호텔입니다. 에,

저희도 방금 도착해서 자세한 것은 모르겠지만 기도 씨는 여기서 수상 소식을 들었다고 합니다. 지금 로비에 기자회견을 위한 금 병풍이 쳐지고 있습니다. 이 광경이 보이시죠. 이제 곧 기도 고노스케 씨도 이 자리에 오실 것 같습니다. 앗, 지금 기도 씨의 어머님이 오셨습니다."

구로다는 놀란 눈으로 로비 쪽을 돌아보았다. 복도 끝에서 보도진의 마이크와 플래시에 둘러싸인 채 안주인이 끌려나오고 있었다.

"그만두지 못해!"

구로다는 리포터의 멱살을 잡았다.

"그만둬. 안주인은 관계없잖아."

AD들은 구로다를 찍어누르고, 군중은 어색한 몸짓으로 멍하니 서 있는 안주인을 거친 파도처럼 휘감았다.

그 순간, 구로다의 머릿속은 지난 삼십 년간의 어두운 기억으로 가득 차올랐다.

인파의 저 끝에서 안주인은 구원을 갈구하는 애절한 눈길로 구로다를 바라보고 있었다.

"그만둬, 그만두지 못해? 저 여자, 치에코를 괴롭히지 마. 치에코가 나쁜 게 아냐. 내가, 내가 치에코의 인생을 엉망으로 만들어버린 거란 말이야!"

구로다의 외침은 웅성거리는 군중들의 목소리에 지워져버렸다.

"어라…… 이게 무슨 소란이지."

정원 정자에서 꽃놀이를 즐기며 술잔을 기울이고 있던 오마타 야이치는 유리알 같은 눈동자를 호텔 현관 쪽으로 돌렸다.

"아주 버르장머리 없는 단체손님들이군…… 아, 저길 봐, 구스보리. 또 한 송이 피었어."

야이치의 꿈꾸는 듯한 시선을 따라 구스보리는 머리 위에 늘어진 벚나무 가지를 바라보았다.

도대체 몇백 년을 산 나무일까. 검고 굵은 둥치가 마치 바위 같다. 뿌리는 봉긋한 정원 안의 조그만 산 전체에 뻗어 있고, 지주에 기댄 가지는 땅을 기어가듯 낮게 펼쳐져 있다.

뿌리 부근에 설치된 서치라이트 불빛에 비친 벚나무의 모습은, 엷은 적색 외투를 걸친 우아한 여신 같았다.

가지 끝을 바라보면서 구스보리는 앗, 하고 외쳤다. 둥근달을 배경으로 봉오리 하나가 마치 작은 구슬이 깨지듯이 탁, 하고 꽃을 피운 것이다. 가만히 지켜보고 있자니, 벚나무는 따스한 봄날의 유혹을 더이상 견딜 수 없다는 듯 한 송이, 또 한 송이 하얀 꽃을 피워갔다.

"따스한 봄날이구먼."

"이렇게, 바로 눈앞에서 꽃이 피다니……"

술을 마시면서 야이치는 구스보리의 옆모습을 향해 눈을 가늘게 떴다.

"난 이런 광경을 오랫동안 보아왔다네. 후주의 감옥 창틀 앞에 커다란 벚나무 하나가 있었거든. 사바세계 사람들에게 그럴 여유는 없었겠지만…… 아, 또하나 피었군. 정말 좋아, 이 나라에 태어나기를 정말 잘했어."

이 나라가 도대체 이 노인에게 뭘 해주었기에. 구스보리는 생각해보았다. 어떤 사정으로 이 사람은 오십이 년간이나 징역살이를 한 걸까. 만일 그것이 정당한 재판의 결과였다 해도 뭔가 잘못됐음에 틀림없다.

"……난 참말로 교활한 남자야. 협객 근처도 못 갈 걸세."

노인은 덧옷 아래의 어깨를 떨면서 흐느껴 울었다.

"그렇지 않아, 할아범. 할아범은 약한 사람을 위해 싸우다 징역을 살았잖아. 그거야말로 협객의 귀감이야."

여윈 팔을 문지르며 야이치는 아래로 푹 떨어뜨린 고개를 가로저었다.

"아냐, 난 비겁한 사내야. 내가 편안히 징역생활을 하는 동안 이 나라 사람들은 얼마나 고생이 많았겠나. 젊은이들은 전쟁에서 죽고, 여자와 아이들은 공습과 원폭으로 불타 죽었지. 모두 열심히 일해서 만들어낸 이런 멋진 세상에, 이제 막 석방되었다며 뻔뻔스런 얼굴로 돌아오다니. 오십이 년간 난 땀 한 방울 흘리지 않았어. 배고파본 적도 없어. 난 정말 쓸모없는 인간쓰레기일세. 비겁한 놈, 교활한 놈……"

구스보리는 뭐라 위로할 말을 찾을 수 없었다. 발아래에는 보따리에 싼 돈다발이 놓여 있었다.

"할아범……"

"이렇게 한다고 오십이 년간 공짜 밥을 먹은 죄를 씻을 수 있다고는 생각지 않아. 그렇지만, 후주에서 석방된 그날 아침 난 맹세했어. 누군가를 행복하게 해주고 싶다고. 구스보리, 이런 잔돈으로 다 큰 어른 하나를 행복하게 만들어줄 수야 없겠지만, 부인에게 가락지 하나라도 사주도록 해. 더 좋은 걸 주고 싶지만 이 늙은이가 할 수 있는 일이란 고작 이런 것뿐일세. 웃지는 말아주게나."

구스보리는 피가 밸 정도로 입술을 꼭 깨물었다. 감사의 말도 찾을 수가 없었다. 무릎 위에 눈물을 떨어뜨리며 구스보리는 맹세했다.

"할아범, 나 꼭 행복해질게. 마누라한테는 커다란 다이아몬드 반지를 사주고, 아이들은 모두 대학까지 보낼게. 회사도 튼튼하게 키워서 전쟁이 나도 불타지 않는 빌딩과 집을 많이 짓고 말겠어. 나, 약속할게."

"이렇게 고마울 데가. 이제는 지옥의 염라대왕님도 나를 조금은 용서해주실 게야."

호텔 문 앞에 도착한 그 순간, 하라다 노인은 더이상 서 있을 수도 걸을 수도 없었다.

고갯길에서 산허리를 빙글 돌며 이어지는 산길은 멀고 멀었다. 호텔은 나무 사이로 보였다 사라졌다 하면서 늘 저 멀리서 손짓만

하고 있었다. 해가 저물고 난 다음부터는 어두운 산길을 지팡이로 더듬어야 했다. 도중에 몇 대의 차와 오토바이가 지나쳤지만, 고목 같은 노인에게 누구 하나 신경을 써주지 않았다.

아니, 오히려 하라다는 헤드라이트 불빛을 피했다. 자신의 힘으로 걸어야 할 길이라 생각했기 때문이다. 힘이 빠져나갈 때마다 하라다는 밤하늘을 올려보며 오래된 군가를 불렀다.

조금만 가면 된다, 조금만, 하며 하라다는 한 마리 늙은 짐승처럼 땅을 기었다. 가지고 있던 짐은 모두 버렸다. 무릎이 까지고 피가 흐르고 손톱이 갈라 터졌지만, 이상하게도 아프지는 않았다.

부드러운 잔디 정원을 기어들어와 하라다는 무릎을 세웠다. 활짝 핀 벚꽃이 머리 위를 덮고 있다.

조명에 비친 정자에 두 사람이 동그마니 앉아 자신을 내려다보고 있다.

"앗! ……하라다 선생, 아니오?"

오마타 야이치다.

"무슨 일입니까. 왜 이런……"

하라다는 있는 힘을 다해 땅바닥에서 일어섰다.

나는 경찰이다. 다른 이유는 아무것도 없다. 모든 국민의 행복을 위해 몸을 바친 내가 한 남자를 불행하게 만들었다.

"야이치."

하라다는 굽은 허리를 억지로 펴며, 그 옛날 맥아더 원수 앞에서 그랬듯이 직립부동 자세를 취했다.

경례를 하고 모자를 벗은 다음, 대머리를 깊이 숙이고, 하라다는 가슴에 담아두었던 말을 뱉어냈다.

"오마타 씨. 정말 미안하오. 난 당신에게 정말 못할 짓을 저지르고 말았소. 내 목숨을 내놓고 당신에게 용서를 구해야 하오. 정말 죄송합니다."

얼빠진 목소리로 야이치는 대답했다.

"못할 짓이라니…… 선생이 나에게 무슨 짓을 했다고……"

반듯한 자세로 정자 쪽을 올려다보며 하라다는 목소리를 높였다.

"이 나라는 당신에게 몹쓸 짓을 했습니다. 경제발전에 정신이 팔리고 기계문명에 빠져 직무를 소홀히 한 결과…… 당신의…… 당신의 한 번뿐인 인생을 망치고 말았고…… 헌법이 보장하는 기본적 인권을 유린하고…… 심지어 과오를 안 다음에도 당신에게 사과 한마디 하지 않았고…… 나의 잘못이 아닐지도 모르지만, 나는 이 자리를 빌려 이 나라를 대신해 당신에게 사죄하는 바입니다. 정말로, 정말로, 죄송합니다."

"선생……"

오마타 야이치는 유리알 같은 눈동자를 어느새 활짝 핀 벚나무 가지 쪽으로 돌렸다. 그리고 되씹듯이 중얼거렸다.

"내가, 석방된 거로군요."

따스한 바람이 불어갔다. 석방 사쿠라는 그 만개한 팔을 한껏 펼치고, 두 노인을 꽃의 품으로 끌어안았다.

31

"저, 사실은…… 사실은 여러분들께 미리 전할 말이 있습니다."

보도진 앞에서 안주인은 그렇게 말하며 고개를 숙였다.

실내화 위에 뚝뚝 떨어지는 어머니의 눈물이 사람들의 가슴을 찡하게 했다. 그러나 다시 얼굴을 들어올리고 안주인이 입을 여는 순간, 로비의 웅성거림은 침묵으로 바뀌었다. 모든 얼굴이 얼어붙었고, 카메라 플래시는 작동을 멈췄다.

"기도 고노스케는 이번 수상을 거절하겠다고 합니다."

일본문예대상의 수상 거부는 그 오랜 역사에서 전대미문의 일이었다. 기자들이 술렁대기 시작했다. 그중에서도 제정신을 차린 것은, 빨리 생중계를 중단하고 광고를 내보내라며 방송국에 연락을 취한 디렉터뿐이었다.

하나자와 지배인은 사람들 틈을 뚫고 나와 안주인의 팔을 잡았다.

"그, 그게 정말입니까?"

안주인은 두 손으로 얼굴을 가린 채 고개를 끄덕였다.

"절대로 싫다고…… 모두 내 탓이야. 내가…… 그애를 그렇게 만들어버렸어……"

"그러면 안 돼. 절대로 그래선 안 됩니다."

지배인은 기자들을 물리치며 달렸다.

"비켜, 비키란 말이야! 방해하지 마, 비켜, 이 자식들!"

저도 모르게 욕설이 튀어나왔다. 계단을 뛰어오르면서 지배인은 턱시도 재킷을 벗어던지고 나비넥타이를 뜯어버렸다.

그럴 수밖에 없었다. 이십 년도 넘는 호텔맨 인생에서 몇만 명의 손님에게 봉사해왔다. 한 사람 한 사람의 고뇌를 해결해줄 수는 없지만, 적어도 어떤 불행한 사람이라 해도 하룻밤의 안식과 행복을 맛보게 해주었다고 자부하고 있다. 그것이 자신의 사명이라 믿고 그러한 인생에 긍지를 가지고 살아왔다.

그러나 자신의 진심이 통하지 않는 손님을 만나고 말았다. 더이상 웃는 얼굴도 예의도 그 어떤 서비스도 받아들이지 않을 것이란 판단이 서자, 지배인은 몸에 걸친 서비스의 상징인 제복을 벗어던지고 마구 달렸다. 거칠게 고함을 치며 호텔의 복도를 달리는 것도 처음 있는 일이었다.

"안 됩니다, 선생! 대체 무슨 생각을 하는 겁니까. 당신은, 도대체 당신이란 사람은……"

단풍실에 뛰어든 지배인은 이상한 광경을 목격했다. 기도 선생이 울면서 휴대폰의 버튼을 누르고 있었던 것이다. 허망한 신호음에 귀를 기울이며, 선생은 길 잃은 아이처럼 울고 있었다.

"어떻게 된 거야, 도미에. 어디로 가버렸어. 나를 버리고 어디로 가버린 거야…… 제발 전화를 받아. 부탁이야. 고짱 축하해, 라고 한마디만 해줘……"

선생의 발치에는 부인과 딸이 멍하니 앉아 있다. 두 사람도 울고 있었다.

그 주위에는 편집자들이 어깨를 늘어뜨리고 앉아 흐느껴 울고 있었다. 아마도 오랜 논쟁을 거쳤을 것이다. 아니, 선생은 누구의 설교나 애원에도 귀를 기울이지 않았을 것이다.

단세이 출판사의 오기와라 씨가 소리내어 울면서 방바닥에 얼굴을 묻었다. 일본웅변사의 오카바야시 씨는 멍하니 얼이 빠진 얼굴로 기둥에 등을 기대고 서 있었다. 단정한 얼굴에는 비통한 눈물이 얼룩져 있었다.

"도미에, 도미에, 어디 가버린 거야!"

지배인은 고개를 숙인 사람들을 헤치고 소설가 옆에 다가가 섰다. 전화기를 빼앗아들고 지배인은 말했다.

"뭘 하고 계시는 겁니까. 도대체 무엇 때문에 이렇게 떼를 쓰는 거예요? 마음에 들지 않는 점이 있으면 말씀해주세요. 저를 때려서 기분이 풀린다면 때려주세요. 아니, 죽여서 성이 풀린다면 죽여주십시오."

"이런 멍청한 자식……"

선생은 싸늘하게 말했다.

"전 멍청합니다. 이십 년 이상 이런 멍청이 짓만 해왔습니다. 그렇지만 이런 멍청이가 있으니까 손님들이 행복할 수 있는 겁니다. 부탁입니다. 제발 저를 봐서라도 제발……"

바닥에 무릎을 꿇고 앉은 지배인의 얼굴을 선생은 있는 힘을 다해 걷어찼다.

"네놈이 뭘 안단 말이야! 이놈도, 저놈도, 네놈도, 모두, 내 마음을 하나도 몰라!"

지배인은 물러서지 않았다.

"알고 있습니다. 선생님 마음은 저뿐만 아니라 다른 사람도 다 잘 알고 있어요. 때리고 싶으면 때리세요. 나도, 부인도, 오카바야시 씨도, 오기와라 씨도, 이마이 씨도, 선생님에게 맞는다고 아무런 악감정도 품지 않습니다. 그러나 아무리 때려도 버려서는 안 됩니다. 이렇게 당신을 사랑하는 사람들을 버려서는 안 됩니다."

"제기랄!"

소설가는 지배인의 얼굴을 다시 한번 걷어찼다.

기절한 지배인을 향해 다시 내지르려는 선생의 다리에 미카가 매달렸다.

"그만둬요, 아버지. 미카는 알아요. 미카는 아버지를 잘 알아요. 제발 폭력은 쓰지 마세요."

당황하는 아버지의 다리를 미카가 사랑스럽게 끌어안았다.

"알 리가 없어…… 너희들 같은 게."

"아녜요, 알아요. 미카는 모든 걸 잘 알고 있어요."

미카는 입술을 깨물고 아버지 얼굴을 똑바로 쳐다보았다.

"그럼 말해봐. 도대체 나에 대해 뭘 안다는 건지."

"무슨 말을 해도 화내지 않을 거죠?"

"화내지 않아. 내가 한 번이라도 널 나무란 적 있었어?"

"좋아요, 그럼 말할게요. 미카는 아버지에게 버림받았어요. 그렇지만 아버지는 미카를 보살펴주고 있어요. 뭐든 다 사주면서. 정말 날 귀여워해주세요. 사실은 아버지의 자식이 아닌데도 진짜 딸처럼 소중히 여겨주잖아요. 그래서 미카는 아버지를 좋아해요. 아버지가 어디로 가버리면, 미카는…… 미카는……"

아버지의 다리를 놓고, 미카는 상상하는 것만으로도 견딜 수 없다는 듯 눈을 꼭 감고 몸을 부르르 떨었다.

"미카는…… 열심히, 이 세상 끝까지 찾아다닐 거예요. 울면서 찾을 거예요. 도쿄 시내를 다 돌아서, 미쓰코시 백화점 기모노 매장, 준텐도 대학병원 대합실, 역 개찰구, 야마노우에 호텔, 산세이도 서점, 모두 찾아다닐 거예요. 우리 아버지 모르세요, 비쩍 말랐고, 키가 크고, 머리카락이 길고, 엉덩이에 점이 있는 서른일곱 살 먹은 남자, 누구 아는 사람 없으세요. 그리고 아버지의 휴대폰 번호를 밤새도록 누를 거예요. 아버지가 어디로 가버리면 아마 학교에도 안 갈 거예요. 밥도 안 먹을 거예요. 화장실도 안 갈 거예요…… 미카는, 아버지를 정말 좋아하니까, 너무 좋아하니까, 절대로 버림받고 싶지 않아요. 세계에서 가장, 누구보다도 좋아하니까……"

미카는 아빠의 허리를 부여잡고 작은 몸이 부서져라 큰 소리로 울었다.

선생은 무릎을 푹 꺾으며 주저앉았다.

한 시간 후, 나는 구로다가 마련해준 두루마기를 입고 로비로 내려갔다.

호들갑을 떠는 방송국 카메라 앞에 이런 석연치 않은 기분으로 나서고 싶지 않았다. 그러나 이렇게 기쁜 날이니 제발 시키는 대로 해달라고 구로다가 손을 부여잡고 애원하는 것을 싫다고 뿌리칠 수도 없는 노릇이었다.

두루마기에는 기도 가문의 문장이 새겨져 있다. 아마도 나카조 삼촌의 옷일 것이다.

내가 수상 거부 의사를 철회하자 모두들 행복한 얼굴을 되찾았다. 물론, 나의 제멋대로인 성격이 바뀐 것은 아니다. 그러나 어쨌든 나는 나의 미래를 열어준 미카에게 감사하지 않으면 안 될 것이다.

장식품을 모두 구석으로 밀어내버린 로비에는 융단 무늬가 보이지 않을 정도로 보도진이 가득 몰려 있었다. 플래시가 터진다. 열기와 흥분이 샹들리에를 뒤흔든다. 렌즈와 마이크 저편에는 도대체 몇백만 명의 사람이 내 모습을 보고 내 말에 귀 기울이고 있을까.

나는 좌우로 종업원들의 호위를 받으며 지배인에게 인도되어 빨간 카펫이 깔린 단상으로 올라갔다. 배후에는 금 병풍이 쳐져 있고,

천장에는 가문의 문장이 그려진 막이 늘어져 있었다. 좀 오버한 것 같은 느낌도 든다. 이 호텔은 어떻게 이런 장식들까지 마련하고 있는 것일까.

마이크 앞에 서서, 나는 어머니의 모습을 찾아보았다. 금방 알 수는 없었다. 어머니는 저쪽의 한구석에서, 현관 기둥에 몸을 기대고 두 손을 모으고 있었다. 도대체 무슨 기도를 하고 있는 걸까. 이제 와서.

"아, 이번에 과분한 상을 받게 되어, 아직 실감이 나지 않습니다만……"

마음에도 없는 인사치레를 하기 시작했다. 텔레비전 카메라도 몇 대 들어와 있다. 필시 내 모습은 전국의 모든 가정까지 전파로 송신되고 있을 것이다. 북쪽 홋카이도에서 남쪽 오키나와까지.

갑자기 나는 중대한 사실을 깨달았다. 그렇다. 전국의 뉴스 프로그램에 지금 내 모습이……

새파랗게 질려 우물거리는 내 가슴팍에서 갑자기 전화벨이 울리기 시작한 것은 바로 그때였다. 보도진은 폭소를 터뜨렸다. 그러나 나를 아는 호텔 사람들이나 편집자, 기요코와 미카는 웃지 않았다.

나는 단상에서 휴대폰을 꺼내 귀에 갖다댔다. 잠시 불온한 침묵이 흐른 다음, 새카만 어둠의 바닥에서 한 줄기 빛처럼 그리운 목소리가 들려왔다.

아아, 하고 나는 온몸을 부르르 떨면서 숨을 들이쉬었다.

"고짱? ……보고 있어. 정말 훌륭해."

"도미에!"

나는 그 다음 말을 잃었다.

"아, 미안해. 텔레비전에 이것도 그대로 나오네."

"아냐, 끊지 마, 도미에."

"축하해, 고짱. 이 말을 하고 싶었어. 미안해, 화내지 마."

"끊지 마, 끊으면 안 돼."

나는 외쳤다. 그와 동시에 웃음소리가 사라졌다. 무심한 플래시만이 내 눈을 어지럽혔다.

"도미에, 어디 있어? 어디서 뭘 하고 있는 거야? 밥, 잘 먹고 있는 거야? 누구에게 맞지는 않았어? 넌 호박에다 느림보에다 멍청이라서 내가 얼마나 걱정하는 줄 알아? 어디 있어. 뭘 하고 있는 거야?"

"……이상하다. 텔레비전과 전화 양쪽에서 고짱 목소리가 들리네."

도미에의 목소리는 슬쩍 지나쳐가는 바람처럼 힘이 없었다. 나는 전화기를 귀에 댄 채 단상에서 내려섰다. 텔레비전 카메라 앞까지 걸어간다. 내 목소리를 잡기 위해 기자들이 마이크를 대고 따라온다.

갑자기, 나카조 삼촌이 마이크 대열을 가로막고 섰다. 하얀 문장이 새겨진 소매를 옆으로 휙 펼치고, 나카조 삼촌은 힘찬 야쿠자의 목소리로 고함을 쳤다.

"물러서! 타인이 간섭해서는 안 될 부모와 자식 간의 일이오. 제발, 이 문제에만은 마이크를 대지 마시오, 고짱, 계속해."

사천왕처럼 턱 버티고 선 나카조 삼촌의 뒤에서, 나는 전화와 텔레비전 카메라를 향해 말했다.

"도미에, 지금 어디 아픈 거지? 정말 걱정했어. 집에 보니 준텐도 병원 약 봉지가 가득 있잖아. 도대체 왜 그런 빈 봉지까지 차곡차곡 모아두는 거야?"

잠시 망설이다가 도미에는 어눌한 목소리로 말했다.

"이제 됐어. 이제 된 거야, 고짱. 나는 이제 곧 아버지에게로 갈 거야. 아아, 이렇게 이야기할 수 있게 되어 정말 다행이야……"

기도 씨, 그 정도로 해두세요, 하고 수화기 저 안쪽에서 남자의 목소리가 들렸다. 의사일까. 조금만 더, 하고 도미에는 작은 목소리로 말했다.

나는 그 자리에서 무릎부터 무너져내렸다. 도미에가 죽는다. 어딘가 멀리, 누구도 모를 호스피스의 침대에 도미에는 누워 있는 것이다. 도미에가, 죽어버린다.

나는 소리내어 울었다.

"도미에, 날 혼자 남겨두지 마. 제발, 날 버리지 마."

"고짱…… 주위를 둘러봐. 고짱은 이제 혼자가 아냐. 이제 괜찮아."

"싫어, 난 싫어. 그런 거 싫어."

삼십 년 전 여름의 길가에서 어머니에게 하지 못했던 말을, 나는 지금 도미에에게 하고 있었다.

"나를 버리지 마. 절대로 가면 안 돼."

나는 그렇게 가슴속에 맺힌 한을 뿜어내고 있었다. 삼십 년간 쌓이고 쌓인 말이었다. 그때 나는 목숨을 걸어서라도 어머니를 잡고 싶었다. 모든 미래를 포기한다 해도. 전 세계를 주어서라도.

"그렇지만, 고짱은 여태 혼자인 적이 없었어. 자, 주위를 둘러봐. 너만큼 세상 사람이 소중히 여겨주고 예뻐해주는 아이는 어디에도 없을 거야."

나는 주저하며 눈을 들었다.

오카바야시, 오기와라, 이마이, 기요코, 미카, 모두가 나를 위해 울어주고 있다. 나카조 삼촌, 구로다, 지배인, 조, 야스, 시게루, 아니타, 곤잘레스, 핫토리 셰프, 가지 주방장, 모두가 나를 위해 소리 높여 울어주고 있었다.

"한 가지 부탁이 있어. 안주인에게 전해줘. 고짱을 내게 맡겨줘서 정말 고맙다고. 도미에는 세상에서 가장 행복한 여자였다고……"

"싫어!"

나는 낮게 외쳤다. 무슨 말인가를 해야 했다. 가슴속에 맺힌 최후의 응어리가 목까지 치밀어올랐다.

내가 어린 시절부터 때리고, 발로 차고, 괴롭혀온 도미에.

학부형 모임 때 청소 아저씨에게까지 머리를 숙이던 도미에.

구석진 좁은 방에서 울며 머리카락을 자르던 도미에.

어머니의 유품인 유카타를 잘랐지만 화도 내지 않고 나를 안아준 도미에.

늘 내 곁에서 나의 분노와 슬픔을 가만히 받아준 도미에.

그리고 내가 세상에서 가장 마음 깊이 사랑하는 도미에.

생각지도 못한 말이 내 입을 타고 흘러나왔다.

"엄마, 죽으면 안 돼!"

멀어지는 밤 기차의 기적 소리처럼 희미한 도미에의 목소리가 들려왔다.

"고마워, 고짱."

전화가 끊어졌다.

몸을 부르르 떨며 통곡하면서 나는 생각했다. 내가 잃어버린 것, 그것은 무엇일까. 인간으로서 누릴 수 있는 최고의 영예와 기적적인 재생을 대신해서 내가 잃어버린 것은 도대체 무엇일까.

생각에 지쳐 나는 고개를 들었다.

나카조 삼촌은 등을 돌리고 사천왕처럼 우뚝 서서 흐느껴 울고 있었다.

32

이별의 아침이 찾아왔다.

아침 식사를 마치고 뒷정리까지 끝낸 후 정들었던 주방을 나설 때, 핫토리 셰프는 도마를 손질하는 가지 주방장을 향해 깊이 머리를 숙였다.

"그럼, 가보겠습니다……"

하룻밤 내내 생각했던 인사말은 하나도 떠오르지 않았다. 너무도 많은 가르침을 받았다. 머리를 숙이며 핫토리는 그저 이 사람처럼 되고 싶다고만 생각했다.

도마를 다 닦은 주방장은 문득 생각났다는 듯 양파 껍질을 까기 시작했다. 천창에서 비치는 봄 햇살이 늙은 요리사의 그림자를 청결한 바닥에 깔아주었다. 눈물을 닦으면서, 주방장은 묵묵히 양파 껍질을 까고 있었다.

"주방장, 저…… 맛있는 음식을 만들겠습니다."

입에 담을 수 있는 감사의 말은 그것밖에 없었다. 아니, 이 사람이 가르쳐준 것도 바로 그것이었다.

여행가방을 들고 주방을 나서는 핫토리를, 가지 주방장의 탁한 목소리가 불러세웠다.

"선물이야. 가지고 가."

선반 위로 몸을 뻗어, 주방장은 치요즈루 고레히데가 들어 있는 오동나무 상자를 내렸다.

"아니…… 주방장, 말도 안 됩니다. 그건……"

칼 상자를 내미는 주방장의 눈은 토끼처럼 빨갛게 물들어 있었다.

"만찬회 식사를 만드는 데 졸링겐 같은 걸 사용할 순 없잖아."

넘겨받은 상자의 무게를, 핫토리는 가슴으로 받아들였다.

"주방장을 대신해서 열심히 만들겠습니다."

올려다보는 주방장의 모습은 눈부셨다. 폼나게 팔짱을 끼더니, 주방의 신은 마지막 훈시를 내렸다.

"억지로 만들려 하지 마, 핫토리. 요리는 이론이 아냐. 자네가 옛날에 아버지와 형제들을 위해 만든 요리를 천황 폐하와 총리에게 먹이는 거야. 그런 일을 할 수 있는 사람은 자네뿐이야. 그렇기 때문에 자네는……"

주방장의 볼에는 눈물이 흘러내리고 있었다.

"그렇기 때문에 자네는 천하의 요리사인 게야, 천하의…… 총요리장이다."

주방을 나서자 로비의 큰 창으로 봄 햇살이 눈부시게 비쳐들고 있었다. 휘황찬란한 요리의 세계로, 핫토리는 한 걸음을 내디딘 것이다.

"작별인사는 마쳤나?"

상냥한 목소리에 고개를 들어보니 프런트 안에서 하나자와 지배인이 미소를 보내고 있었다.

"그럼, 저기까지 배웅해주지."

지배인의 웃는 얼굴이 눈부셨다. 똑바로 쳐다볼 수 없어 고개를 돌리니, 종업원들과 여급들이 어젯밤의 기자회견 때문에 어지러워진 로비를 청소하고 있었다.

이 사람들을 남기고 자기 혼자서만 행복을 찾아 떠난다는 생각을 하니, 핫토리는 가슴이 메어와 견딜 수가 없었다. 한 사람 한 사람의 축복의 말이 가슴에 되살아났다.

"언제든 놀러 오게. 자네는 천재니까, 앞으로 신이 내려줄 시련도 많을 걸세. 고민이 있을 때면 언제든지 와. 그럴 때를 위해 이 호텔은 존재하는 거니까."

"하나자와 씨, 당신은 이제 돌아가지 않나요?"

"돌아가다니, 어디로?"

"크라운 호텔 말입니다."

지배인은 어깨를 들썩이며 웃었다.

"크라운 호텔을 지켜줄 인재는 나 외에도 얼마든지 있어. 그러나 이 호텔에는 내가 꼭 있어야 해."

깃대를 꽂은 듯 반듯한 턱시도 차림의 어깨를 쭉 뻗으면서 지배인은 자랑스럽게 말했다. 이 사람은 뼛속까지 호텔맨이다.

"아, 밤새 석방 사쿠라가 활짝 피었군."

지배인은 승차장으로 나서자 무의식적으로 나비넥타이를 매만지면서, 불어오는 봄바람에 눈을 가늘게 떴다.

"이봐, 후부키."

창가의 소파에서 커피를 마시면서 미우라는 어렵게 입을 열었다.

"이제 스타 따위는 되지 않아도 좋으니까, 고생은 더이상 하지 말아주렴. 이 선생은 네가 행복해질 수 있다면 무슨 일이든 할 수 있어."

"그렇지만 선생님……"

하루노 후부키는 말꼬리를 흐리면서 고개를 숙였다.

"도쿄로 나올 때 선생님과 약속했잖아요. 차창에서 선생님은 내 얼굴을 꼭 끌어안으며 이렇게 말씀하셨어요. 꼭 오필리아가 되라고."

그 옛날, 눈 내린 플랫폼에서 그랬듯 미우라는 아득한 눈길로 후부키를 바라보았다.

"그건 말이야, 후부키. 그런 의미가 아니었어. 도쿄에는 나쁜 남자들이 우글대니까 선생님은 네가 걱정스러워서, 너무 걱정이 돼서, 무슨 일이 있어도 오필리아처럼 맑은 마음을 가지라는 뜻에서 한 말이었어."

"그렇지만 난 더럽혀지고 말았어요."

"그렇지 않아. 넌 옛날 그대로야."

"선생님 소설도 책으로 나오면 좋겠어요."

미우라는 바 카운터를 돌아보았다. 두 편집자가 바에 앉아 뭐라고 논쟁을 벌이고 있다. 자신의 원고를 서로 빼앗으려는 듯 보이긴 하지만, 설마 그런 일이 있을라고.

"돌려줘, 오기와라! 잠깐 보여주겠다고만 했잖아. 도대체 넌 왜 그렇게 욕심이 많아!"

"아뇨, 아닙니다. 오카바야시 씨야말로 욕심이 너무 많아요. 신인을 키우는 건 우리 같은 작은 출판사의 역할이라고요."

"농담하지 마. 그 원고는 말이야, 그렇고 그런 신인들이 들고 오는 소설 나부랭이와는 차원이 달라. 잘 갈고닦은 문장, 넘쳐흐르는 서정, 셰익스피어를 방불케 하는 드라마틱한 대사, 발군의 스토리텔링. 너에게 그걸 빼앗기느니 차라리 은퇴하는 게 낫겠다. 빨리 돌려줘!"

"오카바야시 씨 욕심쟁이! 기도 선생에게 『애수의 카르보나라』를 받아 챙기고, 속편 『애수의 페스카토레』를 쓰게 만들고, 그뿐만 아니라 어제는 정신없는 틈을 이용해서 제삼부 『애수의 베로니카』까지 약속을 받아냈잖아요. 거기다 신인까지 챙기려 하다니 너무해요!"

"기도 선생님하고의 약속은 아무 소용 없어. 그건 네가 더 잘 알잖아. 그 선생님은 말이야, 언제 어느 순간에 갑자기 회의에 빠져 목을 매 죽어도 조금도 이상하지 않은 인격 파탄자라고. 조폭소설을 쓰다가 갑자기 낯간지러운 연애소설로 가질 않나, 본격 미스터리 다음에는 칼싸움이 나오질 않나, 하드보일드라 해서 원고를 받고 보니 포르노이지 않나. 이런 걸 두고 지리멸렬이라고 하는 거야."

"너무해, 나의 기도 선생님에게 무슨 그런 불손한 말을!"

"네 멋대로 기도 선생님을 자기 소유물로 삼지 마!"

그렇게 말싸움을 하던 두 사람은 등뒤에서 서늘하고도 기품 있는 분위기를 느끼고 뒤를 돌아보았다. 천천히 계단을 내려오는 우아한 신사 한 사람이 눈에 들어왔다. 아름다운 아내와 귀여운 딸을 거느리고 있다. 신사의 모습은 지성이 넘쳐흐르는, 너무도 품위 있는 문화인의 모습 그 자체였다.

"……누, 누구죠, 저 사람은?"

"……보면 몰라. 일본문예대상의 수상자 기도 고노스케 선생님이셔."

어제까지와는 완전히 다른 사람처럼 보이는 말간 얼굴을 두 사람 쪽으로 돌리더니, 기도 선생은 "어이, 잘 잤나?" 하고 가볍게 고개를 까딱였다.

아버지는 대체 어떻게 된 걸까.

아침에 눈을 떠보니 얼굴 표정도 이야기하는 분위기도 어제와는 완전히 달라졌다.

엄마에게 물어보니 아버지는 우승했으니까 소설의 신이 된 거라고 했는데, 그 말이 정말인 모양이다.

이제는 때리지도 않고 차지도 않을 테니까 엄마는 마음이 놓이는 모양이지만, 미카는 어쩐지 섭섭한 생각이 든다. 어디로 가버리면 안 되니까 손을 꼭 잡고 걸어야지.

아, 출판사의 오빠와 언니에게 아침인사를 한다. 이럴 수가.

프런트로 가서 할머니를 부른다. 너무 너무 상냥한 목소리로 어머니, 라고.

"어머니, 또 소란을 피워 죄송해요. 수상식에는 꼭 참석해주시는 거죠."

할머니는 그대로 고개를 숙여버렸다. 대답도 못 하고 울먹이고 있다. 불쌍해.

아버지는 카운터 너머로 할머니의 손을 잡았다.

"울지 마세요, 어머니. 괴로운 과거는 잊도록 해요. 참 많은 일들이 있었고, 다들 고생이 많았지만, 누구보다 어머니가 고통스러웠을 거예요. 나, 열심히 할게요. 열심히 해서 어머니의 고생을 내가 전부 보상해줄 테니까, 그러니 이제 울지 마세요."

할머니는 울면서 겨우 입을 열었다.

"난 아무것도 한 게 없단다. 너를 버렸지 않았니."

"그렇지 않아요. 어머니는 나를 버린 게 아니라 나를 소설가로 만들었어요. 내가 이렇게 소설가가 된 것은 전부 어머니 덕분이에요. 그럴 수밖에 없었으니까 어머니는 그렇게 한 겁니다. 백 살까지 사셔서 내가 문화훈장을 받는 모습을 지켜보셔야 해요."

할머니는 울면서 고개를 끄덕였다.

정원에는 벚꽃이 가득했다.

"아버지, 스케치해도 돼요?"

"아, 그래, 해야지. 그런데 시간이 별로 없을 거야."

“예. 데생만 하고 색칠은 나중에 할게요. 크레파스보다 수채화가 더 예뻐요.”

벚꽃 아래에 사쿠라 언니와 시게루 오빠가 앉아 있다. 연인 사이처럼 다정해 보인다. 두 사람도 같이 그려야지.

“오빠, 피터팬 무대, 보러 올 거지?”

“응? ……아, 그래…… 그렇지만 넌 아직 오디션도 보지 않았잖아.”

쿡, 하고 사쿠라 언니는 무릎을 끌어안고 웃었다.

“난, 반드시 뽑힐 거야.”

“그런 걸 지금 어떻게 알아? 경쟁자가 많을 텐데.”

“알 수 있어. 난 누구보다 열심히 했으니까. 난 반드시 피터팬 무대에 서고 텔레비전 드라마나 영화에도 나갈 거야. 그렇게 해서 나를 기다리는 사람을 만나야 해.”

“기다리는 사람? 그게 누구야? 크흑, 가슴 아픈 말을 다 하네.”

“그건…… 후훗, 비, 이, 밀.”

사쿠라 언니는 너무 예쁘다. 꽃에서 나온 요정 같다.

몰래 사쿠라 언니의 옆얼굴을 훔쳐보는 시게루 오빠의 가슴이 두근거리는 것 같다. 분명 사랑하고 있는 모양이다.

“하나만 물어봐도 돼?”

“응, 뭐든 물어봐.”

“저…… 어제 지나가는 말로 들었는데, 너, 유명한 배우의 딸이라면서?"

사쿠라 언니는 입을 다물었다.

"아, 슬프다. 젠장, 눈물이 날 것 같아. 가슴이 아파. 너, 아버지를 만나려고 열심히 노력한 거구나? 어쩐지 기도 선생하고 비슷해. 내가 아무것도 해줄 수 없어서 미안해."

사쿠라 언니는 멀쩡한데, 시게루 오빠는 눈물을 줄줄 흘리고 있다.

"난 네가 너무 좋아졌어. 이런 기분 처음이야. 그렇지만 난, 머리도 나쁘고 학교도 잘 안 가고 지금은 이 호텔에서 일을 하는 노동청년이니까, 그렇게 좋아하면서도 아무것도 해줄 수가 없어. 그게 정말 서글퍼."

"그렇지 않아, 오빠. 열심히 일하다보면 좋은 일이 있을 거야."

시게루 오빠는 가만히 생각에 잠긴다. 엷은 눈썹을 꿈틀거리면서 어떡하면 좋을지 고민하고 있다.

"그래, 그거야."

바람이 불어와 벚나무 가지가 두 사람 머리 위를 덮었다.

"그래, 나 열심히 노력해서 아버지처럼 호텔맨이 될 거야. 좋은 대학에 가서 영어도 배워서, 도쿄 제국호텔의 지배인이 될 거야. 그때 네가 디너쇼를 해줘."

응, 하고 사쿠라 언니는 힘차게 고개를 끄덕였다.

"만일 그렇게 되면 나, 오빠의 색시가 돼도 좋아."

"정말이지!"

시계루 오빠는 벌떡 일어서서 잔디 위를 마구 달렸다. 와아, 와아 하고 외친다. 정말로 기분 좋은 모양이다.

그림을 그리면서 미카도 같이 기분이 좋아졌다. 엇, 그런데 기분은 좋은데 왜 가슴이 이렇게 터질 것 같지? 하늘하늘 떨어지는 벚꽃잎이 배에 가득 쌓이는 것 같다.

"아버지! 큰일, 큰일났어요. 미카, 가슴이 이상해요."

아버지는 놀라서 현관에서 달려왔다.

"이상하다니, 뭐가? 배가 아프니? 생리 시작했어?"

"아녜요. 너무 기쁘고 좋아서, 기쁘고 좋은데 눈물이 나와요. 미카, 어디 이상해진 건가요?"

가슴을 쓸어내리고, 아버지는 미카를 어깨 위로 올려 무등을 태워주었다. 벚나무 가지에 손이 닿았다.

"그런데, 네 아버지는 누구니?"

사쿠라 언니는 방긋 웃으며 자리에서 일어섰다. 저 멀리 봉우리를 향해 사쿠라 언니는 힘차게 외쳤다.

"아, 에, 이, 우, 에, 오, 아, 오! 카, 케, 키, 쿠, 케, 코, 카, 코!"

"어, 어이, 누구냐니까!"

새파란 하늘을 향해 두 팔을 한껏 벌리고 흩날리는 꽃잎에 휩싸이며 사쿠라 언니는 외쳤다.

"아, 이 마음, 누구에게 전하면 좋아요. 사랑하는 사람에게, 이 몸이 누구의 자식이냐는 질문을 받았으니 어찌 대답하지 않을 수 있나요. 그러면 들어주세요. 나는 봄의 딸. 향기로운 꽃과 대지의 딸, 그리고 저 자부심 센 오필리아의 딸!"

아버지의 어깨 위에 앉아 미카는 눈물을 흘리면서 박수를 쳤다. 아버지는 즐거운 듯이 바람 속을 빙글 돌았다.

프리즌 호텔. 이젠 슬픈 일이 있으면 여기로 오자고 해야지. —가슴 가득히 봄바람을 들이켜며, 미카는 그렇게 생각했다.

여행을 끝내면서

고속도로 저편으로 도시의 불빛이 보입니다.

계절마다 떠난 프리즌 호텔로의 여행, 어떠셨는지요.

덕분에 수국의 계절에는 신참 투어 코디네이터였던 저도, 금수를 놓은 가을, 눈 내리는 겨울, 그리고 이번 벚꽃 피는 계절에 걸쳐 여러분을 안내하면서 그럭저럭 제몫을 다하게 된 것 같습니다.

불만스러우신 점과 부족한 점도 많았을 줄 믿습니다만, 손님 여러분께도 적지 않은 추억을 남긴 여행이었으리라 자부하고 있습니다.

즐거운 여행을 기획하는 일은 그렇게 어렵지 않습니다. 그러나, 그저 즐겁기만 한 여행은 금방 잊어버리게 됩니다.

즐거우면서 오래오래 기억에 남는 여행. 또는 내일의 생활에 활력을 심어줄 여행. 앞으로도 손님 여러분들을 만족시켜드릴 수 있는 여행을 성심성의껏 제공할 생각입니다.

신문광고 등에서 우연히 보신다면 꼭 가족이나 친구 분들을 모시고 한번 참가해주시기 바랍니다.

그런데, 만병통치 효능으로 유명한 프리즌 호텔의 '극락탕'은 어떠셨는지요.

너무 기분이 좋다고 노천탕에서 밤을 지샌 분들도 계실 겁니다. 이렇게 말하는 저도 온천에 반해버렸으니까요. 사랑의 고뇌도, 돈 고생도, 신경쇠약도, 불면증도, 거짓말처럼 나아버렸습니다.

계절을 일순하는 네 번에 걸친 여행도 이것으로 대단원의 막을 내릴까 합니다. 아쉬운 점도 너무 많지만, 다른 여행 안내에 바쁜 몸이라 여러분들의 앙코르에 응하지 못함을 애석하게 생각합니다. 널리 양해해주시기 바랍니다.

그런데, 아까 호텔을 나서는데 나카조 오야붕, 아니 나카조 오너가 말씀하시더군요.

마음이 내키면 언제든지 와, 우리 호텔은 연중무휴로 영업하고 있으니까, 하고요.

그렇습니다. 프리즌 호텔은 오쿠유모토의 깊고 깊은 숲속에서 언제든 현관을 열어놓고 있습니다. 여러분께서도 어디 몸이 불편하시거나 괴롭고 슬플 때, 애달프고 가슴 아플 때면 언제든 찾아주시기 바랍니다.

하나자와 지배인도, 가지 주방장도, 구로다 씨도, 시게루 씨도,

아니타도, 곤잘레스도, 야스 씨도, 조 씨도 모두 열심히 일하고 있습니다.

그리고 기도 고노스케 선생을 비롯해 여러분이 만났던 많은 손님들도 모두 단골이 되어 자주 들르고 계십니다.

아, 고속도로 저편에서 도시의 불빛이 점점 가까워지는군요.

그럼 언젠가 다시 만날 날을 기약하면서. 정말 감사합니다.

'프리즌 호텔' 투어 가이드

아사다 지로

옮긴이의 말

작가의 말대로 야쿠자는 하나의 문화현상이다. 그들은 도쿠가와 막부의 수도인 에도(현 도쿄)에서 중앙정부가 발주하는 토목사업을 도맡아 하는 일종의 길드 조직을 형성하였고, 건설현장에서 일하는 노동자를 대상으로 한 도박장을 경영하며 매춘에도 손을 댔으며, 축제 때면 거리에서 물건을 팔거나 거리의 상인들에게 자릿세를 거두어가고, 약장수로서 약을 팔기도 했다.

'야쿠자' 의 어원은 일설에 따르면 일본어의 야(8), 쿠(9), 자(3)에서 유래했다고 한다. 화투놀이에서(일본에서는 화투 하면 야쿠자를 연상하는 것이 보통이다) 8, 9, 3이 나오면 세 장의 합의 끝수가 0이 되는데, 이것은 끗발이 가장 낮다. 즉 망통이다. 갈 곳이 없다. 오로지 패배만이 남아 있을 뿐이다.

사회의 중심에 들어갈 수 없는 존재. 공동체의 윤리 속에 편입되기 힘든 후천적인 조건을 가졌고, 또한 그것은 현실을 넘어서지 못하고 스스로를 공동체의 질서 속에서 온전치 못한 존재로 규정하는 패배의식에 젖어 있다. 그래서 그 말에는 스스로가 무법적이고 무뢰한적인 행동을 마음대로 할 수 있는 자유를 얻은 사람임을 자인하는, 자기 비하적이면서도 도전적이며 흉흉한 이미지가 짙게 깔려 있다.

에도 시대 야쿠자 조직의 주된 사업원은 중앙정부가 발주하는 토목공사와 거기서 벌어들인 돈으로 개설한 도박장(그리고 매춘), 상인에게 거두어들이는 자릿세였다. 여러 조직에는 제각기 전문 분야가 따로 있었다. 그들 조직의 전통은 후일 일제의 그늘에서 우익조직과 연계된 야쿠자 조직으로 계승되어 정치세력의 하수인이 되기도 했다.

특히 패전 후 천황제의 재등장을 막기 위해, 공산당과 사회당의 존재를 인정해주면서도 한편으로는 그 공산당의 비대화를 막아줄 우익세력을 암암리에 양성하는 이중적인 맥아더 군정의 정책에 따라, 야쿠자는 암시장과 사회의 그늘진 부분에서 힘을 키워갔다. 물론 일본의 문화적인 전통도 그들 존재의 융성에 한몫을 담당했다.

야쿠자는 그렇게 역사의 전면에 떠올랐다. 일본의 고도경제성장시기에서부터, '폭력방지법' 이 제정되어 야쿠자의 활동이 불법으로 규정된 현재에 이르기까지, 그들은 주식총회의 총회꾼으로 자본

측에 고용되었고, 어두운 시절에는(또는 지금까지) 해결사 역할도 했다. 이렇듯 야쿠자와 관련된 이미지는 어둡다. 그들은 무법적인 폭력을 휘두를 수 있고, 기꺼이 감옥에 들어갈 마음의 준비도 되어 있다. 보통 사람으로서는 생각도 못 할 일을 저지르고, 그것을 통해 생활을 꾸리며, 또는 그런 것들을 아름답게 생각하는 미의식을 가졌다.

일본의 사회학자 미타 무네스케는 공동체를 두 가지로 분류하고 있다. 하나는 찰떡 공동체, 다른 하나는 수국 공동체이다. 찰떡에는 개체가 없다. 알갱이 하나하나가 쫀득하게 달라붙어야 떡이 된다. 절대로 떨어져서는 안 된다. 그러면 떡이 아니므로. 하나의 색깔로, 하나의 중심을 향해 그야말로 물샐틈없이 달라붙어야 떡이 된다. 찰떡궁합이 되어야 한다. 개성은 오로지 그 떡 자체에 있어야 한다. 모든 알갱이를 하나로 뭉치게 하는 것이 종교적 교리이건 정치적 신념이건 혹은 어떤 카리스마이건, 어쨌든 하나로 뭉쳐야 한다.

거기에 반해 수국 공동체는 하나하나가 꽃을 피워 어떤 공간 속에서 자연스런 조화를 이루어 하나의 덩어리로 나타나는 것을 말한다. 그들은 모두 그 스스로 꽃이며, 피어나야 한다. 또 그렇게 피어야만 하나의 전체적인 꽃이 될 수 있다.

일반적인 개념으로 볼 때 야쿠자 조직, 미국의 마피아 조직, 파시즘 시대의 일본의 모든 사회조직, 한국의 권위주의 시절의 사회는 모두 이런 찰떡 공동체를 지향한다. 그러나 이 소설 속의 야쿠자는 찰떡 속에 과감히 수국을 도입하려 하고 있다. 구시대 유물에 지나지 않는 야쿠자들이 디지털 시대를 살아가기 위해, 또는 폭력방지법이 발효되는 시대적 상황에서 살아남기 위해, 그들의 조직과 미학 속에 수국이라는 환상과도 같은 토포스를 도입하여 그것을 호텔이라는 구체적인 공간으로 만들어냈다.

호텔은 일상이 아니다. 그곳은 일 년에 한두 번 가족들과 나들이를 가거나 가외로 만나는 여자(남자)와 즐기는 은밀한 장소이다. 때문에 일종의 축제 공간이라 할 수 있다. 그런 축제 공간은 일상에서는 서로 대치되는 여러 가지 것들을 서로 소통시키는 신비로운 시간을 만들어낸다.

이 소설의 등장인물은 하나같이 주변적이고, 서로의 입장도 상극이다. 조직 범죄를 전담하는 형사와 야쿠자는 천적 관계이다. 그 둘은 결코 한솥밥을 먹을 수도 먹어서도 안 된다. 그러나 그들조차 수국 호텔에서는 함께 지낼 수 있다. 장장 오십이 년의 감옥생활을 마치고 석방된 야이치를 마중나온 사람은 아이로니컬하게도 형사 출신 하라다이다.

겉모습만으로는 야쿠자와 다를 바 없는 차림새의 형사들, 인간의 경지를 넘어선 빼드렁니에다 옴팡눈을 가진 야쿠자, 학교에 적응하지 못하고 폭주족으로 나날을 보내던 호텔 보이, 입바른 소리만 하다가 거대한 호텔 조직에서 쫓겨난 지배인, 벽지 학교만 전전하며 살아온 선생, 삐딱한 소설가, 정년퇴직하여 갈 곳이 없어진 전 대기업의 이사, 실패한 가수와 늙은 가수, 자살하러 온 실패한 사업가, 현상수배범, 너무 아름답지만 머리가 나쁘고 운이 없는 여인. 그들은 모두 온전치 못하다.

그들을 모두 감싸안아줄 수 있는 공동체는 없을까. 작가는 그런 토포스를 묘사하려 하고 있다. 모두를 받아들이는 축제의 공간을. 그러나 축제는 오래가지 않는다. 매일매일이 축제인 그런 삶은 없다. 그래서 작가는 그 축제의 토포스를 '호텔'에 마련했다.

일박 이일, 또는 이박 삼일을 즐겨야 제 맛이 나는 호텔. 왜냐하면 삼십박 삼십일일을 묵는 호텔은 감옥이 되므로. 세상에서는 그곳을 '프리즌 호텔'이라 부른다. 무서워서 아무도 접근하지 않는다. 경찰이 감시하고 택시도 가지 않는 호텔. 그렇지만 이 호텔에 들어서는 순간부터 그들은 느낀다. 자신들이 지내던 시공간이야말로 '프리즌 일상'이었다는 것을 깨닫는다. 그 순간, '프리즌 호텔'은 '수국 호텔'로 온전한 제 이름을 찾게 된다. 모든 존재가 꽃으로 피어나는 수국 호텔로.

야이치는 오십이 년간 감옥생활을 하고 나왔다. 그는 이 세상의 모습에 당혹스러워한다. 그런 그가 택한 행동양식은 '탕진'이다. 신문가판대의 할머니에게, 호텔 아가씨에게, 운전사에게, 백만 엔짜리 돈다발을 팁으로 준다. 자신에게 잠시 친절을 베풀어준 실패한 사업가에게는 거액의 사업자금을 마련해준다. 또 그런 거금을 기꺼이 잃어주는 기도 나카조 오야붕과 그 졸개들. 그들은 탕진의 맛과 멋을 알고 있다. 자본주의의 화폐논리를 초월한 탕진이다. 그러나 하나도 어색하지 않다. 독자는 그런 행위에서 묘한 카타르시스를 느낄 것이다. 그것이 자본주의를 넘어서는 축제이면서 하나의 방법론이기 때문이다.

탕진이 아름다울 수 있는 토포스는 없을까. 작가는 그런 꿈을 꾸는 것 같다. 찰떡과 수국이 조화롭게 공존하는 곳. 그러나 그것은 참으로 지난한 문제다. 작가는 그것을 너무도 잘 알고 있을 것이다. 그래서 고작 일박 이일이나 이박 삼일의 여행을 기획했다. 만일 작가가 그것을 일상 속에 도입하려 했더라면, 지나친 비약과 감상에 빠진 글이 나왔을 것이다.

의리와 인정은 인간의 고귀한 덕목이다. 그러나 폭력과 억압의 기제 속에서 의리와 인정은 인간의 모든 개성을 철저히 말살하는 무기가 될 수도 있다. 파시즘 시대의 역사가 그것을 잘 말해준다. 그렇지만 '탕진'을 미적 감각으로 받아들일 수 있는 수국 호텔에서의 의리와 인정은 우리의 가슴을 한없이 후련하게 씻어내준다.

지금의 시대와 문화는 이런 의리와 인정의 온전한 작용을 억압하고 있다. 그런 시대에 살고 있기에 아사다 지로의 소설은 약간의 감상과 안이한 화해의 혐의가 엿보이기는 하지만, 독자로 하여금 먼 기억 속에서 억눌려왔던 온기가 날갯짓을 할 때의 그런 눈물을 흘리게 한다. 그것을 감상의 눈물이라고 해도 좋겠다. 그러나 충분히 음미할 만한 감동이며 눈물이다.

2007년 8월

양억관

옮긴이 **양억관**
울산 출생. 현재 전문번역가로 활동하고 있다. 주요 역서로, 『중력 삐에로』 『단테의 신곡』 『그대가 모르는 곳에서 세상은 움직인다』 『러시 라이프』 『달빛의 강』 『조제와 호랑이와 물고기들』 『LAST』 『자정 5분전』 『69』 『나는 공부를 못해』 『스피드』 『인간 동물원』 『교코』 『코인로커 베이비스』 『남자의 후반생』 『바보의 벽』 『성화 이야기』 『흑냉수』 『들돼지를 프로듀스』 『용의자X의 헌신』 『나는 모조인간』 『라라피포』 『모방범』 등이 있다.

문학동네 세계문학
프리즌 호텔 4 봄

초판인쇄 | 2007년 8월 31일
초판발행 | 2007년 9월 7일

지 은 이 | 아사다 지로
옮 긴 이 | 양억관
펴 낸 이 | 강병선
책임편집 | 양수현 최유미
펴 낸 곳 | (주)문학동네
출판등록 | 1993년 10월 22일 제406-2003-000045호

주 소 | 413-756 경기도 파주시 교하읍 문발리 파주출판도시 513-8
전자우편 | editor@munhak.com
전화번호 | 031) 955-8888
팩 스 | 031) 955-8855

ISBN 978-89-546-0381-2 04830
978-89-546-0377-5 (세트)

www.munhak.com

문학동네가 펴낸
아사다 지로의 작품들

철도원 양윤옥 옮김

1997년 나오키 상 수상작
눈 냄새처럼 맑고 깨끗한 슬픔

아사다 지로의 첫번째 소설집. 본격문학으로는 유례없는 140만 부의 밀리언 셀러를 기록했다. 허무하고도 쓸쓸한 사람살이의 행로를 가슴 뭉클한 감동으로 휘몰아가는 작가의 솜씨는 가히 천의무봉이라 할 만하다.

은빛 비 김미란 옮김

영혼을 뒤흔드는 소리없는 기적
애틋한 슬픔을 자아내는 가슴 뭉클한 이야기들

사랑을 통해 영혼의 상처를 치유해가는 인물들의 이야기는 사막 같은 현대인의 마음에 한 방울 눈물의 정감을 불어넣어준다. 야쿠자 체험과 옷가게 경영 등 작가 자신의 특이한 이력에 힘입은 생생한 인물 묘사와 탁월한 이야기 솜씨가 돋보이는 소설집.

낯선 아내에게 박수정 옮김

사랑이 끝난 자리에서 다시 사랑은 시작된다
눈물과 슬픔의 힘으로

이루지 못한 사랑, 돌이킬 수 없는 삶의 곤경에 처한 이들의 깊은 슬픔이 가슴을 울린다. 눈물과 슬픔의 힘으로 다시 삶을 일으키는 다양한 인간 군상의 이야기가 손에 잡힐 듯 선명한 정경 속에 아름답게 녹아 있다.